जयशंकर प्रसाद की श्रेष्ठ कहानियां

जयशंकर प्रसाद

हिन्द पॉकेट बुक्स
पेंगुइन रैंडम हाउस इम्प्रिंट

हिन्द पॉकेट बुक्स

यूएसए | कनाडा | यूके | आयरलैंड | ऑस्ट्रेलिया | सिंगापुर
न्यू ज़ीलैंड | भारत | दक्षिण अफ़्रीका | चीन

हिन्द पॉकेट बुक्स, पेंगुइन रैंडम हाउस ग्रुप ऑफ़ कम्पनीज़ का हिस्सा है,
जिसका पता global.penguinrandomhouse.com पर मिलेगा

पेंगुइन रैंडम हाउस इंडिया प्रा. लि.,
चौथी मंजिल, कैपिटल टावर -1, एम जी रोड,
गुड़गांव 122 002, हरियाणा, भारत

पेंगुइन
रैंडम हाउस
इंडिया

प्रथम हिन्दी संस्करण हिन्द पॉकेट बुक्स द्वारा 1998 में प्रकाशित
यह हिन्दी संस्करण हिन्द पॉकेट बुक्स में पेंगुइन रैंडम हाउस द्वारा 2023 में प्रकाशित

10 9 8 7 6 5 4 3 2

इस पुस्तक में व्यक्त विचार लेखक के अपने हैं, जिनका यथासंभव तथ्यात्मक
सत्यापन किया गया है, और इस संबंध में प्रकाशक एवं सहयोगी
प्रकाशक किसी भी रूप में उत्तरदायी नहीं हैं।

ISBN 9789353493271

मुद्रक : मणिपाल टेक्नॉलजीस् लिमिटेड, भारत

www.penguin.co.in

FSC www.fsc.org
MIX
Paper | Supporting responsible forestry
FSC® C043100

This is a legitimate digitally printed version of the book and therefore might not have certain extra finishing on the cover.

कालिदास के समकक्ष साहित्यकार जयशंकर प्रसाद

वह बनारस के थे। कुलीन और सम्पन्न सुंघनी साहु घराना था उनका। यहीं 1889 में जन्मे थे जयशंकर प्रसाद। बनारस में क्वींस स्कूल था। छठी तक उसमें शिक्षा पाई। बाद में घर ही पाठशाला बन गया। बड़े-बड़े विद्वान गुरु घर में पढ़ाने आते। हिन्दी, संस्कृत और अंग्रेज़ी भाषा तथा साहित्य में डूबते चले गए। उर्दू, बंगला, पाली और प्राकृत का ज्ञान अलग। इस शिक्षा-दीक्षा ने उनके भीतर छिपे साहित्यकार को जगाया। जागे तो क़लम पकड़ ली और बन गए साहित्य के सर्वोच्च इतिहास पुरुष।

सिर्फ़ पंद्रह साल के थे, तभी से लिखना शुरू कर दिया था। पहले कविताएं लिखीं। इस दौर की कविताएं 'चित्रधार' संग्रह में आ गई हैं। नारियल बाज़ार में सुंघनी साहु की जानी-मानी दुकान थी। वहीं बैठे-बैठे एक दिन फूट पड़ा कविता का पहला छंद। फिर तो लिखते ही चले गए। उन्हें छायावादी कविता की सर्वोच्च पीठ मिली। 'कामायनी' लिखा गया, तो दुनिया के आधुनिक श्रेष्ठ महाकाव्यों में गिनती हुई और खुद को मिल गया महाकवि का ऊंचा दर्जा। 'कामायनी' मिथकीय काव्य है, जिसमें जिंदगी की दार्शनिक व्याख्या की गई है। 1918 में 'चित्रधार' छपने के बाद, 1925 में 'आंसू', 1927 में 'झरना' और 1935 में 'लहर' काव्य-कृतियां आईं। 'कामायनी' अगले ही साल 1936 में छपा।

उनकी सबसे पहली रचना 1906 में 'भारतेन्दु' में छपी। 'उर्वशी चंपू' और 'प्रेम-राज्य' भी इसी साल लिखे गए। फिर वह सभी विधाओं में लिखने लगे। कविता, कहानी, नाटक, निबंध ही नहीं, 'कंकाल', 'तितली' और 'इरावती' जैसे उपन्यास लिखकर अतिरिक्त ख्याति बटोरी। 'इंदु' के अगस्त, 1910 के अंक में उनकी पहली कहानी 'ग्राम' छपी। इसी के साथ एक नए कथा युग का

आरंभ हुआ। वह हिन्दी के पहले मौलिक कथाकार माने गए। ‘आकाशदीप’ सबसे ज़्यादा चर्चित कहानी है। उनकी कहानियों के कई संग्रह प्रकाशित हो चुके हैं।

नाट्य लेखन में उन्होंने बड़ा नाम कमाया। उनके अधिकांश नाटक ऐतिहासिक हैं और वास्तव में क्लासिक का दर्जा रखते हैं। बहुत अधिक पात्र, राजसी ताम-झाम के कारण अधिक खर्चीले निर्माण के बावजूद इन नाटकों का आज भी देश-भर में सफल प्रदर्शन हो रहा है और आगे भी इसी तरह यह क्रम जारी रहेगा। ‘अजातशत्रु’ (1992), ‘स्कंदगुप्त’ (1928), ‘चंद्रगुप्त मौर्य’ (1931) नाटक बहुत प्रसिद्ध हुए, जबकि 1931 में ही प्रकाशित ‘ध्रुवस्वामिनी’ ने तो ख्याति का कीर्तिमान स्थापित कर लिया।

‘हिन्दी साहित्य सम्मेलन’ ने जयशंकर प्रसाद को उस समय के सबसे बड़े ‘मंगला प्रसाद पारितोषिक’ से सम्मानित किया। उनकी रचनाएं अनेक भारतीय भाषाओं में अनूदित हुईं। ‘कामायनी’ का अंग्रेज़ी अनुवाद भी आ चुका है। उन्हें हिन्दी में ‘कालिदास’ के समकक्ष माना गया है।

हिन्दी साहित्य के इतिहास की इस महान् विभूति ने बहुत कम उम्र में 1937 में ही इस संसार से विदा ले ली।

–डॉ. नफ़ीस आफ़रीदी

कथा-क्रम

चंदा

चैत्र, कृष्णाष्टमी को चंद्रमा अपना उज्ज्वल प्रकाश 'चंद्रप्रभा' के निर्मल जल पर डाल रहा है। गिरि-श्रेणी के तरुवर अपने रंग को छोड़कर धवलित हो रहे हैं; कल-नादिनी समीर के संग धीरे-धीरे बह रही है। एक शिला-तल पर बैठी हुई कोलकुमारी सुरीले स्वर से—'दरद दिल काहि सुनाऊं प्यारे ! दरद' ... गा रही है।

गीत अधूरा ही है कि अकस्मात् एक कोलयुवक धीर-पद-संचालन करता हुआ उस रमणी के सम्मुख आकर खड़ा हो गया। उसे देखते ही रमणी की हृदयतंत्री बज उठी। रमणी बाह्य-स्वर भूलकर आंतरिक स्वर से सुमधुर संगीत गाने लगी और उठकर खड़ी हो गई। प्रणय के वेग को सहन न करके वर्षा-वारिपूरिता स्रोतस्विनी के समान कोलकुमार के कंध-कूल से रमणी ने आलिंगन किया।

दोनों उसी शिला पर बैठ गए, और निर्निमेष सजल नेत्रों से परस्पर अवलोकन करने लगे। युवती ने कहा—तुम कैसे आए ?

युवक—जैसे तुमने बुलाया।

युवती—(हंसकर) हमने तुम्हें कब बुलाया ? और क्यों बुलाया ?

युवक—गाकर बुलाया, और दरद सुनाने के लिए।

युवती—(दीर्घ निःश्वास लेकर) कैसे क्या करूं ? पिता ने तो उसी से विवाह करना निश्चय किया है।

युवक—(उत्तेजना से खड़ा होकर) तो जो कहो, मैं करने के लिए प्रस्तुत हूं।

युवती—(चंद्रप्रभा की ओर दिखाकर) बस, यही शरण है।

युवक—तो हमारे लिए कौन दूसरा स्थान है ?

युवती–मैं तो प्रस्तुत हूं।

युवक—हम तुम्हारे पहले।

युवती ने कहा—तो चलो।

युवक ने मेघ-गर्जन-स्वर से कहा—चलो।

दोनों हाथ में हाथ मिलाकर पहाड़ी से उतरने लगे। दोनों उतरकर चंद्रप्रभा के तट पर आए, और एक शिला पर खड़े हो गए। तब युवक ने कहा—अब बिदा!

युवती ने कहा—किससे ? मैं तो तुम्हारे साथ—जब एक सृष्टि रहेगी तब तक—रहूंगी।

इतने ही में शाल-वृक्ष के नीचे एक छाया दिखाई पड़ी और वह इन्हीं दोनों की ओर आती हुई दिखाई देने लगी। दोनों ने चकित होकर देखा कि एक कोल खड़ा है। उसने गंभीर स्वर से पूछा—चंदा! तू यहां क्यों आई?

युवती—तुम पूछने वाले कौन हो ?

आगंतुक युवक—मैं तुम्हारा भावी पति 'रामू' हूं।

युवती—मैं तुमसे ब्याह न करूंगी।

आगंतुक युवक—फिर किससे तुम्हारा ब्याह होगा ?

युवती ने पहले के आए हुए युवक की ओर इंगित करके कहा—इन्हीं से।

आगंतुक युवक से अब न सहा गया। घूमकर पूछा—क्यों हीरा! तुम ब्याह करोगे?

हीरा—तो इसमें तुम्हारा क्या तात्पर्य है ?

रामू—तुम्हें इससे अलग हो जाना चाहिए।

हीरा—क्यों, तुम कौन होते हो ?

रामू—हमारा इससे सम्बंध पक्का हो चुका है।

हीरा—पर जिससे सम्बंध होने वाला है, वह सहमत न हो, तब ?

रामू—क्यों चंदा! क्या कहती हो ?

चंदा—मैं तुमसे ब्याह न करूंगी।

रामू—तो हीरा से भी तुम ब्याह नहीं कर सकतीं!

चंदा—क्यों ?

रामू—(हीरा से) अब हमारा-तुम्हारा फैसला हो जाना चाहिए, क्योंकि एक म्यान में दो तलवारें नहीं रह सकतीं।

इतना कहकर हीरा के ऊपर झपटकर उसने अचानक छुरे का बार किया।

हीरा यद्यपि सचेत हो रहा था; पर उसको सम्हलने में विलंब हुआ, इससे घाव लग गया, और वह वृक्ष थाम कर बैठ गया। इतने में चंदा ज़ोर से क्रंदन कर उठी—साथ ही एक वृद्ध भील आता हुआ दिखाई पड़ा।

दो

युवती मुंह ढांपकर रो रही है, और युवक रक्ताक्त छुरा लिए, घृणा की दृष्टि से खड़े हुए हीरा की ओर देख रहा है। विमल चन्द्रिका में चित्र की तरह वे दिखाई दे रहे हैं। वृद्ध को जब चंदा ने देखा, तो और वेग से रोने लगी। उस दृश्य को देखते ही वृद्ध कोल-पति सब बात समझ गया, और रामू के समीप जाकर छुरा उसके हाथ से ले लिया, और आज्ञा के स्वर में कहा—तुम दोनों हीरा को नदी के समीप ले चलो।

इतना कहकर वृद्ध उन सबों के साथ आकर नदी-तट पर जल के समीप खड़ा हो गया। रामू और चंदा दोनों ने मिलकर उसके घाव को धोया और हीरा के मुंह पर छींटा दिया, जिससे उसकी मूर्छा दूर हुई। तब वृद्ध ने सब बातें हीरा से पूछीं; पूछ लेने पर रामू से कहा—क्यों, यह सब ठीक है ?

रामू ने कहा—सब सत्य है।

वृद्ध—तो तुम अब चंदा के योग्य नहीं हो, और यह छुरा भी—जिसे हमने तुम्हें दिया था—तुम्हारे योग्य नहीं है। तुम शीघ्र ही हमारे जंगल से चले जाओ, नहीं तो तुम्हारा हाल महाराज से कह देंगे, और उसका क्या परिणाम होगा सो तुम स्वयं समझ सकते हो। (हीरा की ओर देखकर) बेटा ! तुम्हारा घाव शीघ्र अच्छा हो जाएगा, घबराना नहीं, चंदा तुम्हारी ही होगी।

यह सुनकर चंदा और हीरा का मुख प्रसन्नता से चमकने लगा, पर हीरा ने लेटे-ही-लेटे हाथ जोड़कर कहा—पिता ! एक बात कहनी है, यदि आपकी आज्ञा हो।

वृद्ध—हम समझ गए, बेटा ! रामू विश्वासघाती है।

हीरा—नहीं पिता ! अब वह ऐसा कार्य नहीं करेगा। आप क्षमा करेंगे, मैं ऐसी आशा करता हूं।

वृद्ध—जैसी तुम्हारी इच्छा।

कुछ दिन के बाद जब हीरा अच्छी प्रकार से आरोग्य हो गया, तब उसका ब्याह चंदा से हो गया। रामू भी उस उत्सव में सम्मिलित हुआ, पर उसका बदन मलीन और चिंतापूर्ण था। वृद्ध कुछ ही काल में अपना पद हीरा को सौंप स्वर्ग को सिधारा। हीरा और चंदा सुख से विमल चांदनी में बैठकर पहाड़ी झरनों का कलनाद-मय आनंद-संगीत सुनते थे।

तीन

अंशुमाली अपनी तीक्ष्ण किरणों से वन्य-देश को परितापित कर रहे हैं। मृग सिंह एक स्थान पर बैठकर, छाया-सुख में अपने बैर-भाव को भूलकर, ऊंघ रहे हैं। चंद्रप्रभा के तट पर पहाड़ी की एक गुहा में जहां कि छतनार पेड़ों की छाया उष्ण वायु को भी शीतल कर देती है, हीरा और चंदा बैठे हैं। हृदय के अनंत विकास से उनका मुख प्रफुल्लित दिखाई पड़ता है। उन्हें वस्त्र के लिए वृक्षगण वल्कल देते हैं; भोजन के लिए प्याज, मेवा आदि जंगली सुस्वादु फल, शीतल स्वच्छंद पवन; निवास के लिए गिरि-गुहा; प्राकृतिक झरनों का शीतल जल उनके सब अभावों को दूर करता है, ओर सबल तथा स्वच्छंद बनाने में ये सब सहायता देते हैं। उन्हें किसी की अपेक्षा नहीं पड़ती। अस्तु, उन्हीं सब सुखों से आनंदित व्यक्तिद्वय 'चंदप्रभा' के जल का कल-नाद सुनकर अपनी हृदय-वीणा को बजाते हैं।

चंदा—प्रिय ! आज उदासीन क्यों हो ?

हीरा—नहीं तो, मैं सोच रहा हूं कि इस वन में राजा आने वाले हैं। हम लोग यद्यपि अधीन नहीं हैं, तो भी उन्हें शिकार खेलाया जाता है, और इसमें हम लोगों की कुछ हानि भी नहीं है। उसके प्रतिकार में हम लोगों को कुछ मिलता है, पर आजकल इस वन में जानवर दिखाई नहीं पड़ते। इसलिए सोचता हूं कि कोई शेर या छोटा चीता भी मिल जाता, तो कार्य हो जाता।

चंदा—खोज किया था ?

हीरा—हां, आदमी तो गया है।

इतने में एक कोल दौड़ता हुआ आया, और कहा—राजा आ गए हैं और तहख़ाने में बैठे हैं। एक तेंदुआ भी दिखाई दिया है।

हीरा का मुख प्रसन्नता से चमकने लगा, और वह अपना कुल्हाड़ा सम्हालकर उस आगंतुक के साथ वहां पहुंचा, जहां शिकार का आयोजन हो चुका था।

राजा साहब झंझरी में बंदूक़ की नाल रखे हुए ताक रहे हैं। एक ओर से बाजा बज उठा। एक चीता भागता हुआ सामने से निकला। राजा साहब ने उस पर वार किया। गोली लगी, पर चमड़े को छेदती हुई पार हो गई; इससे वह जानवर भागकर निकल गया। अब तो राजा साहब बहुत ही दुःखित हुए। हीरा को बुलाकर कहा—क्यों जी, यह जानवर नहीं मिलेगा?

उस वीर कोल ने कहा—क्यों नहीं?

इतना कहकर वह उसी ओर चला। झाड़ी में, जहां वह चीता घाव से व्याकुल बैठा था, वहां पहुंचकर उसने देखना आरम्भ किया। क्रोध से भरा हुआ चीता उस कोल-युवक को देखते ही झपटा। युवक असावधानी के कारण वार न कर सका, पर दोनों हाथों से उस भयानक जंतु की गर्दन को पकड़ लिया, और उसने भी उसके कंधे पर अपने दोनों पंजों को जमा दिया।

दोनों में बल-प्रयोग होने लगा। थोड़ी देर में दोनों ज़मीन पर लेट गए।

चार

यह बात राजा साहब को विदित हुई। उन्होंने उसकी मदद के लिए कोलों को जाने की आज्ञा दी। रामू उस अवसर पर था। उसने सबके पहले जाने के लिए पैर बढ़ाया, और चला। वहां जब पहुंचा, तो उस दृश्य को देखकर घबरा गया, और हीरा से कहा—हाथ ढीला कर; जब यह छोड़ने लगे, तब गोली मारूं, नहीं तो संभव है कि तुम्हें को लग जाए।

हीरा—नहीं, तुम गोली मारो।

रामू—तुम छोड़ो तो मैं वार करूं।

हीरा—नहीं, यह अच्छा नहीं होगा।

रामू—तुम उसे छोड़ो, मैं अभी मारता हूं।

हीरा—नहीं, तुम वार करो।

रामू—वार करने से सम्भव है कि उछले और तुम्हारे हाथ छूट जाएं, तो तुमको यह तोड़ डालेगा।

हीरा—नहीं, तुम मार लो, मेरा हाथ ढीला हुआ जाता है।

रामू—तुम हठ करते हो, मानते नहीं।

इतने में हीरा का हाथ कुछ बात-चीत करते-करते ढीला पड़ा; वह चीता उछलकर हीरा की कमर को पकड़कर तोड़ने लगा।

रामू खड़ा होकर देख रहा है, और पैशाचिक आकृति पर घृणित पशु के मुख पर लक्षित हो रही है और वह हंस रहा है।

हीरा टूटी सांस से कहने लगा—अब भी मार ले।

रामू ने कहा—अब तू मर ले, तब वह भी मारा जाएगा। तूने हमारा हृदय निकाल लिया है, तूने हमारा घोर अपमान किया है, उसी का प्रतिफल है। इसे भोग।

हीरा को चीता खाए डालता है; पर उसने कहा—नीच ! तू जानता है कि 'चंदा' अब तेरी होगी। कभी नहीं ! तू नीच है—इस चीते से भी भयंकर जानवर है।

रामू ने पैशाचिक हंसी हंसकर कहा-चंदा अब तेरी तो नहीं है, अब वह चाहे जिसकी हो !

हीरा ने टूटी हुई आवाज से कहा—तुझे इस विश्वासघात का फल शीघ्र मिलेगा और चंदा फिर हमसे मिलेगी। चंदा...प्यारी...च...

इतना उसके मुख से निकला ही था कि चीते ने उसका सिर दांतों के तले दाब दिया। रामू देखकर पैशाचिक हंसी-हंस रहा था। हीरा के समाप्त हो जाने पर रामू लौट आया, और झूठी बातें बनाकर राजा से कहा कि उसको हमारे जाने से पहले ही चीते ने मार लिया।

राजा बहुत दुखी हुए, और जंगल की सरदारी रामू को मिली।

पांच

बसंत की राका चारों ओर अनूठा दृश्य दिखा रही है। चंद्रमा न मालूम किस लक्ष्य की ओर दौड़ा चला जा रहा है; कुछ पूछने से भी नहीं बताता। कुटज की कली का परिमल लिए पवन भी न मालूम कहां दौड़ रहा है; उसका भी कुछ समझ नहीं पड़ता। उसी तरह, चंद्रप्रभा के तीर पर बैठी हुई कोल-कुमारी का कोमल कंठ-स्वर भी किस धुन में है—नहीं ज्ञात होता।

अकस्मात् गोली की आवाज ने उसे चौंका दिया। गाने के समय जो उसका मख उद्वेग और करुणा से पूर्ण दिखाई पड़ता था, वह घृणा और क्रोध से रंजित हो गया, और वह उठकर पुच्छमर्दिता सिंहनी के समान तनकर खड़ी हो गई, और धीरे से कहा—यही समय है। ज्ञात होता है, राजा इस समय शिकार खेलने पुनः आ गए हैं—बस, वह अपने वस्त्र को ठीक करके कोल-बालक बन गई, और कमर में से एक चमचमाता हुआ छुरा निकालकर चूमा। वह चांदनी में चमकने लगा। फिर वह कहने लगी—यद्यपि तुमने हीरा का रक्तपात कर लिया है, लेकिन पिता ने रामू से तुम्हें ले लिया है। अब तुम हमारे हाथ में हो, तुम्हें आज रामू का भी खून पीना होगा।

इतना कहकर वह गोली के शब्द की ओर लक्ष्य करके चली। देखा की तहखाने में राजा साहब बैठे हैं। शेर को गोली लग चुकी है, और वह भाग गया है, उसका पता नहीं लग रहा है, रामू सरदार है, अतएव उसको खोजने के लिए आज्ञा हुई, वह शीघ्र ही सन्नद्ध हुआ। राजा ने कहा—कोई साथी लेते जाओ।

पहले तो उसने अस्वीकार किया, पर जब एक कोल युवक स्वयं साथ चलने को तैयार हुआ, तो वह नहीं भी न कर सका, और सीधे—जिधर शेर गया था, उसी ओर चला। कोल-बालक भी उसके पीछे है। वहां घाव से व्याकुल शेर चिंघ्घाड़ रहा है, इसने जाते ही ललकारा। उसने तत्काल ही निकलकर वार किया। रामू कम साहसी नहीं था, उसने उसके खुले हुए मुंह में निर्भीक होकर बन्दूक की नाल डाल दी; पर उसके ज़रा-सा मुंह घुमा लेने से गोली चमड़ा छेदकर पर निकल गई, और शेर ने क्रुद्ध होकर दांत से बंदूक की नाल दबा ली। अब दोनों

एक दूसरे को ढकेलने लगे; पर कोल-बालक चुपचाप खड़ा है। रामू ने कहा—मार, अब देखता क्या है ?

युवक—तुम इससे बहुत अच्छी तरह लड़ रहे हो।

रामू—मारता क्यों नहीं ?

युवक—इसी तरह शायद हीरा से भी लड़ाई हुई थी, क्या तुम नहीं लड़ सकते ?

रामू—कौन, चंदा ! तुम हो ? आह, शीघ्र मारो, नहीं तो अब यह सबल हो रहा है।

चंदा ने कहा—हां, लो मैं मारती हूं, इसी छूरे से हमारे सामने तुमने हीरा को मारा था, यह वही छुरा है, यह तुझे दुःख से निश्चय ही छुड़ावेगा—इतना कहकर चंदा ने रामू की बगल में छुरा उतार दिया। वह छटपटाया। इतने ही में शेर को मौक़ा मिला, वह भी रामू पर टूट पड़ा और उसका इति कर आप भी वहीं गिर पड़ा।

चंदा ने अपना छुरा निकाल लिया, और उसको चांदनी में रंगा हुआ देखने लगी, फिर खिलखिलाकर हंसी और कहा—'दरद दिल काहि सुनाऊं प्यारे' ! फिर हंसकर कहा—हीरा ! तुम देखते होंगे, पर अब तो यह छुरा ही दिल की दाह सुनेगा। इतना कहकर अपनी छाती में उसे भोंक लिया और उसी जगह गिर गई, और कहने लगी ... हीरा ... हम ... तुमसे तुमसे ... मिले ही ...

चंद्रमा अपने मंद प्रकाश में यह सब देख रहा था।

ग्राम

टन ! टन ! टन ! स्टेशन पर घंटी बोली।

श्रावण-मास की संध्या भी कैसी मनोहारिणी होती है ! मेघ-माला-विभूषित गगन की छाया सघन रसाल-कानन में पड़ रही है। अंधियारी धीरे-धीरे अपना अधिकार पूर्व-गगन में जमाती हुई, सुशागमनकारिणी महारानी के समान, विहंग प्रजागण को सुख-निकेतन में शयन करने की आज्ञा दे रही है। आकाश रूपी शासनपत्र पर प्रकृति के हस्ताक्षर के समान बिजली की रेखा दिखाई पड़ती है ... ग्राम्य स्टेशन पर कहीं एक-दो दीपालोक दिखाई पड़ता है। पवन हरे-हरे निकुंजों में से भ्रमण करता हुआ झिल्ली के झनकार के साथ भरी हुई झीलों में लहरों के साथ खेल रहा है। बूंदियां धीरे-धीरे गिर रही हैं, जो जूही की कलियों को आर्द्र करके पवन को भी शीतल कर रही हैं।

थोड़े समय में वर्षा बंद हो गई। अंधकार-रूपी अंजन के अग्रभाग-स्थित आलोक के समान चतुर्दशी की लालिमा को लिए हुए चंद्रदेव प्राची में हरे-हरे तरुवरों की आड़ में से अपनी किरण-प्रभा दिखाने लगे। पवन की सनसनाहट के साथ रेलगाड़ी का शब्द सुनाई पड़ने लगा। सिग्नलर ने अपना कार्य किया। घंटे का शब्द उस हरे-भरे मैदान में गूंजने लगा। यात्री लोग अपनी गठरी बांधते हुए स्टेशन पर पहुंचे। महादैत्य के लाल-लाल नेत्रों के समान अंजन-गिरिनिभ इंजिन का अग्रस्थित रक्त-आलोक दिखाई देने लगा। पागलों के समान धड़धड़ाती हुई अपनी धुन की पक्की रेलगाड़ी स्टेशन पर पहुंच गई। धड़ाधड़ यात्री लोग उतरने-चढ़ने लगे। एक स्त्री की ओर देखकर फाटक के बाहर खड़ी हुई दो औरतें—जो उसकी सहेली मालूम देती हैं—रो रही हैं, और वह स्त्री एक मनुष्य के साथ रेल में बैठने को उद्यत है। उनकी क्रंदन-ध्वनि

से स्त्री दीन-भाव से उनकी ओर देखती हुई, बिना समझे हुए सेकंड क्लास के दर्जे में चढ़ने लगी; पर उसमें बैठे हुए बाबू साहब—यह दूसरा दर्जा है, इसमें मत चढ़ो' कहते हुए उतर पड़े, और अपना हंटर घुमाते हुए स्टेशन से बाहर होने का उद्योग करने लगे।

विलायती पिक का बिरजिस पहने, बूट चढ़ाए, हंटिंग कोट, धानी रंग का साफ़ा, अंग्रेजी-हिन्दुस्तानी का महासम्मेलन बाबू साहब के अंग पर दिखाई पड़ रहा है। गौर वर्ण, उन्नत ललाट—उसकी आभा को बढ़ा रहे हैं। स्टेशन मास्टर से सामना होते ही शेकहैंड करने के उपरांत बाबू साहब से बातचीत होने लगी।

स्टे० मा०—आप इस वक़्त कहां से आ रहे हैं ?

मोहन०—कारिंदों ने इलाक़ों में बड़ा गड़बड़ मचा रक्खा है, इसलिए मैं कुसुमपुर—जो कि हमारा इलाक़ा है—इंस्पेक्शन के लिए जा रहा हूं।

स्टे० मा०—फिर कब पलटिएगा ?

मोहन०—दो रोज़ में। अच्छा, गुड इवनिंग !

स्टेशन मास्टर, जो लाइन-क्लियर दे चुके थे, गुड इवनिंग करते हुए अपने आफ़िस में घुस गए।

बाबू मोहनलाल अंग्रेज़ी काठी से सजे हुए घोड़े पर, जो पूर्व ही स्टेशन पर खड़ा था, सवार होकर चलते हुए।

दो

सरलस्वभाव ग्रामवासिनी कलकामिनीगण का सुमधुर संगीत धीरे-धीरे आम्रकानन में से निकलकर चारों ओर गूंज रहा है। अंधकार गगन में जुगनू-तारे चमक-चमक कर चित्त को चंचल कर रहे हैं। ग्रामीण लोग अपना हल कंधे पर रखे, बिरहा गाते हुए, बैलों की जोड़ी के साथ, घर की ओर प्रत्यावर्त्तन कर रहे हैं।

एक विशाल तरुवर की शाखा में झूला पड़ा हुआ है, उस पर चार महिलाएं बैठी हैं, और पचासों उसको घेरकर गाती हुई झूम रही हैं। झूले के पेंग के साथ 'अबकी सावन सइयां घर रहू रे' की सुरीली पचासों कोकिल-कंठ से निकली हुई

तान पशुगणों को भी मोहित कर रही हैं। बालिकाएं स्वच्छंद भाव से क्रीड़ा कर रही हैं। अकस्मात् अश्व के पद-शब्द ने उन सरला कामिनियों को चौंका दिया। वे सब देखती हैं, तो हमारे पूर्व-परिचित बाबू मोहनलाल के घोड़े को रोककर उस पर से उतर रहे हैं। वे सब उनका भेष देखकर घबरा गईं और आपस में कुछ इंगित करके चुप रह गईं।

बाबू मोहनलाल ने निस्तब्धता को भंग किया, और बोले—भद्रे ! यहां से कुसुमपुर कितनी दूर है ? और किधर से जाना होगा ? एक प्रौढ़ा ने सोचा कि 'भद्रे' कोई परिहास-शब्द तो नहीं है, पर वह कुछ कह न सकी, केवल एक ओर दिखाकर बोली—इहाँ से डेढ़ कोस तो बाय, इहैं पैंड़वा जाई।

बाबू मोहनलाल उसी पगडंडी से चले। चलते-चलते उन्हें भ्रम हो गया, और वह अपनी छावनी का पथ छोड़कर दूसरे मार्ग से जाने लगे। मेघ घिर आए, जल वेग से बरसने लगा, अंधकार और घना हो गया। भटकते-भटकते वह एक खेत के समीप पहुंचे, वहां उस हरे-भरे खेत में एक ऊंचा और बड़ा मचान था, जो कि फूस से छाया हुआ था, और समीप ही में छोटा-सा कच्चा मकान था।

उस मचान पर बालक और बालिकाएं बैठी हुई कोलाहल मचा रही थीं। जल में भीगते हुए भी मोहनलाल खेत के समीप खड़े होकर उनके आनंद-कलरव को श्रवण करने लगे।

भ्रांत होने से उन्हें बहुत समय व्यतीत हो गया। रात्रि अधिक बीत गई। कहां ठहरें? इसी विचार में वह खड़े रहे, बूंदें कम हो गईं। इतने में एक बालिका अपने मलिन वसन के अंचल की आड़ में दीप लिए हुए उसी मचान की ओर जाती दिखाई पड़ी।

तीन

बालिका की अवस्था 15 वर्ष की है। आलोक से उसका अंग अंधकार-घन में विद्युल्लेखा की तरह चमक रहा था। यद्यपि दरिद्रता ने उसे मलिन कर रखा है, पर ईश्वरीय सुषमा उसके कोमल अंग पर अपना निवास किए हुए है। मोहनलाल ने घोड़ा बढ़ाकर उससे कुछ पूछना चाहा, पर संकुचित होकर ठिठक

गए। परन्तु पूछने के अतिरिक्त दूसरा उपाय ही नहीं था। अस्तु, रूखेपन के साथ पूछा—कुसुमपुर का रास्ता किधर है ?

बालिका इस भव्य मूर्ति को देख कर डरी, पर साहस के साथ बोली—मैं नहीं जानती। ऐसे सरल नेत्र-संचालन से इंगित करके उसने यह शब्द कहे कि युवक को क्रोध के स्थान में हंसी आ गई और कहने लगा—तो जो जानता हो, मुझे बतलाओ, मैं उससे पूछ लूंगा।

बालिका—हमारी माता जानती होंगी।

मोहन॰—इस समय तुम कहां जाती हो ?

बालिका—(मचान की ओर दिखाकर) वहां जो कई लड़के हैं, उनमें से एक हमारा भाई है, उसी को खिलाने आती हूं।

मोहन॰—बालक इतनी रात को खेत में क्यों बैठा है ?

बालिका—वह रात-भर और लड़कों के साथ खेत ही में रहता है।

मोहन॰—तुम्हारी मां कहां है ?

बालिका—चलिए, मैं लिवा चलती हूं।

इतना कहकर बालिका अपने भाई के पास गई, और उसको खिलाकर तथा उसके पास बैठे हुए लड़कों को भी कुछ देकर उसी क्षुद्र-कुटीराभिमुख गमन करने लगी। मोहनलाल उस सरला बालिका के पीछे चले।

उस क्षुद्र कुटीर में पहुंचने पर एक स्त्री मोहनलाल को दिखाई पड़ी, जिसकी अंगप्रभा स्वर्ण-तुल्य थी, तेजोमय मुख-मण्डल, तथा ईषत् उन्नत अधर अभिमान से भरे हुए थे, अवस्था उसकी 50 वर्ष से अधिक थी। मोहनलाल की आंतरिक अवस्था, जो ग्राम्य जीवन देखने से कुछ बदल चुकी थी, उस सरल गम्भीर तेजोमय मूर्ति को देखकर और भी सरल विनययुक्त हो गई। उसने झुककर प्रणाम किया। स्त्री ने आशीर्वाद दिया। और पूछा—बेटा ! कहां से आते हो ?

मोहन॰—मैं कुसुमपुर जाता था, किन्तु रास्ता भूल गया ...।

'कुसुमपुर' का नाम सुनते ही स्त्री का मुख-मंडल आरक्तिम हो गया और उसके नेत्र से दो बूंद आंसू निकल आए। वे अश्रु करुणा के नहीं, किन्तु अभिमान के थे।

मोहनलाल आश्चर्यान्वित होकर देख रहे थे। उन्होंने पूछा—आपको कुसुमपुर के नाम से क्षोभ क्यों हुआ ?

स्त्री—बेटा ! उसकी बड़ी कथा है, तुम सुनकर क्या करोगे ?

मोहन॰—नहीं मैं सुनना चाहता हूं, यदि आप कृपा करके सुनावें।

स्त्री—अच्छा, कुछ जलपान कर लो, तब सुनाऊंगी।

पुनः बालिका की ओर देखकर स्त्री ने कहा—कुल जल पीने को ले आओ।

आज्ञा पाते ही बालिका उस क्षुद्र गृह के एक मिट्टी के बर्तन में से कुछ वस्तु निकाल। उसे एक पात्र में घोलकर ले आई, और मोहनलाल के सामने रख दिया। मोहनलाल उस शर्बत को पान करके फूस की चटाई पर बैठकर स्त्री की कथा सुनने लगे।

चार

स्त्री कहने लगी—हमारे पति इस प्रांत के गण्य भू-स्वामी थे, और वंश भी हम लोगों को बहुत उच्च था। जिस गांव को अभी आपने नाम लिया है, वहीं हमारे पति की प्रधान जमींदारी थी। कार्यवश कुंदनलाल नामक एक महाजन से कुछ ऋण लिया गया। कुछ भी विचार न करने से उनका बहुत रुपया बढ़ गया, और जब ऐसी अवस्था पहुंची तो अनेक उपाय करके हमारे पति धन जुटा कर उनके पास ले गए, तब उस धूर्त ने कहा—"क्या हर्ज है बाबू साहब ! आप आठ रोज़ में आना, हम रुपया ले लेंगे, और जो घाटा होगा, उसे छोड़ देंगे, आपका इलाका फिर जाएगा, इस समय रेहननामा भी नहीं मिल रहा है।" उसका विश्वास करके हमारे पति फिर बैठे रहे, और उसने कुछ भी न पूछा। उनकी उदारता के कारण वह संचित धन भी थोड़ा हो गया, और उधर उसने दावा करके इलाक़ा—जो कि वह ले लेना चाहता था—बहुत थोड़े रुपए में नीलाम कर लिया। फिर हमारे पति के हृदय में, उस इलाके के इस भांति निकल जाने के कारण, बहुत चोट पहुंची और इसी से उनकी मृत्यु हो गई। इस दशा के होने के उपरांत हम लोग इस दूसरे गांव में आकर रहने लगे। यहां के ज़मींदार बहुत धर्मात्मा हैं, उन्होंने कुछ सामान्य 'कर' पर यह भूमि दी है, इसी से अब हमारी जीविका हैं ।...

इतना कहते-कहते स्त्री का गला अभिमान से भर आया और कुछ कह न सकी।

स्त्री की कथा को सुनकर मोहनलाल को बड़ा दुःख हुआ। रात विशेष बीत चुकी थी, अतः रात्रि-यापन करके, प्रभात में मलिन तथा पश्चिमगामी चंद्र का अनुशरण करके, बताए हुए पथ से वह चले गए।

पर उनके मुख पर विषाद तथा लज्जा ने अधिकार कर लिया था। कारण यह था कि स्त्री की जमींदारी हरण करने वाले, तथा उसके प्राणप्रिय पति से उसे विच्छेद कराकर इस भांति दुःख देने वाले कुंदनलाल मोहनलाल के ही पिता थे।

शरणागत

प्रभात-कालीन सूर्य की किरणें अभी पूर्व के आकाश में नहीं दिखाई पड़ती हैं। ताराओं का क्षीण प्रकाश अभी अंबर में विद्यमान है। यमना के तट पर दो-तीन रमणियां खड़ी हैं, और दो-यमना की उन्हीं क्षीण लहरियों में, जो कि चंद्र के प्रकाश से रंजित हो रही हैं—स्नान कर रही हैं। अकस्मात् पवन बड़े वेग से चलने लगा। इसी समय एक सुंदरी, जो कि बहुत ही सुकुमारी थी, उन्हीं तरंगों में निमग्न हो गई। दूसरी, जो कि घबराकर निकलना चाहती थी, किसी काठ का सहारा पाकर तट की ओर खड़ी हुई अपनी सखियों में जा मिली। पर वहां सुकुमारी नहीं थी। सब रोती हुई यमुना के तट पर घूमकर उसे खोजने लगीं।

अंधकार हट गया। अब सूर्य भी दिखाई देने लगा। कुछ ही देर में उन्हें, घबराई हुई स्त्रियों को आश्वासन देती हुई, एक छोटी-सी नाव दिखाई दी। उन सखियों ने देखा कि वह सुकुमारी उसी नाव पर एक अंग्रेज और एक लेडी के साथ बैठी हुई है।

तट पर आने पर मालूम हुआ कि सिपाही-विद्रोह की गड़बड़ से भागे हुए एक संभ्रांत योरोपियन-दम्पति उस नौका के आरोही हैं। उन्होंने सुकुमारी को डूबते हुए बचाया है और इसे पहुंचाने के लिए वे लोग यहां तक आए हैं।

सुकुमारी को देखते ही सब सखियों ने दौड़कर उसे घेर लिया और उससे लिपट-लिपटकर रोने लगीं। अंग्रेज और लेडी दोनों ने जाना चाहा, पर वे स्त्रियां कब मानने वाली थी ? लेडी साहिबा को रुकना पड़ा। थोड़ी देर में यह ख़बर फैल जाने से उस गांव के ज़मींदार ठाकुर किशोर सिंह भी उस स्थान पर आ गए। अब,

उनके अनुरोध करने से, विल्फ़र्ड और एलिस को उनका आतिथ्य स्वीकार करने के लिए विवश होना पड़ा क्योंकि सुकुमारी, किशोर सिंह की ही स्त्री थी, जिसे उन लोगों ने बचाया था।

दो

चंदनपुर के जमींदार के घर में, जो यमुना तट पर बना हुआ है, पाईं-बाग के भीतर, एक रविश और चार कुर्सियां पड़ी हैं। एक पर किशोर सिंह और दो कुर्सियों पर विल्फ़र्ड और एलिस बैठे हैं, तथा चौथी कुर्सी के सहारे सुकुमारी खड़ी है। किशोर सिंह मुस्करा रहे हैं, और एलिस आश्चर्य की दृष्टि से सुकुमारी को देख रही है। विल्फ़र्ड उदास हैं और सुकुमारी मुख नीचा किए हुए है। सुकुमारी ने कनखियों से किशोर सिंह की ओर देखकर सिर झुका लिया।

एलिस—(किशोर सिंह से) बाबू साहब, आप उन्हें बैठने की इजाज़त दें।

किशोर सिंह—मैं क्या मना करता हूं?

एलिस—(सुकुमारी को देखकर) फिर वह क्यों नहीं बैठतीं?

किशोर सिंह—आप कहिए, शायद बैठ जाएं।

विल्फ़र्ड—हां, आप क्यों खड़ी हैं?

बेचारी सुकुमारी लज़्ज़ा से गड़ी जाती थी।

एलिस—(सुकुमारी की ओर देखकर) अगर आप न बैठेंगी, तो मुझे बहुत रंज होगा।

किशोर सिंह—यों न बैठेंगी, हाथ पकड़कर बिठाइए।

एलिस सचमुच उठी, पर सुकुमारी एक बार किशोर सिंह की ओर वक्र दृष्टि से देखकर हंसती हुई पास की बारहदरी में भागकर चली गई, किन्तु एलिस ने पीछा न छोड़ा। वह भी वहां पहुंची, और उसे पकड़ा। सुकुमारी एलिस को देख गिड़-गिड़ाकर बोली—क्षमा कीजिए, हम लोग पति के सामने कुर्सी पर नहीं बैठतीं, और न कुर्सी पर बैठने का अभ्यास ही है।

एलिस चुपचाप खड़ी रह गई, यह सोचने लगी कि—क्या सचमुच पति के

सामने कुर्सी पर बैठना चाहिए ! फिर उसने सोचा—यह बेचारी जानती ही नहीं कि कुर्सी पर बैठने में क्या सुख है ?

तीन

चंदनपुर के जमींदार के यहां आश्रय लिए हुए योरोपियन-दंपति सब प्रकार सुख से रहने पर भी सिपाहियों का अत्याचार सुनकर शंकित रहते थे। दयालु किशोर सिंह यद्यपि उन्हें बहुत आश्वासन देते, तो भी कोमल प्रकृति की सुंदरी एलिस सदा भयभीत रहती थी।

दोनों दंपति कमरे में बैठे हुए यमुना का सुंदर जल-प्रवाह देख रहे हैं, विचित्रता यह है कि 'सिगार' न मिल सकने के कारण विल्फ़र्ड साहब सटक के सड़ाके लगा रहे हैं। अभ्यास न होने के कारण सटक से उन्हें बड़ी अड़चन पड़ती थी, जिस पर सिपाहियों के अत्याचार का ध्यान उन्हें और भी उद्विग्न किए हुए था; क्योंकि एलिस का भय से पीला मुख उनसे देखा न जाता था।

इतने में बाहर कोलाहल सुनाई पड़ा। एलिस के मुख से 'ओ माई गाड' (Oh my God) निकल पड़ा और भय से वह मूर्च्छित हो गई। विल्फ़र्ड और किशोर सिंह ने एलिस को पलंग पर लिटाया, और आप 'बाहर क्या है' सो देखने के लिए चले।

विल्फ़र्ड ने अपनी राइफ़ल हाथ में ले ली और साथ में जाना चाहा, पर किशोर सिंह ने उन्हें समझाकर बैठाला और आप खूंटी पर लटकती तलवार लेकर बाहर निकल गए।

किशोर सिंह बाहर आ गए, देखा तो पांच कोस पर जो उनका सुंदरपुर ग्राम है, उसे सिपाहियों ने लूट लिया और प्रजा दुखी होकर अपने ज़मींदार से अपनी दुःख-गाथा सुनाने आई है। किशोर सिंह ने सबको आश्वासन दिया, और उनके खाने-पीने का प्रबंध करने के लिए कर्मचारियों को आज्ञा देकर आप विल्फ़र्ड और एलिस को देखने के लिए भीतर चले आए।

किशोर सिंह स्वाभाविक दयालु थे और उनकी प्रजा उन्हें पिता के समान मानती थी, और उनका उस प्रांत में भी बड़ा सम्मान था। वह बहुत बड़े इलाकेदार

होने के कारण छोटे-से राजा समझे जाते थे। उनका प्रेम सब पर बराबर था। किन्तु विल्फ़र्ड और सरला एलिस को भी वह बहुत चाहने लगे, क्योंकि प्रियतमा सुकुमारी की उन लोगों ने प्राण-रक्षा की थी।

चार

किशोर सिंह भीतर आए। एलिस को देखकर कहा—डरने की कोई बात नहीं है। यह मेरी प्रजा थी, समीप के सुंदरपुर गांव में वे सब रहते हैं। उन्हें सिपाहियों ने लूट लिया है। उनका बंदोबस्त कर दिया गया है। अब उन्हें कोई तकलीफ़ नहीं।

एलिस ने लम्बी सांस लेकर आंख खोल दी, और कहा—क्या वे सब गए ?

सुकुमारी—घबराओ मत, हम लोगों के रहते तुम्हारा कोई अनिष्ट नहीं हो सकता।

विल्फ़र्ड—क्या सिपाही रियासतों को लूट रहे हैं ?

किशोर सिंह—हां, पर अब कोई डर नहीं है, वे लूटते हुए इधर से निकल गए।

विल्फ़र्ड—अब हमको कुछ डर नहीं है।

किशोर सिंह—आपने क्या सोचा ?

विल्फ़र्ड—अब ये सब अपने भाइयों को लूटते हैं, तो शीघ्र ही अपने अत्याचार का फल पावेंगे और इनका किया कुछ न होगा।

किशोर सिंह ने गभीर होकर कहा—ठीक है।

एलिस ने कहा—मैं आज आप लोगों के संग भोजन करूंगी।

किशोर सिंह और सुकुमारी एक-दूसरे का मुख देखने लगे। फिर किशोर सिंह ने कहा—बहुत अच्छा।

पांच

साफ़ दालान में दो कंबल अलग-अलग दूरी पर बिछा दिए गए हैं। एक पर किशोर सिंह बैठे हैं और दूसरे पर विल्फ़र्ड और एलिस; पर एलिस की दृष्टि बार-बार यही सोच रही थी कि किशोर सिंह के साथ सुकुमारी अभी

नहीं बैठी।

थोड़ी देर में भोजन आया, पर ख़ानसामा नहीं। स्वयं सुकुमारी एक थाल लिए हैं और तीन-चार औरतों के हाथ में भी खाद्य और पेय वस्तुएं हैं। किशोर सिंह के इशारा करने पर सुकुमारी ने वह थाल एलिस के समने रखा, और इसी तरह विल्फ़र्ड और किशोर सिंह को परोस दिया गया। पर किसी ने भोजन करना नहीं आरंभ किया।

एलिस ने सुकुमारी से कहा—आप क्या यहां न बैठेंगी ? क्या यहां भी कुर्सी है?

सुकुमारी—परोसेगा कौन ?

एलिस—ख़ानसामा।

सुकुमारी—क्यों, क्या मैं नहीं हूं ?

किशोर सिंह—ज़िद न कीजिए, यह हमारे भोजन कर लेने पर भोजन करती हैं।

एलिस ने आश्चर्य और उदासी-भरी एक दृष्टि सुकुमारी पर डाली। एलिस को भोजन कैसा लगा, सो नहीं कहा जा सकता।

भारत में शांति स्थापित हो गई है। अब विल्फ़र्ड और एलिस अपनी नील की कोठी पर वापस जाने वाले हैं। चंदनपुर में उन्हें बहुत दिन रहना पड़ा। नील कोठी वहां से दूर है।

दो घोड़े सजे-सजाए खड़े हैं और किशोर सिंह के आठ सशस्त्र सिपाही उनको पहुंचाने के लिए उपस्थित हैं। विल्फ़र्ड साहब किशोर सिंह से बात-चीत करके छुट्टी पा चुके हैं। केवल एलिस अभी तक भीतर से नहीं आई। उन्हीं के आने की देर है।

विल्फ़र्ड और किशोर सिंह पाईं-बाग़ में टहल रहे थे। इतने में सात-आठ स्त्रियों का झुंड मकान से बाहर निकला। हैं ! यह क्या ? एलिस ने अपना गाउन नहीं पहना, उसके बदले फीरोज़ी रंग के रेशमी कपड़े का कामदानी लहंगा और मख़मल की कंचुकी, जिसके सितारे रेशमी ओढ़नी के ऊपर से चमक रहे हैं ! हैं ! यह क्या ? स्वाभाविक अरुण अधरों में पान की लाली भी है, आंखों में काजल की रेखा भी है, चोटी भी फूलों से गूंथी जा चुकी है, और मस्तक में सुंदर सा बाल अरुण का

बिंदु भी तो है।

देखते ही किशोर सिंह खिलखिला कर हंस पड़े, और विल्फ़र्ड तो भौंचक्के-से रह गए।

किशोर सिंह ने एलिस से कहा—आपके लिए भी घोड़ा तैयार है—पर सुकुमारी ने कहा—नहीं, इनके लिए पालकी मंगा दो।

गूदड़ साईं

"साइईं ! ओ साईं ! !" एक लड़के ने पुकारा ! साईं घूम पड़ा। उसने देखा कि एक 8 वर्ष का बालक उसे पुकार रहा है।

आज कई दिन पर उस मुहल्ले में साईं दिखाई पड़ा है। साईं वैरागी था,—माया नहीं, मोह नहीं। परन्तु कुछ दिनों से उसकी आदत पड़ गई थी कि दोपहर को मोहन के घर जाना, अपने दो-तीन गन्दे गूदड़ यत्न से रख कर उन्हीं पर बैठ जाता और मोहन से बातें करता। जब कभी मोहन उसे ग़रीब और भिखमंगा जानकर मां से अभिमान करके पिता की नज़र बचाकर कुछ साग-रोटी लेकर दे देता, तब उस साईं के मुख पर पवित्र मैत्री के भावों का साम्राज्य हो जाता। गूदड़ साईं उस समय 10 बरस के बालक के समान अभिमान, सराहना और उलाहना के आदान-प्रदान के बाद उसे बड़े चाव से खा लेता; मोहन की दी हुई एक रोटी उसकी अक्षय-तृप्ति का कारण होती।

एक दिन मोहन के पिता ने देख लिया। वह बहुत बिगड़े। वह थे कट्टर आर्यसमाजी, 'ढोंगी फ़क़ीरों पर उनकी साधारण और स्वाभाविक चिढ़ थी।' मोहन को डांटा कि वह इन लोगों के साथ बातें न किया करे। साईं हंस पड़ा, चला गया।

उसके बाद आज कई दिन पर साईं आया और वह जान-बूझकर उस बालक के मकान की ओर नहीं गया; परन्तु पढ़ कर लौटते हुए मोहन ने उसे देखकर पुकारा और वह लौट भी आया।

"मोहन !"

"तुम आजकल आते नहीं ?"

"तुम्हारे बाबा बिगड़ते थे।"

"नहीं, तुम रोटी ले जाया करो।"

"भूख नहीं लगती।"

"अच्छा, कल ज़रूर आना; भूलना मत !"

"इतने में एक दूसरा लड़का साईं को गूदड़ खींचकर भागा। गूदड़ लेने के लिए साईं उस लड़के के पीछे दौड़ा। मोहन खड़ा देखता रहा, साईं आंखों से ओझल हो गया।

चौराहे तक दौड़ते-दौड़ते साईं को ठोकर लगी, वह गिर पड़ा। सिर से ख़ून बहने लगा। खिझाने के लिए जो लड़का उसका गूदड़ लेकर भागा था, वह डर से ठिठका रहा। दसरी ओर से मोहन के पिता ने उसे पकड़ लिया, दूसरे हाथ से साईं को पकड़ कर उठाया। नटखट लड़के के सर पर चपत पड़ने लगी; साईं उठकर खड़ा हो गया।

"मत मारो, मत मारो, चोट आती होगी !" साईं ने कहा—और लड़के को छुड़ाने लगा ! मोहन के पिता ने साईं से पूछा—"तब चीथड़े के लिए दौड़ते क्यों थे ?"

सिर फटने पर भी जिसको रुलाई नहीं आई थी, वह साईं लड़के को रोते देखकर रोने लगा। उसने कहा—"बाबा मेरे पास, दूसरी कौन वस्तु है, जिसे देकर इन 'रामरूप' भगवान् को प्रसन्न करता !"

"तो क्या तुम इसीलिए गूदड़ रखते हो ?"

"इस चीथड़े को लेकर भागते हैं। भगवान् और मैं उनसे लड़ कर छीन लेता हूं; रखता हूं फिर उन्हीं से छिनवाने के लिए, उनके मनोविनोद के लिए। सोने का खिलौना तो उचक्के भी छीनते हैं, पर चीथड़ों पर भगवान् ही दया करते हैं।" इतना कहकर बालक का मुंह पोंछते हुए। मित्र के समान गलबांही डाले हुए साईं चला गया।

मोहन के पिता आश्चर्य से बोले—"गूदड़ साईं ! तुम निरे गूदड़ नहीं; गुदड़ी के लाल हो ! !"

पाप की पराजय

पाने हरे कानन के हृदय में पहाड़ी नदी झिर-झिर करती बह रही है। गांव से दूर, बन्दूक़ लिए हुए शिकारी के वेश में, घनश्याम दूर बैठा है। एक निरीह शशक मारकर प्रसन्नता से पतली-पतली लकड़ियों में उसका जलना देखता हुआ प्रकृति की कमनीयता के साथ वह बड़ा अन्याय कर रहा है। किन्तु उसे दायित्वविहीन विचारपति की तरह बेपरवाही है। जंगली जीवन का आज उसे बड़ा अभिमान है। अपनी सफलता पर आप ही मुग्ध होकर मानव-समाज की शैशवावस्था की पुनरावृत्ति करता हुआ निर्दय घनश्याम उस अधजले जन्तु से उदर भरने लगा। तृप्त होने पर वन की सुधि आई। चकित होकर देखने लगा कि यह कैसा रमणीय देश है। थोड़ी देर में तंद्रा ने उसे दबा दिया। वह कोमल वृद्धि विलीन हो गई। स्वप्न ने उसे फिर उद्वेलित किया। निर्मल जल-धारा से धुले हुए पत्तों का घना कानन, स्थान-स्थान पर कुसुमित कुंज, आन्तरिक और स्वाभाविक आलोक में उन कुंजों की कोमल छाया, हृदय-स्पर्शकारी शीतल पवन का संचार, अस्फुट आलेख्य के समान उसके सामने स्फुरित होने लगे।

घनश्याम को सुदूर से मधुर झंकार-सी सुनाई पड़ने लगी। उसने अपने को व्याकुल पाया। देखा तो एक अद्भुत दृश्य ! इन्द्रनील की पुत्री फूलों से सजी हुई झरने के उस पार पहाड़ी से उतर कर बैठी है। उसके सहल-कुंचित केश से वन्य कुरुवक्र कलियां कूद-कूद कर जल-लहरियों से क्रीड़ा कर रही हैं। घनश्याम को वह वनदेवी-सी प्रतीत हुई। यद्यपि उसका रंग कंचन के समान नहीं, फिर भी गठन सांचे में ढला हुआ है। आकर्ण विस्तृत क्षेत्र नहीं, तो भी उनमें एक स्वाभाविक राग है।

यह कवि की कल्पना-सी कोई स्वर्गीया आकृति नहीं, प्रत्युत एक भिल्लिनी है। तब भी इसमें सौंदर्य नहीं है, यह कोई साहस के साथ नहीं कर सकता। घनश्याम ने तंद्रा से चौंककर उस सहज सौंदर्य को देखा और विषम समस्या में पड़कर यह सोचने लगा—"क्या सौंदर्य उपासना की ही वस्तु है, उपभोग की नहीं ?" इस प्रश्न को हल करने के लिए उसने हंटिंग कोट के पाकेट का सहारा लिया। क्लान्तिहारिणी का पान करने पर उसकी आंखों पर रंगीन चश्मा चढ़ गया। उसकी तंद्रा का यह काल्पनिक स्वर्ग धीरे-धीरे विलास-मंदिर में परिणत होने लगा। धनश्याम ने देखा कि अद्भुत रूप, यौवन की चरम-सीमा और स्वास्थ्य का मनोहर संस्करण रंग बदलकर पाप ही सामने आया।

पाप का यह रूप, जब वह वासना को फांस कर अपनी ओर मिला चुकता है, बड़ा कोमल अथवा कठोर एवं भयानक होता है और तब पाप का मुख कितना सुंदर होता है ! सुंदर ही नहीं, आकर्षक भी, वह भी कितना प्रलोभन-पूर्ण और कितना शक्तिशाली, जो अनुभव में नहीं आ सकता। उसमें विजय का दर्प भरा रहता है। वह अपने एक मृदु मुस्कान से सुदृढ़ विवेक की अवहेलना करता है। घनश्याम ने धोखा खाया और क्षण भर में वह सरल सुषमा विलुप्त होकर उद्दीपन का अभिनय करने लगी। यौवन ने भी उस समय काम से मित्रता कर ली। पाप की सेना और उसका आक्रमण प्रबल हो चला। विचलित होते ही घनश्याम को पराजित होना पड़ा। वह आवेश में बांहें फैला कर झरने को पार करने लगा।

नील की पुत्री ने उस ओर देखा भी नहीं। युवक की मांसल पीन भुजाएं उसे आलिंगन किया ही चाहती थीं कि ऊपर पहाड़ी पर से शब्द सुनाई पड़ा—"क्यों नीला, कब तक यहीं बैठी रहेगी ? मुझे देर हो रही है। चल, घर चलें।

घनश्याम ने सिर उठाकर कर देखा तो ज्योतिर्मयी दिव्य मूर्ति रमणी सुलभ पवित्रता का ज्वलन्त प्रमाण, केवल यौवन से ही नहीं, बल्कि कला की दृष्टि से भी, दृष्टिगत हुई। किन्तु आत्म-गौरव का दुर्ग किसी की सहज पाप-वासना को वहां फटकने नहीं देता था। शिकारी घनश्याम लज्जित तो हुआ ही, पर वह भयभीत भी था। पुण्य-प्रतिमा के सामने पाप की पराजय हुई। नीला ने घबराकर कहा—"रानी जी, आती हूं। ज़रा मैं थक गई थी।" रानी और नीला दोनों चली गईं। अबकी बार घनश्याम ने फिर सोचने का प्रयास किया—"क्या सौंदर्य उपभोग

के लिए नहीं, केवल उपासना के लिए है ?" खिन्न होकर वह घर लौटा। किन्तु बार-बार वह घटना याद आती रही। घनश्याम कई बार उस झरने पर क्षमा मांगने गया। किन्तु वहां उसे कोई न मिला।

दो

जो कठोर सत्य है, जो प्रत्यक्ष है, जिसकी प्रचण्ड लपट अभी नदी में प्रतिभाषित हो रही है, जिसकी गर्मी इस शीतल रात्रि में भी अंक में अनभत हो रही है, उसे असत्य या उसे कल्पना कह कर उड़ा देने के लिए घनश्याम का मन हठ कर रहा है।

थोड़ी देर पहले जब (नदी पर से मुक्त आकाश में एक टुकड़ा बादल का उठ आया था) चिता लग चुकी थी, घनश्याम आग लगाने को उपस्थित था। उसकी स्त्री चिता पर अतीत निद्रा में निमग्न थी। निठुर हिन्दू-शास्त्र की कठोर आज्ञा से जब वह विद्रोह करने लगा था, उसी समय घनश्याम को सांत्वना हुई, उसने अचानक मूर्खता से अग्नि लगा दी। उसे ध्यान हुआ कि बादल बरस कर निर्दय चिता को बुझा देंगे, उसे जलने न देंगे। किन्तु व्यर्थ ? चिता ठंडी होकर और भी ठहर-ठहर कर सुलगने लगी, क्षण भर में जल कर राख न होने पाई।

घनश्याम ने हृदय में सोचा कि यदि हम मुसलमान या ईसाई होते। तो ? आह ! फूलों से मिली हुई मुलायम मिट्टी में इसे सुला देते, सुन्दर समाधि बनाते, आजीवन प्रति संध्या को दीप जलाते, फूल चढ़ाते, कविता पढ़ते, रोते, आंसू बहाते, किसी तरह दिन बीत जाते। किन्तु यहां कुछ भी नहीं। हत्यारा समाज ! कठोर धर्म ! कुत्सित व्यवस्था! इनसे क्या आशा ? चिता जलने लगी।

तीन

श्मशान से लौटते समय घनश्याम ने साथियों को छोड़कर जंगल की ओर पैर बढ़ाया। जहां प्रायः शिकार खेलने जाया करता, वहीं जाकर बैठ गया। आज वह बहुत दिनों पर इधर आया है। कुछ ही दूरी पर देखा कि साखू के वृक्ष की

छाया में एक सुकुमार शरीर पड़ा है। सिरहाने तकिया का काम हाथ दे रहा है। घनश्याम ने अभी कड़ी चोट खाई है। करुण-कमल का उसने आर्द्र मानस में विकास हो गया। उसने समीप जाकर देखा कि वह रमणी और कोई नहीं है, वही रानी है, जिसे उसने बहुत दिन हुए एक अनोखे ढंग में देखा था। घनश्याम की आहट पाते ही रानी उठ बैठी। घनश्याम ने पूछा—"आप कौन हैं? क्यों यहां पड़ी हैं ?"

रानी—"मैं केतकी-वन की रानी हूं।"

"तब ऐसे क्यों ?"

"समय की प्रतीक्षा में पड़ी हूं।"

"कैसा समय ?"

"आप से क्या काम ? क्या शिकार खेलने आए हैं ?"

"नहीं देवी ! आज स्वयं शिकार हो गया हूं।"

"तब तो आप शीघ्र ही शहर की ओर पलटेंगे। क्या किसी भिल्लनी के नयन-बाण लगे हैं ? किन्तु नहीं, मैं भूल कर रही हूं। उन बेचारियों को क्षुधाज्वाला ने जला रक्खा है। ओह, वह गढ़ में धंसी हुई आंखें अब किसी को आकर्षित करने का सामर्थ्य नहीं रखती ! हे भगवान्, मैं किसलिए पहाड़ी से उतर कर आई हूं।"

"देवी ! आपका अभिप्राय क्या है, मैं समझ न सका। क्या ऊपर आकाल है, दुर्भिक्ष है ?"

"नहीं-नहीं, ईश्वर का प्रकोप है, पवित्रता का अभिशाप है, करुणा की वीभत्स मर्ति का दर्शन है।"

"तब आपकी क्या इच्छा है ?"

"मैं वहां की रानी हूं। मेरे वस्त्र-आभूषण-भण्डार में जो कुछ था, सब बेच कर तीन महीने किसी प्रकार उन्हें खिला सकी, अब मेरे पास इस वस्त्र को छोड़कर और कुछ नहीं रहा कि विक्रय करके एक भी क्षुधित पेट की ज्वाला बुझाती, इसलिए ...।"

"क्या ?"

"शहर चलूंगी। सुना है कि वहां रूप का भी दाम मिलता है। यदि कुछ मिल सके ..."

"तब ?"

"तो इसे भी बेच दूंगी। अनाथ बालकों को इससे कुछ तो सहायता पहुंच सकेगी। क्यों, क्या मेरा रूप बिकने के योग्य नहीं है ?"

युवक घनश्याम इसका उत्तर देने में असमर्थ था। कुछ दिन पहले वह अपना सर्वस्व देकर भी ऐसा रूप क्रय करने को प्रस्तत हो जाता। आज वह अपनी स्त्री के वियोग में बड़ा ही सीधा, धार्मिक, निरीह एवं परोपकारी हो गया। आर्त्तमुमुक्षु की तरह उसे न जाने किस वस्तु की खोज थी।

घनश्याम ने कहा—"मैं क्या उत्तर दूं ?"

"क्यों ? क्या दाम न लगेगा ? हां तुम भी आज किस वेश में हो ? क्या सोचते हो ? बोलते क्यों नहीं ?"

"मेरी स्त्री का शरीरान्त हो गया।"

"तब तो अच्छा हुआ, तुम नगर के धनी हो। तुम्हें तो रूप की आवश्यकता होती होगी। क्या इसे क्रय करोगे ?"

घनश्याम ने हाथ जोड़कर सिर नीचा कर लिया। तब उस रानी ने कहा—"उस दिन तो एक भिल्लनी के रूप पर मरते थे। क्यों, आज क्या हुआ ?"

"देवी, मेरा साहस नहीं है—वह पाप का वेग था।"

"छिः पाप के लिए साहस था और पुण्य के लिए नहीं ?"

घनश्याम रो पड़ा और बोला—"क्षमा कीजिएगा। पुण्य किस प्रकार सम्पादित होता है, मुझे नहीं मालूम। किन्तु इसे पुण्य कहने में...।"

"संकोच होता है। क्यों ?"

इसी समय दो-तीन बालक, चार-पांच स्त्रियां और छः-सात भील अनाहारक्लिष्ट, शीर्ण कलेवर पवन से हिलते-डुलते रानी के सामने आकर खड़े हो गए।

रानी ने कहा—"क्यों अब पाप की परिभाषा करोगे ?"

घनश्याम ने कांप कर कहा—"नहीं, प्रायश्चित करूंगा, उस दिन के पाप का प्रायश्चित।"

युवक घनश्याम वेग से उठ खड़ा हुआ—"बहिन तुमने मेरे जीवन को अवलम्ब दिया है। मैं निरुद्देश्य हो रहा था। कर्त्तव्य नहीं सूझ पड़ता था। आपको रूप-विक्रय न करना पड़ेगा। मैं संध्या तक आ जाऊंगा।"

"संध्या तक ?"

"और भी पहले।"

बालक रोने लगे—"रानी मां, अब नहीं रहा जाता।" घनश्याम से भी नहीं रहा गया, वह भागा।

घनश्याम की पापभूमि, देखते-देखते गाड़ी और छकड़ों से भर गई, बाज़ार लग गया, रानी के प्रबंध में घनश्याम ने वहीं पर आकाल-पीड़ितों की सेवा आरम्भ कर दी।

जो घटना उसे बार-बार स्मरण होती थी, उसी का यह प्रायश्चित था। घनश्याम ने उसी भिल्लनी को प्रधान प्रबंध करने वाली देखकर आश्चर्य किया। उसे न जाने क्यों हर्ष और उत्साह दोनों हुए।

खंडहर की लिपि

जब वसन्त की पहली लहर अपना पीला रंग सीमा की खेतों पर चढ़ा लाई, काली कोयल ने उसे बरजना आरम्भ किया और भौंरे गुनगुना कर काना-फूंसी करने लगे, उसी समय एक समाधि के पास लगे हुए गुलाब ने मुंह खोलने का उपक्रम किया। किन्तु किसी युवक के चंचल हाथ ने उसका हौसला भी तोड़ दिया। दक्षिण पवन ने उससे कुछ झटक लेना चाहा, बेचारे की पंखुड़ियां झड़ गई। युवक ने इधर-उधर देखा। एक उदासी और अभिलाषामयी शून्यता ने उसकी प्रत्याशी दृष्टि को कुछ उत्तर न दिया। वसन्त-पवन का एक भारी झोंका 'हा-हा' करता उसकी हंसी उड़ाता चला गया।

सटी हुई टेकरी की टूटी-फूटी सीढ़ी पर युवक चढ़ने लगा। पचास सीढ़ियां चढ़ने के बाद वह बगल की पुरानी दालान में विश्राम लेने के लिए ठहर गया। ऊपर जो जीर्ण मन्दिर था, उसका ध्वंसावशेष देखने को वह बार-बार जाता था। उस भग्न स्तूप से युवक को आमंत्रित करती हुई 'आओ आओ' की अपरिस्फुट पुकार बुलाया करती। जाने कब के अतीत ने उसे स्मरण कर रखा है। मण्डप के भग्न कोण में एक पत्थर के ऊपर न जाने कौन-सी लिपी थी, जो किसी कोरदार पत्थर में लिखी गई थी। वह नागरी तो कदापि नहीं थी। युवक ने आज फिर उसी ओर देखते-देखते उसे पढ़ना चाहा। बहुत देर तक घूमता-घूमता वह थक गया था, इससे उसे निद्रा आने लगी। वह स्वप्न देखने लगा।

कमलों का कमनीय विकास झील की शोभा को द्विगुणित कर रहा है। उसके आमोद के साथ वीणा की झनकार, झील के स्पर्श के शीतल और सुरभित पवन में भर रही थी। सुदूर प्रतीचि में एक सहस्रदल स्वर्ण-कमल अपनी शेष

स्वर्णकिरण की मृणाल पर भी व्योम-निधि में खिल रहा है। वह लज्जित होना चाहता है। वीणा के तारों पर उसकी अंतिम आभा की चमक पड़ रही है। एक आनंदपूर्ण विषाद से युवक अपनी चंचल अंगुलियों को नचा रहा है। एक दासी स्वर्णपात्र में केसर, अगुरु, चंदन-मिश्रित अंगराग और नवमल्लिका की माला, कई ताम्बूल लिए हुए आई, प्रणाम करके उसने कहा—"महाश्रेष्ठ धनमित्र की कन्या ने श्रीमान् के लिए उपहार भेजकर प्रार्थना की है कि आज के उद्यान गोष्ठ में आप अवश्य पधारने की कृपा करें। आनन्द विहार के समीप उपवन में आपकी प्रतीक्षा करती हुई कामिनी देवी बहुत देर तक रहेंगी।"

युवक ने विरक्त होकर कहा—"अभी कई दिन हुए हैं, मैं सिंहल से आ रहा हूं, मेरा पोत समुद्र में डूब गया है। मैं ही किसी तरह बचा हूं। अपनी स्वामिनी से कह देना कि मेरी अभी ऐसी अवस्था नहीं है कि मैं उपवन के आनन्द का उपयोग कर सकूं।"

"तो प्रभु, क्या मैं यही उत्तर दे दूं ?" दासी ने कहा।

"हां, और यह भी कह देना कि—तुम सरीखी अविश्वासिनी स्त्रियों से मैं और भी दूर भागना चाहता हूं, जो प्रलय के समुद्र की प्रचण्ड आंधी में एक जर्जर पोत से भी दुर्बल और उस डुबा देने वाली लहर से भी भयानक है।" युवक ने अपनी वीणा संवारते हुए कहा।

"वे उस उपवन में कभी की जा चुकी हैं, और हमसे यह भी कहा है कि यदि वे गोष्ठ में न आना चाहें, तो स्तूप की सीढ़ी के विश्राम-मण्डप में मुझे एक बार अवश्य मिल लें, मैं निर्दोष हूं।" दासी ने सविनय कहा।

युवक ने रोष-भरी दृष्टि से देखा। दासी प्रणाम करके चली गई। सामने का एक कमल संध्या के प्रभाव से कुम्हला रहा था। युवक को प्रतीत हुआ कि वह धन-मित्र की कन्या का मुख है। उससे मकरन्द नहीं, अश्रु गिर रहे हैं। 'मैं निर्दोष हूं,' यही भौंरे भी गूंजकर कह रहे हैं।

युवक ने स्वप्न में चौंक कर कहा—"मैं जाऊंगा।" आंख न खोलने पर भी उसने उस जीर्ण दालान की लिपी पढ़ ली—"निष्ठुर ! अन्त को तुम नहीं आए।" युवक सचेत होकर उठने को था कि वह कई सौ बरस की पुरानी छत धम से गिरी।

वायुमण्डल में—"आओ-आओ" का शब्द गूंजने लगा।

दुखिया

पहाड़ी देहात, जंगल के किनारे के गांव और बरसात का समय! वह भी उषाकाल! बड़ा ही मनोरम दृश्य था। रात की वर्षा से आम के वृक्ष सराबोर थे। अभी पत्तों से पानी ढुलक रहा था। प्रभात के स्पष्ट होने पर भी धुंधले प्रकाश में सड़क के किनारे आम्रवृक्ष के नीचे बालिका कुछ देख रही थी। 'टप' से शब्द हुआ, बालिका उछल पड़ी, गिरा हुआ आम उठाकर अंचल में रख लिया। (जो पाकेट की तरह खोंस कर बना हुआ था।)

दक्षिण पवन ने अनजान में फल में लदी हुई डालियों से अठखेलियां कीं। उसका संचित धन अस्त-व्यस्त हो गया। दो-चार गिर पड़े। बालिका उषा की किरणों के समान ही खिल पड़ी। उसका अंचल भर उठा। फिर भी आशा में खड़ी रही। व्यर्थ प्रयास जान कर लौटी, और अपनी झोंपड़ी की ओर चल पड़ी। फूस की झोंपड़ी में बैठा हुआ उसका अंधा बूढ़ा बाप अपनी फूटी हुई चिलम सुलगा रहा था। दुखिया ने आते ही। आंचल से सात आमों में से पांच निकाल कर बाप के हाथ में रख दिए। और स्वयं बरतन मांजने के लिए 'डबरे' की ओर चल पड़ी।

बरतनों का विवरण सुनिए, एक फूटी बटुली, एक लोंहदी और लोटा, यही उस दीन परिवार का उपकरण था। डबरे के किनारे छोटी-सी शिला पर अपने फटे हुए वस्त्र संभाले हुए बैठ कर दुखिया ने बरतन मलना आरम्भ किया।

दो

अपने पीसे हुए बाजरे के आटे की रोटी पका कर दुखिया ने बूढ़े-बाप को खिलाया और स्वयं बचा हुआ खा-पीकर पास ही के महुए के वृक्ष की फैली जड़ों पर सिर रख कर लेट रही। कुछ गुनगुनाने लगी। दुपहरी ढल गई। अब दुखिया उठी और खुरपी-जाला लेकर घास छीलने चली। ज़मींदार के घोड़े के लिए घास वह रोज़ दे आती थी, कठिन परिश्रम से उसने अपने काम भर घास कर लिया, फिर उसे डबरे में रख कर धोने लगी।

सूर्य की सुनहली किरणें बरसाती आकाश पर नवीन चित्रकार की तरह कई प्रकार के रंग लगाना सीखने लगीं। अमराई और ताड़-वृक्षों की छाया उस शाद्वल जल में पड़कर प्राकृतिक चित्र का सृजन करने लगी। दुखिया को विलम्ब हुआ, किन्तु अभी उसकी घास धो नहीं गई, उसे जैसे इसकी कुछ परवाह न थी। इसी समय घोड़े की टापों के शब्द ने उसकी एकाग्रता को भंग किया।

ज़मींदार कुमार संध्या को हवा खाने के लिए निकले थे। वेगवान 'बालोतरा' जाति का कुम्मेद पचकल्यान आज गरम हो गया था। मोहनसिंह से बेक़ाबू होकर वह बगटुट भाग रहा था। संयोग ! जहां पर दुखिया बैठी थी, उसी के समीप ठोकर लेकर घोड़ा गिरा। मोहनसिंह भी बुरी तरह घायल होकर गिरे। दुखिया ने मोहनसिंह की सहायता की। डबरे से जल लाकर घावों को धोने लगी। मोहन ने पट्टी बांधी, घोड़ा भी उठ कर शान्त खड़ा हुआ। दुखिया उसे टहलाने लगी थी। मोहन ने कृतज्ञता की दृष्टि से दुखिया को देखा, वह एक सुशिक्षित युवक था। उसने दरिद्र दुखिया को उसकी सहायता के बदले ही रुपया देना चाहा। दुखिया ने हाथ जोड़कर कहा—"बाबूजी, हम तो आप ही के गुलाम हैं। इसी घोड़े को घास देने से हमारी रोटी चलती है।"

अब मोहन ने दुखिया को पहिचाना। उसने कहा—

"क्या तुम रामगुलाम की लड़की हो ?"

"हां, बाबूजी।"

"वह बहुत दिनों से दिखता नहीं !"

"बाबूजी, उनकी आंखों से दिखाई नहीं पड़ता।"

"अहा, हमारे लड़कपन में वह हमारे घोड़े को, जब हम उस पर बैठते थे, पकड़ कर टहलाता था। वह कहां है ?"

"अपना मड़ई में।"

"चलो, हम वहां तक चलेंगे।"

किशोर दुखिया को कौन जाने क्यों संकोच हुआ, उसने कहा—"बाबूजी, घास पहुंचने में देर हुई है। सरकार बिगड़ेंगे।"

"कुछ चिन्ता नहीं; तुम चलो।"

लाचार होकर दुखिया घास का बोझा सिर पर रखे हुए झोंपड़ी की ओर चल पड़ी। घोड़े पर मोहन पीछे-पीछे था।

"रामगुलाम, तुम अच्छे तो हो ?"

"राज ! सरकार ! जुग-जुग जीओ बाबू !" बूढ़े ने बिना देखे अपनी टूटी चारपाई से उठते हुए दोनों हाथ अपने सिर तक ले जाकर कहा।

"रामगुलाम, तुमने पहचान लिया ?"

"न कैसे पहचानें, सरकार ! यह देह पली है।" उसने कहा। तुमको कुछ पेंशन मिली है कि नहीं ?"

आप ही का दिया खाते हैं, बाबूजी ! अभी लड़की हमारी जगह पर घास देती है।"

भावुक नवयुवक ने फिर प्रश्न किया, "क्यों रामगुलाम, जब इसका विवाह हो जाएगा, तब कौन घास देगा ?"

रामगुलाम के आनन्दाश्रु दुःख की नदी होकर बहने लगे। बड़े कष्ट से उसने कहा—"क्या हम सदा जीते रहेंगे ?"

अब मोहन से नहीं रहा गया, वहीं दो रुपए उस बुढ्डे को देकर चलते बने। जाते-जाते कहा—"फिर कभी।"

दुखिया को भी घास लेकर वहीं जाना था। वह पीछे चली।

ज़मींदार की पशुशाला थी। हाथी, ऊंट, घोड़ा बुलबुल, भैंसा, गाय, बकरे, बैल, लाल, किसी की कमी नहीं थी। एक दुष्ट नज़ीम खां इन सबों का निरीक्षक था। दुखिया को देर से आते देखकर उसे अवसर मिला। बड़ी नीचता से उसने कहा—"मारे जवानी के तेरा मिजाज़ ही नहीं मिलता ! कल से तेरी नौकरी बंद कर

दी जाएगी। इतनी देर!"

दुखिया कुछ नहीं बोलती, किन्तु उसको अपने बूढ़े बाप की याद आ गई। उसने सोचा, किसी तरह नौकरी बचानी चाहिए, परन्तु कह बैठी—

"छोटे सरकार घोड़े पर से गिर पड़े रहे। उन्हें मड़ई तक पहुंचाने में देर... ।"

"चुप हरामज़ादी ! तभी तो तेरा मिजाज़ बिगड़ा है। अभी बड़े सरकार के पास चलते हैं।"

वह उठा और चला। दुखिया ने घास का बोझा पटका और रोती हुई झोंपड़ी की ओर चलती हुई। राह चलते-चलते उसे डबरे का सायंकालीन दृश्य स्मरण होने लगा। वह उसी में भूल कर अपने घर पहुंच गई।

आकाशदीप

"बांदी !"

"क्या है ? सोने दो।"

"मुक्त होना चाहते हो ?"

"अभी नहीं, निद्रा खुलने पर, चुप रहो।"

"फिर अवसर न मिलेगा।"

"बड़ा शीत है, कहीं से एक कंबल डालकर कोई शीत से मुक्त करता।"

"आंधी की सम्भावना है। यही अवसर है। आज मेरे बंधन शिथिल है।"

"तो क्या तुम भी बन्दी हो ?"

"हां, धीरे बोलो, इस नाव पर केवल दस नाविक और प्रहरी हैं।"

"शस्त्र मिलेगा ?"

"मिल जाएगा। पोत से सम्बद्ध रज्जु काट सकोगे ?"

"हां।"

समुद्र में हिलोरे उठने लगीं। दोनों बंदी आपस में टकराने लगे। पहले बंदी ने अपने को स्वतंत्र कर लिया। दूसरे का बंधन खोलने का प्रयत्न करने लगा। लहरों के धक्के एक-दूसरे को स्पर्श से पुलकित कर रहे थे। मुक्ति की आशा—स्नेह का असंभावित आलिंगन। दोनों ही अन्धकार में मुक्त हो गए। दूसरे बन्दी ने हर्षातिरेक से उसको गले से लगा लिया। सहसा उस बन्दी ने कहा— "यह क्या ? तुम स्त्री हो ?"

"क्या स्त्री होना कोई पाप है ?"—अपने को अलग करते हुए स्त्री ने कहा।

"शस्त्र कहां है—तुम्हारा नाम ?"

"चंपा।"

तारक-खचित नील अम्बर और समुद्र के अवकाश में पवन ऊधम मचा रहा था। अंधकार से मिलकर पवन दुष्ट हो रहा था। समुद्र में

आंदोलन था। नौका लहरों में विकल थी। स्त्री सतर्कता से लुढ़कने लगी। एक मतवाले नाविक के शरीर से टकराती हुई सावधानी से उसका कृपाण निकालकर, फिर लुढ़कते हुए, बंदी के समीप पहुंच गई। सहसा पोत से पथ-प्रदर्शक ने चिल्लाकर कहा—"आंधी !"

आपत्ति-सूचक तूर्य बजने लगा। सब सावधान होने लगे। बन्दी युवक उसी तरह पड़ा रहा। किसी ने रस्सी पकड़ी, कोई पाल खोल रहा था। पर युवक बन्दी ढुलककर उस रज्जु के पास पहुंचा, जो पोत से संलग्न थी। तारे ढंक गए। तरंगें उद्वेलित हुईं, समुद्र गरजने लगा। भीषण-आंधी, पिशाचिनी के समान नाव को अपने हाथों में लेकर कंदुक-क्रीड़ा और अट्टहास करने लगी।

एक झटके के साथ ही नाव स्वतंत्र थी। उस संकट में भी दोनों बंदी खिल-खिलाकर हंस पड़े। आंधी के हाहाकार में उसे कोई न सुन सका।

दो

अनन्त जलनिधि में उषा का मधुर आलोक फूट उठा। सुनहली किरणों और लहरों की कोमल सृष्टि मुस्कराने लगी। सागर शांत था। नाविकों ने देखा, पोत का पता नहीं। बंदी मुक्त हैं।

नायक ने कहा—"बुधगुप्त ! तुमको मुक्त किसने किया ?"

कृपाण दिखाकर बुधगुप्त ने कहा—"इसने।"

नायक ने कहा—"तो तुम्हें फिर बन्दी बनाऊंगा।"

"किसके लिए ? पोताध्यक्ष मणिभद्र अतल जल में होगा—नायक ! अब इस नौका का स्वामी मैं हूं।"

"तुम ? जलदस्यु बुधगुप्त ? कदापि नहीं।"—चौंक कर नायक ने कहा और वह अपना कृपाण टटोलने लगा ? चंपा ने इसके पहले उस पर अधिकार

कर लिया था। वह क्रोध से उछल पड़ा।

"तो तुम द्वन्द्वयुद्ध के लिए प्रस्तुत हो जाओ; जो विजयी होगा, वह स्वामी होगा।"—इतना कहकर बुधगुप्त ने कृपाण देने का संकेत किया। चंपा ने कृपाण नायक के हाथ में दे दिया।

भीषण घात-प्रतिघात आरंभ हुआ। दोनों कुशल, दोनों त्वरित गतिवाले थे। बड़ी निपुणता से बुधगुप्त ने अपना कृपाण दांतों से पकड़कर अपने दोनों हाथ स्वतंत्र कर लिए। चंपा भय और विस्मय से देखने लगी। नाविक प्रसन्न हो गए। परंतु बुधगुप्त ने लाघव से नायक का कृपाण वाला हाथ पकड़ लिया और विकट हुंकार से दूसरा हाथ कटि में डाल, उसे गिरा दिया। दूसरे ही क्षण प्रभात की किरणों में बुधगुप्त का विजयी कृपाण उसके हाथों में चमक उठा। नायक की कातर आंखें प्राण-भिक्षा मांगने लगीं।

बुधगुप्त ने कहा—"बोलो, अब स्वीकार है कि नहीं ?"

"मैं अनुचर हूं, वरुणदेव की शपथ। मैं विश्वासघात नहीं करूंगा।" बुधगुप्त ने उसे छोड़ दिया।

चंपा ने युवक जलदस्यु के समीप आकर उसके क्षतों को अपनी स्निग्ध दृष्टि और कोमल करों से वेदना-विहीन कर दिया। बुधगुप्त के सुगठित शरीर पर रक्त-बिंदु विजय-तिलक कर रहे थे।

विश्राम लेकर बुधगुप्त ने पूछा "हम लोग कहां होंगे ?"

"बालीद्वीप से बहुत दूर, सम्भवतः एक नवीन द्वीप के पास, जिसमें अभी हम लोगों का बहुत कम आना-जाना होता है। सिंहल के वणिकों का वहां प्राधान्य है।"

"कितने दिनों में हम लोग वहां पहुंचेंगे ?"

"अनुकूल पवन मिलने पर दो दिन में। तब तक के लिए खाद्य का अभाव न होगा।"

सहसा नायक ने नाविकों को डांड़ लगाने की आज्ञा दी, और स्वयं पतवार पकड़कर बैठ गया। बुधगुप्त के पूछने पर उसने कहा— "यहां यह जलमग्न शैलखण्ड है। सावधान न रहने से नाव टकराने का भय है।"

तीन

"तुम्हें इन लोगों ने बंदी क्यों बनाया ?"

"वणिक मणिभद्र की पाप-वासना ने।"

"तुम्हारा घर कहां है ?"

"जाह्नवी के तट पर। चंपा-नगरी की एक क्षत्रिय बालिका हूं। पिता इसी मणिभद्र के यहां प्रहरी का काम करते थे। माता का देहावसान हो जाने पर मैं भी पिता के साथ नाव पर ही रहने लगी। आठ बरस से समुद्र ही मेरा घर है। तुम्हारे आक्रमण के समय मेरे पिता ने ही सात दस्युओं को मारकर जल-समाधि ली। एक मास हुआ, मैं इस नील नभ के नीचे, नील जलनिधि के ऊपर, एक भयानक अनंतता में निस्सहाय हूं—अनाथ हूं। मणिभद्र ने मुझसे एक दिन घृणित प्रस्ताव किया। मैंने उसे गालियां सुनाईं। उसी दिन से बन्दी बना दी गई।"—चम्पा रोष से जल रही थी।

"मैं भी ताम्रलिप्ति का एक क्षत्रिय हूं, चम्पा ! परन्तु दुर्भाग्य से जलदस्यु बन कर जीवन बिताता हूं। अब तुम क्या करोगी ?"

"मैं अपने अदृष्ट को अनिर्दिष्ट ही रहने दूंगी। वह जहां ले जाय।"—चम्पा की आंखें निस्सीम प्रदेश में निरुद्देश्य थीं। किसी आकांक्षा के लाल डोरे न थे। धवल अपांगों में बालकों के सदृश विश्वास था। हत्या-व्यवसायी दस्यु भी उसे देखकर कांप गया। उसके मन में संभ्रमपूर्ण श्रद्धा यौवन की पहली लहरों को जगाने लगी। समुद्र-वक्ष पर विलम्बमयी राग-रंजित संध्या थिरकने लगी। चम्पा के असंयत कुंतल उसकी पीठ पर बिखरे थे। दुर्दान्त दस्यु ने देखा, अपनी महिमा में अलौकिक एक तरुण बालिका ! वह विस्मय से अपने हृदय को टटोलने लगा। उसे एक नई वस्तु का पता चला। वह थी—कोमलता !

उसी समय नायक ने कहा—"हम लोग द्वीप के पास पहुंच गए।"

बेला से नाव टकराई। चम्पा निर्भीकता से कूद पड़ी। मांझी भी उतरे। बुधगुप्त ने कहा—"जब इसका कोई नाम नहीं है, तो हम लोग इसे चम्पा-द्वीप कहेंगे।"

चम्पा हंस पड़ी।

चार

पांच बरस बाद—

शरद के धवल नक्षत्र नील गगन में झिलमिला रहे थे। चंद्र की उज्ज्वल विजय पर अंतरिक्ष में शरदलक्ष्मी ने आशीर्वाद के फूलों और खीलों को बिखेर दिया।

चम्पा के एक उच्चसौध पर बैठी हुई तरुणी चम्पा दीपक जला रही थी। बड़े यत्न से अभ्रक की मंजूषा में दीप भर कर उसने अपनी सुकुमार उंगलियों से डोरी खींची। वह दीपाधार ऊपर चढ़ने लगा। भोली-भोली आंखें, उसे ऊपर चढ़ते बड़े हर्ष से देख रही थीं। डोरी धीरे-धीरे खींची गई। चम्पा की कामना थी कि उसका आकाशदीप नक्षत्रों से हिलमिल जाय; किन्तु वैसा होना असंभव था। उसने आशा-भरी आंखें फिरा लीं।

सामने जल-राशि का रजत श्रृंगार था। वरुण बालिकाओं के लिए लहरों से हीरे और नीलम की क्रीड़ा शैल-मालाएं बन रही थीं—और वे मायाविनी छलनाएं अपनी हंसी का कलनाद छोड़कर छिप जाती थीं। दूर-दूर से धीवरों का वंशी-झनकार उनके संगीत-सा मुखरित होता था। चम्पा ने देखा कि तरल संकुल जल-राशि में उसके कंडील का प्रतिबिम्ब अस्त-व्यस्त था ! यह अपनी पूर्णता के लिए सैंकड़ों चक्कर काटता था। वह अनमनी होकर उठ खड़ी हुई। किसी को पास न देखकर पुकारा—"जया !"

एक श्यामा युवती सामने आकर खड़ी हुई। वह जंगली थी। नील नभोमण्डल-से मुख में शुद्ध नक्षत्रों की पंक्ति के समान उसके दांत हंसते ही रहते। वह चम्पा को रानी कहती; बुधगुप्त की आज्ञा थी।

"महानाविक कब तक आवेंगे, बाहर पूछो तो।" चम्पा ने कहा। जया चली गई।

दूरागत पवन चम्पा के अंचल में विश्राम लेना चाहता था। उसके हृदय में गुदगुदी हो रही थी। आज न जाने क्यों बेसुध थी। एक दीर्घकाय दृढ़ पुरुष ने उसकी पीठ पर हाथ रखकार चमत्कृत कर दिया। उसने फिर कर कहा—"बुधगुप्त !"

"बावली हो क्या ? यहां बैठी हुई अभी तक दीप जला रही हो, तुम्हें यह काम करना है ?"

“क्षीरनिधिशायी अनंत की प्रसन्नता के लिए क्या दासियों से आकाशदीप जलवाऊँ ?”

“हंसी आती है। तुम किसको दीप जलाकर पथ दिखलाना चाहती हो ? उसको, जिसको तुमने भगवान् मान लिया है ?”

“हां, वह भी कभी भटकते हैं, भूलते हैं; नहीं तो बुधगुप्त को इतना ऐश्वर्य क्यों देते ?”

“तो बुरा क्या हुआ, इस द्वीप की अधीश्वरी चम्पा रानी !”

“मुझे इस बन्दीगृह से मुक्त करो। अब तो बाली, जावा और सुमात्रा का वाणिज्य केवल तुम्हारे ही अधिकार में है महानाविक ! परंतु मुझे उन दिनों की स्मृति सुहावनी लगती है जब तुम्हारे पास एक ही नाव थी और चम्पा के उपकूल में पुण्य लादकर हम लोग सुखी जीवन बिताते थे—इस जल में अगणित बार हम लोगों की तरी अलोकमय प्रभात में तारिकाओं की मधुर ज्योति में थिरकती थी। बुधगुप्त ! उस विजन अनंत में जब मांझी सो जाते थे, दीपक बुझ जाते थे, हम-तुम परिश्रम से थक कर पालों में शरीर लपेट कर एक-दूसरे का मुंह क्यों देखते थे ? वह नक्षत्रों की मधुर छाया—”

“तो चम्पा ! अब उससे भी अच्छे ढंग से हम लोग विचर सकते हैं। तुम मेरी प्राणदात्री हो, मेरी सर्वस्व हो।”

नहीं-नहीं, तुमने दस्युवृत्ति छोड़ दी, परन्तु हृदय वैसा ही अकरुण, सतृष्ण और ज्वलनशील है। तुम भगवान के नाम पर हंसी उड़ाते हो। मेरे आकाशदीप पर व्यंग कर रहे हो। नाविक ! उस प्रचंड आंधी में प्रकाश की एक-एक किरण के लिए हम लोग कितने व्याकुल थे। मुझे स्मरण है, जब मैं छोटी थी, मेरे पिता नौकरी पर समुद्र में जाते थे—मेरी माता, मिट्टी का दीपक बांस की पिटारी में भगीरथी के तट पर बांस के साथ ऊंचे टांग देती थी। उस समय वह प्रार्थना करती—‘भगवान्! मेरे पथ-भ्रष्ट नाविक को अंधकार में ठीक पथ पर ले चलना।’ और जब मेरे पिता बरसों पर लौटते तो कहते—‘साध्वी ! तेरी प्रार्थना से भगवान् ने संकटों में मेरी रक्षा की है। वह गद् गद हो जाती। मेरी मां ?

आह नाविक ! यह उसी की पुण्य-स्मृति है। मेरे पिता, वीर पिता की मृत्यु के निष्ठुर कारण, जल-दस्यु ! हट जाओ।”—सहसा चम्पा का मुख क्रोध से भीषण

होकर रंग बदलने लगा। महानाविक ने कभी यह रूप न देखा था। वह ठठाकर हंस पड़ा।

"यह क्या, चम्पा ? तुम अस्वस्थ हो जाओगी, सो रहो।"—कहता हुआ चला गया। चम्पा मुट्ठी बांधे उन्मादिनी-सी घूमती रही।

पांच

निर्जन समुद्र के उपकूल में वेला से टकराकर लहरें बिखर जाती थीं। पश्चिम का पथिक थक गया था। उसका मुख पीला पड़ गया। अपनी शान्त गंभीर हलचल में जलनिधि विचार में निमग्ध था। वह जैसे प्रकाश की उन्मलिन किरणों से विरक्त था।

चम्पा और जया धीरे-धीरे उस तट पर आकर खड़ी हो गईं। तरंग से उठते हुए पवन ने उनके वसन को अस्त-व्यस्त कर दिया। जया के संकेत से एक छोटी-सी नौका आई। दोनों के उस पर बैठते ही नाविक उतर गया। जया नाव खेने लगी। चम्पा मुग्ध-सी समुद्र के उदास । वातावरण में अपने को मिश्रित कर देना चाहती थी।

"इतना जल ! इतनी शीतलता ! हृदय की प्यास न बुझी। पी सकूंगी ? नहीं ! तो जैसे वेला में चोट खाकर सिन्धु चिल्ला उठता है, उसी के समान रोदन करूं ? या जलते हुए स्वर्ण-गोलक सदृश अनंत जल में डूबकर बुझ जाऊँ ?"—चम्पा के देखते-देखते पीड़ा और ज्वलन से आरक्त बिम्ब धीरे-धीरे सिन्धु में चौथाई—आधा, फिर सम्पूर्ण विलीन हो गया। एक दीर्घ निश्वास लेकर चम्पा ने मुंह फेर लिया। देखा, तो महानाविक का बजरा उसके पास है। बुधगुप्त ने झुककर हाथ बढ़ाया। चम्पा के सहारे बजरे पर चढ़ गई। दोनों पास-पास बैठ गए।

"इतनी छोटी नाव पर इधर घूमना ठीक नहीं। पास ही वह जलमग्न शैलखण्ड है। कहीं नाव टकरा जाती या ऊपर चढ़ जाती, चम्पा तो?"

"अच्छा होता, बुधगुप्त ! जल में बन्दी होना कठोर प्राचीरों से तो अच्छा है।"

"आह चम्पा, तुम कितनी निर्दय हो ! बुधगुप्त को आज्ञा देकर देखो तो, वह क्या नहीं कह सकता। जो तुम्हारे नए द्वीप की सृष्टि कर सकता है, नई प्रजा खोज सकता है, नए राज्य बना सकता है, उसकी परीक्षा लेकर देखो तो ...। कहो, चम्पा !

वह कृपाण से अपना हृदय-पिंड निकाल अपने हाथों अतल जल में विजर्सन कर दे।"—महानाविक—जिसके नाम से बाली, जावा और चम्पा का आकाश गूंजता था, पवन थर्राता था—घुटनों के बल चम्पा के सामने छलछलाई आंखों से बैठा था।

सामने शैलमाला की चोटी पर हरियाली में विस्तृत जल-देश में, नील पिंगल संध्या, प्रकृति की सहृदय कल्पना, विश्राम की शीतल छाया, स्वप्नलोक का सृजन करने लगी। उस मोहिनी के रहस्यपूर्ण नीलजाल का कुहक स्फुट हो उठा। जैसे मदिरा से सारा अंतरिक्ष सिक्त हो गया। सृष्टि नील कमलों में भर उठी। उस सौरभ से पागल चम्पा ने बुधगुप्त के दोनों हाथ पकड़ लिए। वहां एक आलिंगन हुआ, जैसे क्षितिज में आकाश और सिंधु का। किन्तु परिरंभ में सहसा चैतन्य होकर चम्पा ने अपनी कंचुकी से एक कृपाण निकाल लिया।

"बुधगुप्त! आज मैं अपने प्रतिशोध का कृपाण अतल जल में डुबो देती हूं। हृदय ने छल किया, बार-बार धोखा दिया!"—चमककर वह कृपया समुद्र का हृदय बेधता हुआ विलीन हो गया।

"तो आज मैं विश्वास करूं क्षमा कर दिया गया?"—आश्चर्य-कंपित कंठ से महानाविक ने पूछा।

"विश्वास? कदापि नहीं, बुधगुप्त! जब मैं अपने हृदय पर विश्वास नहीं कर सकी, उसी ने धोखा दिया, तब मैं कैसे कहूं? मैं तुमसे घृणा करती हूं, फिर भी तुम्हारे लिए मर सकती हूं। अंधेर है जलदस्यु। तुम्हें प्यार करती हूं।"—चम्पा रो पड़ी।

वह स्वप्नों की रंगीन संध्या, तमसे अपनी आंखें बन्द करने लगी थी। दीर्घ निश्वास लेकर महानाविक ने कहा—"इस जीवन की पुण्यतम घड़ी की स्मृति में एक प्रकाश-गृह बनाऊंगा, चम्पा! यहीं उस पहाड़ी पर। संभव है कि मेरे जीवन की धुंधली संध्या उससे आलोकपूर्ण हो जाए!"

छः

चम्पा के दूसरे भाग में एक मनोरम शैलमाला थी। वह बहुत दूर तक सिंधुजल में निमग्न थी। सागर का चंचल जल उस पर उछलता हुआ उसे छिपाए था। आज इसी शैलमाला पर चम्पा के आदि-निवासियों का समारोह था।

उन सबों ने चम्पा को वनदेवी-सा सजाया था। ताम्रलिप्ति के बहुत से सैनिक नाविकों की श्रेणी में वन-कुसुम-विभूषिता चम्पा, शिविकारूढ़ होकर जा रही थी।

शैल के एक ऊंचे शिखर पर चम्पा के नाविकों को सावधान करने के लिए सुदृढ़ दीप-स्तम्भ बनवाया गया था। आज उसी का महोत्सव है। बुधगुप्त स्तम्भ के द्वार पर खड़ा था। शिविका से सहायता लेकर चम्पा को उसने उतारा। दोनों ने भीतर पदार्पण किया था कि बांसुरी और ढोल बजने लगे। पंक्तियों में कुसुम-भूषण से सजी वन-बालाएं फूल उछालती हुई नाचने लगीं।

दीप-स्तम्भ की ऊपरी खिड़की से यह देखती हुई चम्पा ने जया से पूछा—"यह क्या है जया ? इतनी बालाए कहां से बटोर लाईं ?"

"आज रानी का ब्याह है न ?"—कहकर जया ने हंस दिया। बुधगुप्त विस्तृत जलनिधि की ओर देख रहा था। उसको झकझोर कर चम्पा ने पूछा—"क्या यह सच है ?

"यदि तुम्हारी इच्छा हो, तो यह सच भी हो सकता है, चम्पा ! कितने वर्षों से मैं ज्वालामुखी को अपनी छाती में दबाए हूं।"

चुप रहो, महानाविक ! क्या मुझे निस्सहाय और कंगाल जानकर तुमने आज सब प्रतिशोध लेना चाहा ?"

"मैं तुम्हारे पिता का घातक नहीं हूं, चम्पा ! वह एक दूसरे दस्यु के शस्त्र से मरे !"

"यदि मैं इसका विश्वास कर सकती। बुधगुप्त, वह दिन कितना सुन्दर होता, वह क्षण कितना स्पृहणीय ! आह ! तुम इस निष्ठुरता में भी कितने महान् होते !"

जया नीचे चली गई थी। स्तम्भ के संकीर्ण प्रकोष्ठ में बुधगुप्त और चम्पा एकांत में एक-दूसरे के सामने बैठे थे।

बुधगुप्त ने चम्पा के पैर पकड़ लिए। उच्छ्वसित शब्दों में वह कहने लगा—चम्पा, हम लोग जन्मभूमि—भारतवर्ष से कितनी दूर इन निरीह प्राणियों में इंद्र और शची के समान पूजित हैं। पर न जाने कौन अभिशाप हम लोगों को अभी तक अलग किए है। स्मरण होता है वह दार्शनिकों का देश ! वह महिमा की प्रतिमा ! मुझे वह स्मृति नित्य आकर्षित करती है; परन्तु मैं क्यों नहीं जाता ? जानती हो, इतना महत्त्व प्राप्त करने पर भी मैं कंगाल

हूँ। मेरा पत्थर-सा हृदय एक दिन सहसा तुम्हारे स्पर्श से चन्द्रकान्तमणि की तरह द्रवित हुआ।

"चम्पा ! मैं ईश्वर को नहीं मानता, मैं पाप को नहीं मानता, मैं दया को नहीं समझ सकता, मैं उस लोक में विश्वास नहीं करता। पर मुझे अपने हृदय के एक दुर्बल अंश पर श्रद्धा हो चली है। तुम न जाने कैसे एक बहकी हुई तारिका के समान मेरे शून्य में उदित हो गई हो। आलोक की एक कोमल रेखा इस निविड़तम में मुस्कराने लगी। पशु-बल और धन के उपासक के मन में किसी शांत और एकान्त कामना की हंसी खिलखिलाने लगी; पर मैं न हंस सका।

"चलोगी चम्पा ? पोतवाहिनी पर असंख्य धनराशि लादकर राजरानी-सी जन्मभूमि के अंक में ? आज हमारा परिणय हो, कल ही हम लोग भारत के लिए प्रस्थान करें। महानाविक बुधगुप्त की आज्ञा सिंधु की लहरें मानती हैं। वे स्वयं उस पोत-पुंज को दक्षिण पवन के समान भारत में पहुंचा देंगी। आह चम्पा ! चलो।"

चम्पा ने उसके हाथ पकड़ लिए। किसी आकस्मिक झटके ने एक पलभर के लिए दोनों के अधरों को मिला दिया। सहसा चैतन्य होकर चम्पा ने कहा— बुधगुप्त ! मेरे लिए सब मिट्टी है; सब जल तरल है; सब पवन शीतल है। कोई विशेष आकांक्षा हृदय में अग्नि के समान प्रज्वलित नहीं। सब मिलाकर मेरे लिए एक शून्य है। प्रिय नाविक ! तुम स्वदेश लौट जाओ, विभवों का सुख भोगने के लिए, और मुझे, छोड़ दो इन निरीह भोले-भाले प्राणियों के दुःख की सहानुभूति और सेवा के लिए।"

"तब मैं अवश्य चला जाऊंगा, चम्पा ! यहां रहकर मैं अपने हृदय पर अधिकार रख सकूं—इसमें सन्देह है। आह ! उन लहरों में मेरा विनाश हो जाए।"—महानाविक के उच्छ्वास में विकलता थी। फिर उसने पूछा—"तुम अकेली यहां क्या करोगी ?"

"पहले विचार था कि कभी इस दीप-स्तम्भ पर से आलोक जला कर अपने पिता की समाधि का इस जल से अन्वेषण करूंगी। किन्तु देखती हूं, मुझे भी इसी में जलना होगा, जैसे आकाश-दीप।"

सात

एक दिन स्वर्ण-रहस्य के प्रभात में चम्पा ने अपने दीप-स्तम्भ पर से देखा —सामुद्रिक नावों की एक श्रेणी चम्पा का उपकूल छोड़कर पश्चिम-उत्तर की ओर महा जल-व्याल के समान संतरण कर रही है। उसकी आंखों में आंसू बहने लगे।

यह कितनी ही शताब्दियों पहले की कथा है। चम्पा आजीवन उस दीप-स्तम्भ में आलोक जलाती रही। किन्तु उसके बाद भी बहुत दिन, दीपनिवासी, उस माया-ममता और स्नेह-सेवा की देवी की समाधि-सदृश पूजा करते थे।

एक दिन काल के कठोर हाथों ने उसे भी अपनी चंचलता से गिरा दिया।

ममता

रोहतास-दुर्ग के प्रकोष्ठ में बैठी हुई युवती ममता, शोण के तीक्ष्ण गम्भीर प्रवाह को देख रही है। ममता विधवा थी। उसका यौवन शोण के समान ही उमड़ रहा था। मन में वेदना, मस्तक में आंधी, आंखों में पानी की बरसात लिए, वह सुख के कटक-शयन में विकल थी। वह रोहतास-दुर्गपति के मंत्री चूड़ामणि की अकेली दुहिता थी, फिर उसके लिए कुछ अभाव होना असंभव था, परंतु वह विधवा थी हिंदू-विधवा संसार में सबसे तुच्छ निराश्रय प्राणी है तब उसकी विडंबना का कहां अन्त था ?

चूड़ामणि ने चुपचाप उसके प्रकोष्ठ में प्रवेश किया। शोण के प्रवाह में, उसके कल-नाद में, अपना जीवन मिलाने में वह बेसुध थी। पिता का आना न जान सकी। चूड़ामणि व्यथित हो उठे। स्नेह-पालिता पुत्री के लिए क्या करें यह स्थिर न कर सकते थे। लौटकर बाहर चले गए। ऐसा प्रायः होता, पर आज मंत्री के मन में बड़ी दुश्चिंता थी। पैर सीधे न पड़ते थे।

एक पहर बीत जाने पर वे फिर ममता के पास आए। उस समय उनके पीछे दस सेवक चांदी के बड़े थालों में कुछ लिए हुए खड़े थे; कितने ही मनुष्यों के पदशब्द सुन ममता ने घूमकर देखा। मंत्री ने सब थालों को रखने का संकेत किया। अनुचर थाल रखकर चले गए।

ममता ने पूछा—"यह क्या है, पिताजी ?"

"तेरे लिए बेटी ! उपहार है।"—कहकर चूड़ामणि ने उसका आवरण उलट दिया। स्वर्ण का पीलापन उस सुनहली संध्या में विकीर्ण होने लगा! ममता चौंक उठी—

"इतना स्वर्ण ! यह कहां से आया ?"

"चुप रहो ममता, यह तुम्हारे लिए है !"

"तो क्या आपने म्लेच्छ का उत्कोच स्वीकार कर लिया ? पिताजी यह अनर्थ है, अर्थ नहीं। लौटा दीजिए। पिताजी ! हम लोग ब्राह्मण हैं, इतना सोना लेकर क्या करेंगे ?"

"इस पतनोन्मुख प्राचीन सामंत-वंश का अन्त समीप है, बेटी ! किसी भी दिन शेरशाह रोहिताश्व पर अधिकार कर सकता है; उस दिन मंत्रित्व न रहेगा, तब के लिए बेटी !"

"हे भगवान् ! तब के लिए ! विपद के लिए ! इतना आयोजन! परम पिता की इच्छा के विरुद्ध इतना साहस ! पिताजी, क्या भीख न मिलेगी ? क्या कोई हिंदू भू-पृष्ठ पर न बचा रह जाएगा, जो ब्राह्मण को दो मुट्ठी अन्न दे सके ? यह असंभव है। फेर दीजिए पिताजी, मैं कांप रही हूं—इसकी चमक आंखों को अंधा बना रही है।"

"मुर्ख है"—कहकर चुड़ामणि चले गए।

दूसरे दिन जब डोलियों का तांता भीतर आ रहा था, ब्राह्मण-मंत्री चूड़ामणि का हृदय धक्-धक् करने लगा। वह अपने को रोक न सका। उसने जाकर रोहिताश्व-दुर्ग के तोरण पर डोलियों का आवरण खुलवाना चाहा। पठानों ने कहा—

"यह महिलाओं का अपमान करना है।"

बात बढ़ गई। तलवारें खिंचीं, ब्राह्मण वहीं मारा गया और राजा-रानी और कोष सब छली शेरशाह के हाथ पड़े; निकल गई ममता। डोली में भरे हुए पठान-सैनिक दुर्ग भर में फैल गए, पर ममता न मिली।

दो

काशी के उत्तर धर्मचक्र विहार, मौर्य और गुप्त सम्राटों की कीर्ति - का खंडहर था। भग्न चूड़ा, तृण-गुल्मों से ढके हुए प्राचीर, ईंटों के ढेर से बिखरी हुई भारतीय शिल्प की विभूति, ग्रीष्म की चंद्रिका अपने को शीतल कर रही थी।

जहां पंचवर्गीय भिक्षु गौतम का उपदेश ग्रहण करने के लिए पहले मिले थे, उसी स्तूप के भग्नावशेष की मलिन छाया में एक झोंपड़ी के दीपालोक में एक स्त्री पाठ कर रही थी—

"अनन्याश्चिन्तयन्तो मां ये जनाः पर्युपासते ..."

पाठ रुक गया। एक भीषण और हताश आकृति दीप के मन्द प्रकाश में सामने खड़ी थी। स्त्री उठी, उसने कपाट बन्द करना चाहा। परंतु उस व्यक्ति ने कहा—"माता! मुझे आश्रय चाहिए।"

"तुम कौन हो ?"—स्त्री ने पूछा।

"मैं मुगल हूं। चौसा-युद्ध में शेरशाह से विपन्न होकर रक्षा चाहता हूं। इस रात अब आगे चलने में असमर्थ हूं।"

"क्या शेरशाह से ?"—स्त्री ने अपने होंठ काट लिए।

"हां, माता ?"

"परन्तु तुम भी वैसे ही क्रूर हो, वही भीषण रक्त की प्यास, वही निष्ठुर प्रतिबिम्ब, तुम्हारे मुख पर भी है। सैनिक ! मेरी कुटी में स्थान नहीं है। जाओ, कहीं दूसरा आश्रय खोज लो।"

"गला सूख रहा है, साथी छूट गए हैं, अश्व गिर पड़ा है—इतना थका हुआ हूं—इतना !"—कहते-कहते वह व्यक्ति धम-से बैठ गया और उसके सामने ब्रह्माण्ड घूमने लगा। स्त्री ने सोचा, यह विपत्ति कहां से आई ! उसने जल दिया, मुगल के प्राणों की रक्षा हुई। वह सोचने लगी—"ये सब विधर्मी दया के पात्र नहीं—मेरे पिता का वध करने वाले आततायी !" घृणा से उसका मन विरक्त हो गया।

स्वस्थ होकर मुगल ने कहा—"माता ! तो फिर मैं चला जाऊं ?"

स्त्री विचार कर रही थी—"मैं ब्राह्मणी हूं, मुझे तो अपने धर्म अतिथिदेव की उपासना—का पालन करना चाहिए। परंतु यहां...नहीं-नहीं, ये सब विधर्मी दया के पात्र नहीं। परंतु यह दया तो नहीं...कर्त्तव्य करना है। तब ?"

मुगल अपनी तलवार टेककर उठ खड़ा हुआ। ममता ने कहा—"क्या आश्चर्य है कि तुम भी छल करो; ठहरो।"

"छल ! नहीं, तब नहीं—स्त्री ! जाता हूं, तैमूर का वंशधर स्त्री से छल करेगा? जाता हूँ। भाग्य का खेल है।"

"ममता ने मन में कहा—यहां कौन दुर्ग है। यही झोंपड़ी न; जो चाहे ले-ले, मुझे तो अपना कर्तव्य करना पड़ेगा।" वह बाहर चली आई और मुग़ल से बोली—"जाओ भीतर, थके हुए भयभीत पथिक ! तुम चाहे कोई हो, मैं तुम्हें

आश्रय देती हूं। मैं ब्राह्मण-कुमारी हूं; सब अपना धर्म छोड़ दूं, तो मैं क्यों छोड़ दें ?" मुग़ल ने चन्द्रमा के मंद प्रकाश में वह महिमामय मुखमंडल देखा, उसने मन-ही-मन नमस्कार किया। ममता पास की टूटी हुई दीवारों में चली गई। भीतर, थके पथिक ने झोंपड़ी में विश्राम किया।

प्रभात में खंडहर की संधि से ममता ने देखा, सैकड़ों अश्वारोही उस प्रांत में घूम रहे हैं। वह अपनी मूर्खता पर अपने को कोसने लगी।

अब उस झोंपड़ी से निकलकर उस पथिक ने कहा—"मिरजा ! मैं यहां हूं।"

शब्द सुनते ही प्रसन्नता की चीत्कार-ध्वनि से वह प्रांत गूंज उठा। ममता अधिक भयभीत हुई। पथिक ने कहा—"वह स्त्री कहां है ? उसे खोज निकालो।" ममता छिपने के लिए अधिक सचेष्ट हुई। वह मृग-दाव में चली गई। दिन-भर उसमें से न निकली। संध्या में जब उन लोगों के जाने का उपक्रम हुआ, तो ममता ने सुना, पथिक घोड़े पर सवार होते हुए कह रहा है—"मिरज़ा ! उस स्त्री को मैं कुछ दे न सका। उसका घर बनवा देना, क्योंकि मैंने विपत्ति में यहां विश्राम पाया था। यह स्थान भूलना मत।"—इसके बाद वे चले गए।

चौसा के मुग़ल-पठान-युद्ध को बहुत दिन बीत गए। ममता अब सत्तर वर्ष की वृद्धा है। वह अपनी झोंपड़ी में एक दिन पड़ी थी। शीतकाल का प्रभात था। उसका जीर्ण-कंकाल खांसी से गूंज रहा था। ममता की सेवा के लिए गांव की दो-तीन स्त्रियां उसे घेरकर बैठी थीं; क्योंकि वह आजीवन सबके सुख-दुःख की समभागिनी रही।

ममता ने जल पीना चाहा, एक स्त्री ने सीपी से जल पिलाया। सहसा एक अश्वारोही उसी झोंपड़ी के द्वार पर दिखाई पड़ा। वह अपनी धुन में कहने लगा—"मिरज़ा ने जो चित्र बनाकर दिया है, वह तो इसी जगह का होना चाहिए। वह बुढ़िया मर गई होगी, अब किससे पूछूं कि एक दिन शहंशाह हुमायूं किस छप्पर के नीचे बैठे थे ? यह घटना भी तो सैंतालीस वर्ष से ऊपर की हुई !"

ममता ने अपने विकल कानों से सुना। उसने पास की स्त्री से कहा—"उसे बुलाओ।"

अश्वारोही पास आया। ममता ने रुक-रुककर कहा—"मैं नहीं जानती कि

वह शहंशाह था या साधारण मुग़ल, पर एक दिन इसी झोंपड़ी के नीचे वह रहा। मैंने सुना था कि वह मेरा घर बनवाने की आज्ञा दे। चुका था! भगवान् ने सुन लिया, मैं आज इसे छोड़े जाती हूं। अब तुम इसका मकान बनाओ या महल, मैं अपने चिर-विश्राम-गृह में जाती हूं!"

वह अश्वारोही अवाक् खड़ा था। बुढ़िया के प्राण-पक्षी अनंत में उड़ गए।

वहां एक अष्टकोण मन्दिर बना; और उस पर शिलालेख लगाया गया—

"सातों देश के नरेश हुमायूं ने एक दिन यहां विश्राम किया था। उनके पुत्र अकबर ने उनकी स्मृति में यह गगनचुंबी मंदिर बनाया।"

पर उसमें ममता का कहीं नाम नहीं।

स्वर्ग के खंडहर

वन्य कुसुमों की झालरें सुख शीतल पवन से विकंपित होकर चारों ओर झूल रही थीं। छोटे-छोटे झरनों की कुल्याएं कतराती हुई बह रही थीं। लता-वितानों से ढंकी हुई प्राकृतिक गुफाएं शिल्प रचना-पूर्ण सुंदर प्रकोष्ठ बनातीं, जिनमें पागल कर देने वाली सुगंध की लहरें नृत्य करती थीं । स्थान—स्थान पर कुंजों और पुष्पशय्याओं का समारोह, छोटे—छोटे विश्राम—गृह, पान—पात्रों में सुगंधित मदिरा, भांति—भांति के सुस्वादु फल—फूल वाले वृक्षों के झुरमुट, दूध और मधु की नहरों के किनारे गुलाबी बादलों का क्षणिक विश्राम । चांदनी का निभृत रंगमंच, पुलकित वृक्ष—फूलों पर मधु—मक्खियों की भन्नाहट, रह—रहकर पक्षियों की हृदय में चुभने वाली तान, मणिदीपों पर लटकती हुई मुकुलित मालाएं । तिस पर सौंदर्य के छंटे हुए जोड़ों रूपवान बालक और बालिकाओं का हृदयहारी हास—विलास! संगीत की अबाध गति में छोटी—छोटी नावों पर उनका जल—विलास! किसकी आंखें यह देखकर भी नशे में न हो जाएंगी हृदय पागल, इन्द्रियां विकल न हो रहेंगी। यही तो स्वर्ग है !

झरने के तट पर बैठे हुए एक बालक ने बालिका से कहा—"मैं भूल-भूल जाता हूं मीना, हां मीना, मैं तुम्हें मीना के नाम से कब तक पुकारूं !"

"और मैं तुमको गुल कहकर क्यों बुलाऊ !"

"क्यों मीना, यहां भी तो हम लोगों को सुख ही है। है न ? अहा, क्या ही सुन्दर स्थान है ! हम लोग जैसे एक स्वप्न देख रहे हैं ! कहीं दूसरी जगह न भेजे जाएं, तो क्या ही अच्छा हो !"

"नहीं गुल, मुझे पूर्व-स्मृति विकल कर देती है। कई बरस बीत गए—वह

माता के समान दुलार, उस उपासिका की स्नेहमयी करुणा-भरी दृष्टि आंखों में कभी-कभी चुटकी काट लेती है। मुझे तो अच्छा नहीं लगता; बंदी होकर रहना तो स्वर्ग में भी...अच्छा, तुम्हें यहां रहना नहीं खलता ?"

"नहीं मीना, सबके बाद जब मैं तुम्हें अपने पास ही पाता हूं, तब और किसी आकांक्षा का स्मरण ही नहीं रह जाता। मैं समझता हूं कि..."

"तुम ग़लत समझते हो..."

मीना अभी पूरा कहने न पाई थी कि तितलियों के झुंड के पीछे, उन्हीं के रंग के कौषेय वसन पहने हुए, बालक और बालिकाओं की दौड़ती हुई टोली ने आकर मीना और गुल को घेर लिया।

"जल-विहार के लिए रंगीन मछलियों का खेल खेला जाए।"

एक साथ ही तालियां बज उठीं। मीना और गुल को ढकेलते हुए सब उसी कलनादी स्रोत में कूद पड़े। पुलिन की हरी झाड़ियों में से वंशी बजने लगी। मीना और गुल की जोड़ी आगे-आगे और पीछे-पीछे सब बालक-बालिकाओं की टोली तैरने लगी। तीर पर की झुकी डालों के अंतराल में लुक-छिपकर निकलना, उन कोमल पाणि-पल्लवों से क्षुद्र वीचियों का कटना, सचमुच उसी स्वर्ग में प्राप्त था।

तैरते-तैरते मीना ने कहा—"गुल, यदि मैं बह जाऊं और डूबने लगूं?"

"मैं नाव बन जाऊंगा, मीना ?"

"और जो मैं यहां से सचमुच चली जाऊं ?"

"ऐसा न कहो; फिर मैं क्या करूंगा ?"

"क्यों, क्या तुम मेरे साथ न चलोगे ?"

इतने में एक दूसरी सुंदरी, जो कुछ पास थी, बोली—कहां चलोगे गुल ? मैं भी चलूंगी, उसी कुंज में। अरे देखो, वह कैसा हरा-भरा अंधकार है !" गुल उसी ओर लक्ष्य करके संतरण करने लगा। बहार उसके साथ तैरने लगी। वे दोनों त्वरित गति से तैर रहे थे, मीना उनका साथ न दे सकी, वह हताश होकर और भी पिछड़ने के लिए धीरे-धीरे तैरने लगी।

बहार और गुल जल से टकराती हुई डालों को पकड़कर विश्राम करने लगे। किसी को समीप में न देखकर बहार ने गुल से कहा—"चलो, हम लोग इसी कुंज में छिप जाएं।"

वे दोनों उसी झुरमुट में विलीन हो गए।

मीना से एक दूसरी सुंदरी ने पूछा—"गुल किधर गया, तुमने देखा?"

मीना जानकर भी अनजान बन गई। वह दूसरे किनारे की ओर लौटती हुई बोली—"मैं नहीं जानती।"

इतने में एक विशेष संकेत से बजती हुई सीटी सुनाई पड़ी। सब तैरना छोड़कर बाहर निकले। हरा वस्त्र पहने हुए, एक गंभीर मनुष्य के साथ एक युवक दिखाई पड़ा। युवक की आंखें नशे में रंगीली हो रही थीं; पैर लड़खड़ा रहे थे। सबने उस प्रौढ़ को देखते ही सिर झुका लिया। वे बोल उठे—"महापुरुष, क्या कोई हमारा अतिथि आया है ?"

"हां, यह युवक स्वर्ग देखने की इच्छा रखता है"—हरे वस्त्र वाले प्रौढ़ ने कहा।

सबने सिर झुका लिया। फिर एक बार निर्निमेष दृष्टि से मीना की ओर देखा। वह पहाड़ी दुर्ग का भयानक शेख़ था। सचमुच उसे एक आत्म-विस्मृति हो चली। उसने देखा, उसकी कल्पना सत्य में परिणत हो रही है।

"मीना—आह ! कितना सरल और निर्दोष सौंदर्य है। मेरे स्वर्ग की सारी माधुरी उसकी भीगी हुई एक लट के बाल खाने में बंधी हुई छटपटा रही है।"—उसने पुकारा—"मीना !"

मीना पास आकर खड़ी हो गई, और सब उस युवक को छोड़कर एक ओर चल पड़े। केवल मीना शेख़ के पास रह गई।

शेख़ ने कहा—"मीना, तुम मेरे स्वर्ग की रत्न हो।"

मीना कांप रही थी। शेख़ ने उसका ललाट चूम लिया, और कहा—"देखो, तुम किसी भी अतिथि की सेवा करने न जाना। तुम केवल उस द्राक्षा मंडप में बैठकर कभी-कभी गा लिया करो। बैठो, मुझे भी वह अपना गीत सना दो।"

मीना गाने लगी। उस गीत का तात्पर्य था—"मैं एक भटकी हुई बुलबुल हूं। हे मेरे अपरिचित कुंज ! क्षण-भर मुझे विश्राम करने दोगे? वह मेरा क्रंदन है—मैं सच कहती हूं यह मेरा रोना है, गाना नहीं। मुझे दम तो लेने दो। आने दो वसंत का वह प्रभात—जब संसार गुलाबी रंग में नहाकर अपने यौवन में थिरकने लगेगा और तब मैं तुम्हें अपनी एक तान सुनाकर केवल एक तान, इस रजनी विश्राम का

मूल्य चुका कर चले जाऊंगी। तब तक अपनी किसी सूखी हुई टूटी डाल पर ही अंधकार बिता लेने दो। मैं एक पथ भूली हुई बुलबुल हूं।"

शेख़ भूल गया कि मैं ईश्वरीय संदेश-वाहक हूं, आचार्य, और महापुरुष हूं। वह एक क्षण के लिए अपने को भूल गया। उसे विश्वास हो गया कि बुलबुल तो नहीं हूं, पर कोई भूली हुई वस्तु हूं, यह सोचते-सोचते पागल होकर एक ओर चला गया।

हरियाली से लदा हुआ ढलुवां तट था, बीच बहता हुआ वही कलनादी स्रोत यहां कुछ गंभीर हो गया था। उस रमणीय प्रदेश के छोटे-से आकाश में मदिरा से भरी हुई घटा छा रही थी। लड़खड़ाते, हाथ-से-हाथ मिलाए, बहार और गुल ऊपर चढ़ रहे थे। अपने आप में नहीं है, बहार फिर भी सावधान है; वह सहारा देकर उसे ऊपर ले आ रही है।

एक शिला-खंड पर बैठे हुए गुल ने कहा—प्यास लगी है।

बाहर पास के विश्राम-गृह में गई, पान-पात्र भर लाई। गुल पीकर मस्त हो रहा था। बोला—"बहार, तुम बड़े वेग से मुझे खींच रही हो; संभाल सकोगी ? देखो, मैं गिरा ?"

गुल बहार की गोद में सिर रखकर आंखें बंद किए पड़ा रहा। उसने बाहर के यौवन के सुगंध से घबराकर आंखें खोल दीं। उसके गले में हाथ डालकर बोला—"ले चलो, मुझे कहां ले चलती हो ?"

बहार उस स्वर्ग की अप्सरा थी। विलासिनी बहार एक तीव्र मदिरा प्याली थी, मकरंद-भरी वायु का झकोर आकर उसमें लहर उठा देता है। वह रूप का उर्मिल सरोवर गुल उन्मत्त था। बहार ने हंसकर पूछा—"यह स्वर्ग छोड़कर कहां चलोगे ?"

"कहीं दूसरी जगह जहां हम हों और तुम।"

"क्यों, यहां कोई बाधा है ?"

सरल गुल ने कहा—"बाधा ! यदि कोई हो ? कौन जाने !"

"कौन ? मीना ?"

"जिसे समझ लो।"

"तो तुम सबकी उपेक्षा करके मुझे—केवल मुझे ही-नहीं..."

"ऐसा न कहो"—बहार के मुंह पर हाथ रखते हुए गुल ने कहा।

ठीक इसी समय नवागत युवक ने वहां आकर उन्हें सचेत कर दिया। बाहर

ने उठकर उसका स्वागत किया। गुल ने अपनी लाल-लाल आंखों से उसको देखा। वह उठ न सका, केवल मद-भरी अंगड़ाई ले रहा था। बहार ने युवक से आज्ञा लेकर प्रस्थान किया। युवक गुल के समीप आकर बैठ गया, और उसे गम्भीर दृष्टि से देखने लगा।

गुल ने अभ्यास के अनुसार कहा—"स्वागत, अतिथि !"

"तुम देवकुमार ! आह ! तुमको कितना खोजा मैंने !"

"देवकुमार ? कौन देवकुमार ? हां, हां, स्मरण होता है, पर वह विषैली पृथ्वी की बात क्यों स्मरण दिलाते हो ? तुम मर्त्यलोक के प्राणी! भूल जाओ उस निराशा और अभावों की सृष्टि को; देखो आनन्द-निकेतन स्वर्ग का सौंदर्य !"

"देवकुमार ! तुमको भूल गया, तुम भीमपाल के वंशधर हो ? तुम यहां बन्दी हो? मूर्ख हो तुम; जिसे तुमने स्वर्ग समझ रखा है, वह तुम्हारे आत्मविस्तार की सीमा है। मैं केवल तुम्हारे ही लिए आया हूं।"

"तो तुमने भूल की। मैं यहां बड़े सुख से हूं। बहार को बुलाऊं, कुछ खाओ-पीओ ...कंगाल ! स्वर्ग में भी आकर व्यर्थ समय नष्ट करना। संगीत सुनोगे ?" युवक हताश हो गया।

गुल ने मन में कहा—"मैं क्या करूं? सब मुझसे रूठ जाते हैं। कहीं सहृदयता नहीं, मुझसे सब अपने मन की कराना चाहते हैं, जैसे मेरे मन नहीं है, हृदय है ! प्रेम-आकर्षण ! यह स्वर्गीय प्रेम में भी जलन ! बहार तिनककर चली गई, मीना ? यह पहले ही हट रही थी; तो फिर क्या जलन ही स्वर्ग है ?"

गुरु को उस युवक के हताश होने पर दया आ गई। यह भी स्मरण हुआ कि वह अतिथि है। उसने कहा—"कहिए, आपकी क्या सेवा करूं? मीना का गान सुनिएगा? वह स्वर्ग की रानी है !"

युवक ने कहा—"चलो।"

द्राक्षा-मंडप में दोनों पहुंचे। मीना वहां बैठी हुई थी। गुल ने कहा—"अतिथि को अपना गान सुनाओ।"

एक निःश्वास लेकर वही बुलबुल का संगीत सुनाने लगी। युवक की आंखें सजल हो गईं, उसने कहा—"सचमुच तुम स्वर्ग की देवी हो !"

"नहीं अतिथि, मैं उस पृथ्वी की प्राणी हूं—जहां कष्टों की पाठशाला है,

जहां का दु:ख इस स्वर्ग-सुख से भी मनोरम था, जिसका अब कोई समाचार नहीं मिलता"—मीना ने कहा।

"तुम उसकी एक करुण-कथा सुनना चाहो, तो मैं तुम्हें सुनाऊं !"—युवक ने कहा।

"सुनाइए"—मीना ने कहा।

दो

युवक कहने लगा—

"वाह्लीक, गांधार, कपिसा और उद्यान, मुसलमनों के भयानक आतंक में कांप रहे थे। गांधार के अंतिम आर्य-नरपति भीमपाल के साथ ही, शाहीवंश का सौभाग्य अस्त हो गया। फिर भी उनके बचे हुए वंशधर उद्यान के मंगली दुर्ग में, सुवास्तु की घाटियों में, पर्वत-माला, हिम और जंगलों के आचरण में अपने दिन काट रहे थे। वे स्वतंत्र थे।

"देवपाल एक साहसी राजकुमार था। वह कभी-कभी पूर्व गौरव का स्वप्न देखता हुआ, सिंधु-तट तक घूमा करता। एक दिन अभिसार-प्रदेश का सिंधु-तट वासना के फूलवाले प्रभात में सौरभ की लहरों में झोंके खा रहा था। कुमारी लज्जा स्नान कर रही थी। उसका कलसा तीर पर पड़ा था। देवपाल भी कई बार पहले की तरह आज फिर साहस भरे नेत्रों से उसे देख रहा था। उसकी चंचलता इतने से ही न रुकी, वह बोल उठा—

"उषा के इस शांत आलोक में किसी मधुर कामना से यह भिखारी हृदय हंस रहा था। और मानस-नंदिनी; तुम इठलाती हुई बह चली हो। वाह रे तुम्हारा इतराना। इसलिए तो जब कोई स्नान करके तुम्हारी लहर की तरह तरल और आर्द्र वस्त्र ओढ़कर, तुम्हारे पथरीले पुलिन में फिसलता हुआ ऊपर चढ़ने लगता है, तब तुम्हारी लहरों में आंसुओं की झालरें लटकने लगती हैं। परन्तु मुझ पर दया नहीं; यह भी कोई बात है !

"तो फिर मैं क्या करूं ? उस क्षण की, उस कण की, सिंधु से, बादलों से, अंतरिक्ष और हिमालय से टहलकर लौट आने की प्रतीक्षा करूं ? और इतना भी न कहोगी कि कब तक ? बलिहारी !"

कुमारी लज्जा भीरु थी। वह हृदय के स्पंदनों से अभिभूत हो रही थी। क्षुद्र बीचियों के सदृश कांपने लगी। वह अपना कलसा भी न भर सकी और चल पड़ी। हृदय में गुदगुदी के धक्के लग रहे थे। उसके भी यौवन-काल के स्वर्गीय दिवस थे—फिसल पड़ी। धृष्ट युवक ने उसे संभालकर अंक में ले लिया।

"कुछ दिन स्वर्गीया स्वप्न चला। जलते हुए प्रभात के मकान तारा देवी ने वह स्वप्न भंग कर दिया। तारा अधिक रूपशालिनी, कश्मीर की रूप-माधुरी थी। देवपाल को कश्मीर से सहायता की भी आशा थी। हतभागिनी लज्जा ने कुमार सुदान की तपोभूमि में अशोक-निर्मित विहार में शरण ली। वह उपासिका, भिक्षुणी, जो कहो, बन गई।

"गौतम की गम्भीर प्रतिमा के चरण-तल में बैठकर उसने निश्चय किया, सब दुःख है, सब क्षणिक है, सब अनित्य है।"

"सुवास्तु का पुण्य-सलिल उस व्यथित हृदय की मलिनता को धोने लगा। वह एक प्रकार से रोग-मुक्त हो रही थी।"

"एक सुनसान रात्रि थी, स्थविर धर्म-भिक्षु थे नहीं। सहसा कपाट पर आघात होने लगा और 'खोलो ! खोलो !' का शब्द सुनाई पड़ा। विहार में अकेली लज्जा ही थी। साहस करके बोली—

"कौन है ?"

"पथिक हूं, आश्रय चाहिए"—उत्तर मिला।

"तुषारावृत अंधेरा पथ था। हिम गिर रहा था। तारों का पता नहीं, भयानक शीत और निर्जन निशीथ। भला ऐसे समय में कौन पथ पर चलेगा ? वातायन का परदा हटाने पर भी उपासिका लज्जा झांककर न देख सकी कि कौन है। उसने अपनी कुंभावनाओं से डरकर पूछा—"आप लोग कौन हैं ?"

"आहा, तुम उपासिका हो ! तुम्हारे हृदय में तो अधिक दया होनी चाहिए। भगवान् की प्रतिमा की छाया में दो अनाथों को आश्रय मिलने का पुण्य दें।"

लज्जा ने अर्गला खोल दी। उसने आश्चर्य से देखा, एक पुरुष अपने बड़े लबादे में आठ-नौ बरस के बालक और बालिका को लिए भीतर गिर पड़ा। तीनों मुमूष हो रहे थे। भूख और शीत में तीनों विकल थे। लज्जा ने कपाट बंद करते हुए अग्नि धधकाकर उसमें एक गंध-द्रव्य डाल दिया। एक बार द्वार खुलने पर जो

शीतल पवन का झोंका घुस आया था, वह निर्बल हो चला।

"अतिथि-सत्कार हो जाने पर लज्जा ने उसका परिचय पूछा। आगंतुक ने कहा—'मंगली-दुर्ग के अधिपति देवपाल का मैं भृत्य हूं। जगद्दाहक चंगेज़ खां ने समस्त गांधार प्रदेश को जलाकर, लूट-पाटकर उजाड़ दिया और कल ही इस उद्यान के मंगली दुर्ग पर भी उन लोगों का अधिकार हो गया। देवपाल बंदी हुए, उनकी पत्नी तारादेवी ने आत्महत्या की। दुर्गपति ने पहले से ही कहा था कि इसको अशोक-विहार में ले जाना, वहां की एक उपासिका लज्जा इसके प्राण बचा ले तो कोई आश्चर्य नहीं।

"यह सुनते ही लज्जा की धमनियों में रक्त का तीव्र संचार होने लगा। शीताधिक्य में भी उसे स्वेद आने लगा। उसने बात बदलने के लिए बालिका की ओर देखा। आगंतुक ने कहा—'यह मेरी बालिका है, इसकी माता नहीं है।' लज्जा ने देखा, बालिका का शुभ्र शरीर मलिन वस्त्रों में दमक रहा था। नासिकामूल से कानों के समीप तक भ्रू-युगल की प्रभाव-शालिनी रेखा और उसकी छाया में दो उनींदे कमल संसार से अपने को छिपा लेना चाहते थे। उसका विरागी सौंदर्य, शरद के शुभ्र घन के आवरण में पूर्णिमा के चंद्र-सा आप ही लज्जित था। चेष्टा करके भी लज्जा अपनी मानसिक स्थिति को चंचल होने से न संभाल सकी। वह—'अच्छा, आप लोग सो रहिए, थके होंगे'—कहती हुई दूसरे प्रकोष्ठ में चली गई।

"लज्जा ने वातायन खोलकर देखा, आकाश स्वच्छ हो रहा था, पार्वत्य प्रदेश के निस्तब्ध गगन में तारों की झिलमिलाहट थी। उन प्रकाश की लहरों में अशोकनिर्मित स्तूप की चूड़ा पर लगा हुआ स्वर्ण का धर्मचक्र जैसे हिल रहा था।

दूसरे दिन जब धर्म-भिक्षु आए, तो उन्होंने इन आगंतुकों को आश्चर्य से देखा, और जब पूरे समाचार सुने, तो और भी उबल पड़े। उन्होंने कहा—'राज-कुटुंब को यहां रखकर क्या इस विहार और स्तूप को भी तुम ध्वस्त करना चाहती हो ? लज्जा, तुमने यह किस प्रलोभन से किया? चंगेज़ ख़ां बौद्ध हैं, संघ का विरोध क्यों करें ?'

"स्थविर ! किसी को आश्रय देना क्या गौतम के धर्म के विरुद्ध है ? मैं स्पष्ट

कह देना चाहती हूं की देवपाल ने मेरे साथ बड़ा अन्याय किया, फिर भी मुझ पर उसका विश्वास था, क्यों था, मैं स्वयं नहीं जान सकी। इसे चाहे मेरी दुर्बलता ही समझ लें, परंतु मैं अपने प्रति विश्वास का किसी को भी दुरुपयोग नहीं करने देना चाहती। देवपाल को मैं अधिक-से-अधिक प्यार करती थी, और भी अब बिलकुल निश्शेष समझकर उस प्रणय का तिरस्कार कर सकूंगी इसमें संदेह है।"—लज्जा ने कहा।

"तो तुम संघ के सिद्धांत से च्युत हो रही हो, इसलिए तुम्हें भी विहार का त्याग करना पड़ेगा।"—धर्म-भिक्षु ने कहा।

लज्जा व्यथित हो उठी थी। बालक के मुख पर देवपाल की स्पष्ट छाया उसे बार-बार उत्तेजित करती, और वह बालिका तो उसे छोड़ना ही न चाहती थी।

उसने साहस करके कहा—"तब यही अच्छा होगा कि मैं भिक्षणी होने का ढोंग छोड़कर अनाथों के सुख-दुःख में सम्मिलित होऊं।'

उसी रात को वह दोनों बालक-बालिका और विक्रमभृत्य को लेकर, निस्सहाय अवस्था में चल पड़ी। छद्मवेश में यह दल यात्रा कर रहा था। इसे भिक्षा का अवलंब था। वाह्लीक के गिरिव्रज नगर के भग्न पांथ-निवास के टूटे कोने में इन लोगों को आश्रय लेना पड़ा। दिन आहार नहीं छूट सका, दोनों बालकों के संतोष के लिए कुछ बचा था, उसी को खिलाकर सुला दिए गए। लज्जा और विक्रम अनाहार से म्रियमाण अचेत हो गए।

"दूसरे दिन आंखें खुलते ही उन्होंने देखा, तो वह राजकुमार और बालिका, दोनों ही नहीं ! उन दोनों की खोज में ये लोग भी भिन्न-भिन्न दिशा को चल पड़े। एक दिन पता चला कि केकय पहाड़ी दुर्ग के समीप कहीं स्वर्ग है, वहां रूपवान बालकों और बालिकाओं की अत्यंत आवश्यकता रहती है...

"और भी सुनोगी पृथ्वी की दुःख गाथा ? क्या करोगी सुनकर, तुम यह जानकर क्या करोगी कि उस उपासिका या विक्रम का फिर क्या हुआ ?"

अब मीना से न रहा गया। उसने युवक के गले से लिपटकर कहा—"तो... तुम्हीं वह उपासिका हो ? आहा, सच कह दो।"

गुल की आंखों में अभी नशे का उतार था। उसने अंगड़ाई लेकर एक जंभाई

ली और कहा—"बड़े आश्चर्य की बात है। क्यों मीना, अब क्या किया जाए ?"

अकस्मात् स्वर्ग के भयानक रक्षियों ने आकर उस युवक को बंदी कर लिया। मीना रोने लगी, गुल चुपचाप खड़ा था, बहार खड़ी हंस रही थी।

सहसा पीछे से आते हुए प्रहरियों के प्रधान ने ललकारा "मीना और गुल को भी।"

अब उस युवक ने घूमकर देखा; घनी दाढ़ी-मूंछोंवाले प्रधान की आंखों से आंखें मिलीं।

युवक चिल्ला उठा—"देवपाल।"

"कौन ! लज्जा ? अरे !"

"हां, तो देवपाल, इस अपने पुत्र गुल को भी बंदी करो, विधर्मी का कर्त्तव्य यही आज्ञा देता है।"—लज्जा ने कहा।

"ओह !" कहता हुआ देवपाल सिर पकड़कर बैठ गया। क्षण भर में वह उन्मत्त हो उठा और दौड़कर गुल के गले से लिपट गया।

सावधान होने पर देवपाल ने लज्जा को बंदी करने वाले प्रहरी से कहा—"उसे छोड़ दो।"

प्रहरी ने बहार की ओर देखा। उसका गूढ़ा संकेत समझकर वह बोल उठा—"मुक्त करने का अधिकार केवल शेख़ को है।"

देवपाल का क्रोध सीमा का अतिक्रम कर चुका था, उसने खड्ग चला दिया। प्रहरी गिरा। उधर बहार 'हत्या ! 'हत्या !' चिल्लाती हुई भागी।

तीन

संसार की विभूति जिस समय चरणों में लोटने लगती है, वही समय पहाड़ी दुर्ग के सिंहासन का था। शेख़ क्षमता की ऐश्वर्य-मंडित मूर्ति था। लज्जा, मीना, गुल और देवपाल बंदी वेश में खड़े थे। भयानक प्रहरी दूर-दूर खड़े, पवन की भी गति जांच रहे थे। जितना भीषण प्रभाव संभव है, वह शेख़ के उस सभागृह में था। शेख़ ने पूछा—"देवपाल, तुझे इस धर्म में विश्वास है कि नहीं ?"

"नहीं।"—देवपाल ने उत्तर दिया ?"

"तब तुमने हमको धोखा दिया ?"

"नहीं, चंगेज़ के बंदी-गृह से छुड़ाने में जब समर-खंड में तुम्हारे अनुचरों ने मेरी सहायता की और मैं तुम्हारे उत्कोच या मूल से क्रीत हुआ, तब मुझे तुम्हारी आज्ञा पूरी करने की स्वभावतः इच्छा हुई। अपने शत्रु चंगेज़ का ईश्वरीय कोप, चंगेज़ी को नशा करने की एक विकट लालसा मन में खेलने लगी, और मैंने उसकी हत्या की भी। मैं धर्म मानकर कुछ करने गया था, यह समझना भ्रम है।"

"यहां तक तो मेरी आज्ञा के अनुसार ही हुआ, परंतु उस अलाउद्दीन की हत्या क्यों की ?—दांत पीसकर शेख़ ने कहा।

"यह मेरा उससे प्रतिशोध था !" अविचल भाव से देवपाल ने कहा।

"तुम जानते हो कि इस पहाड़ के शेख़ केवल स्वर्ग के ही अधिपति नहीं, प्रत्युत हत्या के दूत भी हैं ! "क्रोध से शेख़ ने कहा।

"इसके जानने की मुझे उत्कंठा नहीं है, शेख़ ! प्राणी-धर्म में मेरा अखंड विश्वास है। अपनी रक्षा करने के लिए, अपने प्रतिशोध के लिए, जो स्वाभाविक जीवन-तत्त्व के सिद्धांत की अवहेलना करके चुप बैठता है, उसे मृतक, कायर, सजीवता-विहीन, हड्डी-मांस के टुकड़े के अतिरिक्त मैं कुछ नहीं समझता। मनुष्य परिस्थितियों का अंध-भक्त है, इसलिए, मुझे जो करना था, वह मैंने किया, अब तुम अपना कर्त्तव्य कर सकते हो।"—देवपाल का स्वर दृढ़ था।

भयानक शेख़ अपनी पूर्ण उत्तेजना से चिल्ला उठा। उसने कहा—"और, तू कौन है स्त्री ? तेरा इतना साहस ! मुझे ठगना !"

लज्जा अपना बाह्य आवरण फेंकती हुई बोली—"हां शेख़, अब आवश्यकता नहीं कि मैं छिपाऊं, मैं देवपाल की प्रणयिनी हूं ?"

"तो तुम इन सबको ले जाने या बहकाने आई थी, क्यों ?"

"आवश्यकता से प्रेरित होकर जैसे अत्यंत कुत्सित मनुष्य धर्माचार्य बनने का ढोंग कर रहा है, ठीक उसी प्रकार मैं स्त्री होकर भी पुरुष बनी। यह दूसरी बात है कि संसार की सबसे पवित्र वस्तु धर्म की आड़ में आकांक्षा खेलती है। तुम्हारे पास साधन हैं, मेरे पास नहीं, अन्यथा मेरी आवश्यकता किसी से कम न थी।"—लज्जा हांफ रही थी।

शेख़ ने देखा, वह दृप्त सौंदर्य ! यौवन के ढलने में भी एक तीव्र प्रवाह था—जैसे चांदनी रात में पहाड़ से झरना गिर रहा हो ! एक क्षण के लिए उसकी समस्त उत्तेजना पालतू पशु के समान सौम्य हो गई। उसने कहा—"तुम ठीक मेरे स्वर्ग की रानी होने के योग्य हो। यदि मेरे मत में तुम्हारा विश्वास हो, तो मैं तुम्हें मुक्त कर सकता हूं। बोलो !"

"स्वर्ग ! इस पृथ्वी को स्वर्ग की आवश्यकता क्या है, शेख़ ? ना, ना, इस पृथ्वी को स्वर्ग के ठेकेदारों से बचाना होगा। पृथ्वी का गौरव स्वर्ग बन जाने से नष्ट हो जाएगा। इसकी स्वाभाविकता साधारण स्थिति में ही रह सकती है। पृथ्वी को केवल वसुंधरा होकर मानव-जाति के लिए जीने दो, अपनी आकांक्षा के कल्पित स्वर्ग के लिए, क्षुद्र स्वार्थ के लिए इस महती को, इस धरणी को नरक न बनाओ, जिसमें देवता बनने के प्रलोभन में पड़कर मनुष्य राक्षस न बन जाए, शेख़।"—लज्जा ने कहा।

शेख़ पत्थर-भरे बादलों के समान कड़कड़ा उठा। उसने कहा—"ले जाओ, इन दोनों को बन्दी करो। मैं फिर विचार करूंगा; और गुल, तुम लोगों का यह पहला अपराध है, क्षमा करता हूं, सुनती हो मीना, जाओ अपने कुंज में भागो। इन दोनों को भूल जाओ।"

बहार ने एक दिन गुल से कहा—"चलो, द्राक्षा-मंडप में संगीत का आनन्द लिया जाए।" दोनों स्वर्गीय मदिरा में घूम रहे थे। मीना वहां अकेली बैठी उदासी में गा रही थी—

"वही स्वर्ग तो नरक है, जहां प्रियजन से विच्छेद है। वही रात प्रलय की है, जिसकी कालिमा में विरह का संयोग है। वह यौवन निष्फल है, जिसका हृदयवान् उपासक नहीं। वह मदिरा हलाहल है, पाप है, जो उन मधुर अधरों की उच्छिष्ट नहीं। वह प्रणय विषाक्त छुरी है, जिसमें कपट है। इसलिए हे जीवन, तू स्वप्न न देख, विस्मृति की निद्रा में सो जा ! सुषुप्ति यदि आनंद नहीं, तो दुःखों का अभाव तो है। इस जागरण से—इस आकांक्षा और अभाव के जागरण से—वह निर्द्वंद्व सोना कहीं अच्छा है मेरे जीवन !"

बहार का साहस न हुआ कि वह मंडप में पैर धरे, पर गुल, वह तो जैसे मक था ! एक भूल, अपराध और मनोवेदना के निर्जन कानून में भटक रहा था, यद्यपि उसके चरण निश्चल थे। इतने में हलचल मच गई। चारों ओर दौड़-धूप

होने लगी। मालूम हुआ, स्वर्ग पर तातार के ख़ान की चढ़ाई है।

बरसों घिरे रहने से स्वर्ग की विभूति निश्शेष हो गई थी। स्वर्गीय जीव अनाहार से तड़प रहे थे। तब भी मीना को आहार मिलता। आज शेख़ सामने बैठा था। उसकी प्याली में मदिरा की कुछ अन्तिम बूंदें । थीं। जलन की तीव्र पीड़ा से व्याकुल और आहत बहार उधर तड़प रही थी। आज बंदी भी मुक्त कर दिए गए थे। स्वर्ग के विस्तृत प्रांगण में बंदियों के दम तोड़ने की कातर ध्वनि गूंज रही थी। शेख़ ने एक बार उन्हें हंसकर देखा, फिर मीना की ओर देखकर उसने कहा—"मीना? आज अन्तिम दिन है ! इस प्याली में अंतिम घूंटें हैं, मुझे अपने हाथ से पिला दोगी ?"

"बंदी हूं शेख़ ! चाहे जो कहो।"

शेख़ एक दीर्घ निश्वास लेकर उठ खड़ा हुआ। उसने अपनी तलवार संभाली। इतने में द्वार टूट पड़ा, तातारी घुसते हुए दिखलाई पड़े, शेख़ के पास-दुर्बल हाथों से तलवार गिर पड़ी।

द्राक्षा के रूखे कुंज में देवपाल, लज्जा और गुल के शव के पास मीना चुपचाप बैठी थी। उसकी आंखों में न आंसू थे, न ओंठों पर क्रंदन। वह सजीव अनुकंपा, निष्ठुर हो रही थी।

तातारों के. सेनापति ने आकर देखा, उस दावाग्नि के अंधड़ में तृण-कुसुम सुरक्षित है। वह अपनी प्रतिहिंसा से अंधा हो रहा था। कड़ककर उसने पूछा—"तू शेख़ की बेटी है ?"

मीना ने जैसे मूर्च्छा से आंखें खोलीं। उसने विश्वास-भरी वाणी से कहा—पिता, मैं तुम्हारी लीला हूं !"

सेनापति विक्रम को उस प्रान्त का शासन मिला; पर मीना उन्हीं स्वर्ग के खंडहरों में उन्मक्त घूमा करती। जब सेनापति बहुत स्मरण दिलाता, तो वह कह देती—"मैं एक भटकी हुई बुलबुल हूं। मुझे किसी टूटी डाल पर अंधकार बिता लेने दो ! इस रजनी-विश्राम का मूल्य अंतिम तान सुनाकर जाऊंगी।"

मालूम नहीं, उसकी अंतिम तान किसी ने सुनी या नहीं।

भिखारिन

जाह्नवी अपने बालू के कंबल में ठिठुरकर सो रही थी। शीत कुहासा बनकर प्रत्यक्ष हो रहा था। दो-चार धाराएं प्राची के क्षितिज में बहना चाहती थीं। धार्मिक लोग स्नान करने के लिए आने लगे थे।

निर्मल की मां स्नान कर रही थी, और वह पंडे के पास बैठा हुआ बड़े कुतूहल से धर्म-भीरु लोगों की स्नान-क्रिया देखकर मुस्करा रहा था। उसकी मां स्नान करके ऊपर आई। अपनी चादर ओढ़ते हुए स्नेह से उसने निर्मल से पूछा—"क्या तू स्नान न करेगा ?"

निर्मल ने कहा—"नहीं मां, मैं तो धूप निकलने पर घर पर ही स्नान करूंगा।"

पंडाजी ने हंसते हुए कहा—"माता, अबके लड़के पुण्य-धर्म क्या जानें ? यह सब तो जब तक आप लोग हैं, तभी तक हैं।"

निर्मल का मुंह लाल हो गया। फिर भी वह चुप रहा। उसकी मां संकल्प लेकर कुछ दान करने लगी। सहसा जैसे उजाला हो गया—एक धवल दांतों की श्रेणी अपना भोलापन बिखेर गई—"कुछ हमको दे दो, रानी मां !"

निर्मल ने देखा, एक चौदह बरस की भिखारिन भीख मांग रही है। पंडाजी झल्लाए, बीच ही में संकल्प अधूरा छोड़कर बोल उठे—"चल हट !"

निर्मल ने कहा—"मां ! कुछ इसे भी दे दो।"

माता ने उधर देखा भी नहीं, परंतु निर्मल ने उस जीर्ण मलिन वसन में एक दरिद्र हृदय की हंसी को रोते हुए देखा। उस बालिका की आंखों में एक अधूरी कहानी थी। रूखी लटों में सादी उलझन थी, और बरौनियों के अग्रभाग में संकल्प

के जलबिन्दु लटक रहे थे, करुणा का दान जैसे होने ही वाला था।

धर्म-परायण निर्मल की मां स्नान करके निर्मल के साथ चली। भिखारिन को अभी आशा थी, वह भी उन लोगों के साथ चली।

निर्मल एक भावुक युवक था। उसने पूछा—"तुम भीख क्यों मांगती हो ?"

भिखारिन की पोटली के चावल फटे कपड़े के छिद्र से गिर रहे थे। उन्हें संभालते हुए उसने कहा—"बाबूजी, पेट के लिए।"

निर्मल ने कहा—"नौकरी क्यों नहीं करती ? मां, इसे अपने यहां रख क्यों नहीं लेती हो ? धनिया तो प्रायः आती भी नहीं।"

माता ने गम्भीरता से कहा—"रख लो ! कौन जाति है, कैसी है, जाना न सुना; बस रख लो।"

निर्मल ने कहा—"मां, दरिद्रों की तो एक ही जाति होती है।"

मां झल्ला उठी, और भिखारिन लौट चली। निर्मल ने देखा, जैसे उमड़ी हुई मेघमाला बिना बरसे हुए लौट गई। उसका जी कचोट उठा। विवश था, माता के साथ चला गया।

"सुने री निर्धन के धन राम ! सुने री—"

भैरवी के स्वर, पवन में आंदोलन कर रहे थे। धूप गंगा के वृक्ष पर उजली होकर नाच रही थी। भिखारिन पत्थर की सीढ़ियों पर सूर्य की ओर मुंह किए गुनागुना रही थी। निर्मल आज अपनी भाभी के संग स्नान करने के लिए आया है। गोद में अपने चार साल के भतीजे को लिए वह भी सीढ़ियों से उतरा। भाभी ने पूछा—"निर्मल ! आज क्या तुम भी पुण्य-संचय करोगे ?

"क्यों भाभी ! जब तुम इस छोटे से बच्चे को इस सरदी में नहला देना धर्म समझती हो, तो मैं ही क्यों वंचित रह जाऊं ?"

सहसा निर्मल चौंक उठा। उसने देखा, बगल में वही भिखारिन बैठी गुनगुना रही है। निर्मल को देखते ही उसने कहा—"बाबूजी, तुम्हारा बच्चा फले-फूले, बहू का सुहाग बना रहे। आज तो मुझे कुछ मिले।"

निर्मल अप्रतिभ हो गया। उसकी भाभी हंसती हुई बोली—"दुर पगली!"

भिखारिन सहम गई। उसके दांतों का भोलापन गंभीरता के परदे में छिप गया। वह चुप हो गई।

निर्मल ने स्नान किया। सब ऊपर चलने के लिए प्रस्तुत थे। सहसा बादल हट गए, उन्हीं अमल-धवल दांतों की श्रेणी ने फिर याचना की—"बाबूजी, कुछ मिलेगा?"

"अरे, अभी बाबूजी का ब्याह नहीं हुआ। जब होगा, तब तुझे न्योता देकर बुलावेंगे। तब तक संतोष करके बैठी रह।" भाभी ने हंसकर कहा।

"तुम लोग बड़ी निष्ठुर हो, भाभी ! उस दिन मां से कहा कि इसे नौकर रख लो, तो वह इसकी जाति पूछने लगी; और आज तुम भी हंसी ही कर रही हो !"

निर्मल की बात काटते हुए भिखारिन ने कहा—"बहूजी, तुम्हें देखकर मैं तो यही जानती हूं कि ब्याह हो गया है। मुझे कुछ न देने के लिए बहाना कर रही हो !"

"मर पगली ! बड़ी ढीठ है !" भाभी ने कहा।

"भाभी ! उस पर क्रोध न करो। वह क्या जाने, उसकी दृष्टि में सब अमीर और सुखी लोग विवाहित हैं। जाने दो, घर चलें !"

"अच्छा चलो, आज मां से कहकर इसे तुम्हारे लिए टहलनी रखवा दूंगी।" —कहकर भाभी हंस पड़ी।

युवक-हृदय उत्तेजित हो उठा। बोला—"यह क्या भाभी ! मैं तो इससे ब्याह करने के लिए भी प्रस्तुत हो जाऊंगा। तुम व्यंग्य क्यों कर रही हो ?"

भाभी अप्रतिभ हो गई। परंतु भिखारिन अपने स्वाभाविक भोलेपन से बोली—"दो दिन मांगने पर भी तुम लोगों से एक पैसा तो देते नहीं बना, फिर क्यों गाली देते हो, बाबू ? ब्याह करके निभाना तो बड़ी दूर की बात है !"—भिखारिन भारी मुंह किए लौट चली।

बालक रामू अपनी चालाकी में लगा था ! मां की जेब से छोटी दुअन्नी अपनी छोटी उंगलियों से उसने निकाल ली और भिखारिन की ओर फेंककर बोला—"लेती जाओ, ओ भिखारिन !"

निर्मल और भाभी को रामू की इस दया पर कुछ प्रसन्नता हुई, पर वे प्रकट न कर सके; क्योंकि भिखारिन ऊपर की सीढ़ियों पर चढ़ती हुई गुनगुनाती चली जा रही थी—

"सुने री निर्धन के धन राम !"

अपराधी

वनस्थली के रंगीन संसार में अरुण किरणों ने इठलाते हुए पदार्पण किया और वे चमक उठीं, देखा तो कोमल किसलय और कुसुमों की पंखुड़ियां, वसंत-पवन के पैरों के समान हिल रही थीं। पले पराग का अंगराग लगने से किरणें पीली पड़ गईं। वसंत का प्रभात था।

युवती कामिनी मालिन का काम करती थी। उसके और कोई न था। वह इस कुसुम-कानन से फूल चुन ले जाती और माला बनाकर बेचती। कभी-कभी उसे उपवास भी करना पड़ता। पर, वह यह काम न छोड़ती। आज भी फूले हुए, कचनार के नीचे बैठी हुई, अर्द्ध-विकसित कामिनी-कुसुमों को बिना बेधे हुए फंदे देकर माला बना रही थी। भंवर आए, गुनगुना कर चले गए। वसंत के दूतों का संदेश उसने न सुना। मलय-पवन अंचल उड़ाकर, रूखी लटों को बिखराकर, हट गया। मालिन बेसुध थी, वह फंदा बनाती जाती थी और फूलों को फंसाती जाती थी।

द्रुत-गति से दौड़ते हुए अश्व के पद-शब्द ने उसे त्रस्त कर दिया। वह अपनी फूलों की टोकरी उठाकर भयभीत होकर सिर झुकाए खड़ी हो गई। राजकुमार आज अचानक उधर वायु-सेवन के लिए आ गए थे। उन्होंने दूर ही से देखा, समझ गए कि वह युवती त्रस्त है। बलवान अश्व वहीं रुक गया। राजकुमार ने पूछा—"तुम कौन हो ?"

कुरंगी कुमारी के समान बड़ी-बड़ी आंखें उठाकर उसने कहा—"मालिन!"

"क्या तुम माला बनाकर बेचती हो ?"

"हां।"

"यहां का रक्षक तुम्हें रोकता नहीं ?"

"नहीं, यहां कोई रक्षक नहीं है।"

"आज तुमने कौन-सी माला बनाई है ?"

"यही कामिनी की माला बना रही थी।"

"तुम्हारा क्या नाम है ?"

"कामिनी।"

"वाह ! अच्छा, तुम इस माला को पूरी करो, मैं लौटकर—उसे लूंगा। डरने पर भी मालिन ढीठ थी। उसने कहा—"धूप निकल आने पर कामिनी का सौरभ कम हो जाएगा।

"मैं शीघ्र आऊंगा"—कहकर राजकुमार चले गए।

मालिन ने माला बना डाली। किरणे प्रतीक्षा में लाल-पीली होकर धवल हो चलीं। राजकुमार लौटकर नहीं आए। तब उसी ओर चली—जिधर राजकुमार गए थे।

युवती बहुत दूर न गई होगी कि राजकुमार लौटकर दूसरे मार्ग से उसी स्थान पर आए। मालिन को देखकर पुकारने लगे—"मालिन ! ओ मालिन !"

दूरागत कोकिल की पुकार-सा वह स्वर उसके कान में पड़ा था वह लौट आई। हाथों में कामिनी की माला लिए वह वन-लक्ष्मी के समान लौटी। राजकुमार उसी दिन-सौंदर्य को सकुतूहल देख रहे थे। कामिनी ने माला गले में पहना दी। राजकुमार ने अपना कौशेय उष्णीश खोलकर मालिनी के ऊपर फेंक दिया। कहा—"जाओ, इसे पहनकर आओ।" आश्चर्य और भय से लताओं की झुरमुट में जाकर उसने आज्ञानुसार कौशेय वसन पहना।

बाहर आई, तो उज्ज्व ल किरणें उसके अंग-अंग पर हंसते-हंसते लोट-पोट हो रही थीं। राजकुमार मुस्कुराए और कहा—"आज से तुम इस कुसुम-कानन की वन-पालिका हुई हो। स्मरण रखना।"

राजकुमार चले गए। मालिन किंकर्त्तव्यविमूढ़ होकर मधूक-वृक्ष के नीचे बैठ गई।

दो

वसन्त बीत गया। गर्मी जलाकर चली गई। कानन में हरियाली फैल रही थी। श्यामल घटाएं आकाश में और शस्य-शोभा धरणी पर एक संघन-सौंदर्य का सृजन कर रही थी। वन-पालिका के चारों ओर मयूर घेरकर नाचते थे।

संध्या में एक सुन्दर उत्सव हो रहा था। रजनी आई। वन-पालिका के कुटीर को तुमने घेर लिया। मूसलाधार वृष्टि होने लगी। युवती प्रकृति का मद-विह्वल लास्य था। वन-पालिका पर्ण-कुटीर को वातायन से चकित होकर देख रही थी। सहसा बाहर कंपित कंठ से शब्द हुआ—"आश्रय चाहिए!" वन-पालिका ने कहा—"तुम कौन हो ?"

"एक अपराधी।"

"तब यहां स्थान नहीं है।"

"विचार कर उत्तर दो, कहीं आश्रय न देकर तुम अपराध न कर बैठो।" वन-पालिका विचारने लगी। बाहर से फिर सुनाई पड़ा—"विलम्ब होने से प्राणों की आशंका है।"

वन-पालिका निस्संकोच उठी और उसने द्वार खोल दिया। आगंतुक ने भीतर प्रवेश किया। वह एक बलिष्ठ युवक था, साहस उसकी मुखाकृति थी। वन-पालिका ने पूछा—"तुमने कौन-सा अपराध किया है ?"

"बड़ा भारी अपराध है, प्रभात होने पर सुनाऊंगा। इस रात्रि में केवल आश्रय दो।"—कहकर आगंतुक अपना आर्द्र वस्त्र निचोड़ने लगा। उसका स्वर विकृत और वदन नीरस था। अंधकार ने उसे और भी अस्पष्ट बना दिया था।

युवती वन-पालिका व्याकुल होकर प्रभात की प्रतीक्षा करने लगी। सहसा युवक ने उसका हाथ पकड़ लिया। वह त्रस्त हो गई, बोली—"अपराधी, यह क्या ?"

"अपराधी हूं सुंदरी !"—अबकी बार उसका स्वर परिवर्तित था। पागल प्रकृति पर्णकुटी को घेरकर अपनी हंसी में फूट पड़ती थी। वह एक स्पर्श उन्मादकारी था। कामिनी की धमनियों में बाहर के बरसाती नालों के समान रक्त दौड़ रहा था। युवक के स्वर में परिचय था, परंतु युवती की वासना के कुतूहल ने भय का बहाना खोज लिया ! बाहर करकापात के साथ ही बिजली कड़की। वन-पालिका ने दूसरा हाथ युवक के कंठ में डाल दिया।

अंधकार हंसने लगा।

तीन

बहुत दिन बीत गए। कितने ही बरस आए और चले गए। वह कुसुम-कानन—जिसमें मोर, शुक और पिक, फूलों से लदी झाड़ियों में विहार करते थे, अब एक जंगल हो गया। अब राजकुमार वहां नहीं आते थे। अब वे स्वयं राजा हैं। सुकुमार पौधे सूख गए। विशालकाय वृक्षों ने अपनी शाखाओं से जकड़ लिया। उस गहन वन में एक कोने में पर्णकुटी थी, उसमें एक स्त्री और उसका पुत्र, दोनों रहते थे।

दोनों बहेलियों का व्यवसाय करते; उसी से उनका जीवन-निर्वाह होता। पक्षियों को फंसाकर नागरिकों के हाथ वह बालक बेचा करता, कभी-कभी मृगशावक भी पकड़ ले आता।

एक दिन वन-पालिका का पुत्र एक सुंदर कुरंग पकड़कर नगर की ओर बेचने के लिए ले गया। उसकी पीठ पर बड़ी अच्छी बूटियां थीं। वह दर्शनीय था। राजा का पुत्र अपने टट्टू पर चढ़कर घूमने निकला था, उसके रक्षक साथ थे। राजपुत्र मचल गया। किशोर मूल्य मांगने लगा। रक्षकों ने कुछ देकर उसे छीन लेना चाहा। किशोर ने कुरंग का फंदा ढीला कर दिया। वह छलांग भरता हुआ निकल गया। राजपुत्र अत्यंत हठी था, वह रोने लगा। रक्षकों ने किशोर को पकड़ लिया। वे उसे राजमंदिर की ओर ले चले।

वातायन से रानी ने देखा, उसका लाल रोता हुआ लौट रहा है। एक आंधी-सी आ गई। रानी ने समाचार सुनकर उस बहेलिए के लड़के को बेतों से पीटे जाने की आज्ञा दी।

किशोर ने बिना रोए-चिल्लाए और आंसू बहाए बेतों की चोट सहन की। उसका सारा अंग क्षत-विक्षत था, पीड़ा से चल नहीं सकता था। मृगया से लौटते हुए राजा ने देखा। एक बार दया तो आई, परन्तु उसका कोई उपयोग न हुआ। रानी की आज्ञा थी। वन-पालिका ने राजा के निकल जाने पर किशोर को गोद में उठा लिया। अपने आंसुओं से घाव धोती हुई, उसने कहा—"आह ! वे कितने निर्दयी हैं !"

फिर कई वर्ष बीत गए। नवीन राजपुत्र को मृगया की शिक्षा के लिए, लक्ष्य साधने के लिए, वहीं नगरोपकंठ का वन स्थिर हुआ। वहां राजपुत्र हिरणों पर, पक्षियों पर तीर चलाता। वन-पालिका को अब फिर कुछ लाभ होने लगा। हिरणों को हांकने से, पक्षियों का पता बताने से, कुछ मिल जाता है। परन्तु उसका पुत्र

किशोर राजकुमार की मृगया में भाग न लेता।

एक दिन वसंत की उजली धूप में राजा अपने राजपुत्र की मृगया-परीक्षा लेने के लिए, सोलह बरस बाद उस जंगल में आए। राजा का मुंह एक बार विवर्ण हो गया। उस कुसुम कानन के सभी सुकुमार पौधे सूखकर लोप हो गए हैं। उनकी पेड़ियों में कहीं-कहीं दो-एक अंकुर निकल-निकलकर अपने प्राचीन बीज का निर्देश करते थे। राजा स्वप्न के समान उस अतीत की कल्पना कर रहे थे।

अहेरियों के वेश में राजपुत्र और उसके समवयस्क जंगल में आए किशोर भी अपना धनुष लिए एक ओर खड़ा था। कुरंग पर तीर छूटे। किशोर का तीर कुरंग के कंठ को बेधकर राजपुत्र की छाती में घुस गया। राजपुत्र अचेत होकर गिर पड़ा। किशोर पकड़ लिया गया।

इधर वन-पालिका राजा के आने का समाचार सुनकर फूल खोजने लगी थी। उस जंगल में अब कामिनी-कुसुम नहीं थे। उसने मधूक और दूर्वा की सुंदर माला बनाई, यही उसे मिले थे।

राजा क्रोध से उन्मत्त थे। प्रतिहिंसा से कड़ककर बोले—मारो—बधिकों के तीर छूटे ? वह कमनीय-कलेवर किशोर पृथ्वी पर लोटने लगा। ठीक उसी समय मधूक-मालिका लिए वन-पालिका राजा के सामने पहुंची।

कठोर नियति जब अपना विधान पूर्ण कर चुकी थी, तब कामिनी किशोर के शव के पास पहुंची ! पागल-सी उसने माला राजा के ऊपर फेंकी ओर किशोर को गोद में बैठा लिया। उसकी निश्चेष्ट आंखें मौन भाषा में जैसे मां-मां कह रही थीं ! उसने हृदय में घुस जाने वाली आंखों से एक बार राजा की ओर देखा। और भी देखा—राजपुत्र का शव !

राजा एक बार आकाश और पृथ्वी के बीच में हो गए। जैसे वह कहां-से-कहां चले आए। राजपुत्र का शोक और क्रोध, बहती हुई बरसाती नदी की धारा में बुलबुले के समान बह गया। उनका हृदय विषय-शून्य हो गया। एक बार सचेत होकर उन्होंने देखा और पहचाना—अपना वही—"जीर्ण कौशेय ऊष्णीश।"—"वन पालिका !"

"राजा"—कामिनी की आंखों में आंसू नहीं थे।

"यह कौन था ?"

गंभीर स्वर में सर नीचा किए वन-पालिका ने कहा—"अपराधी।"

छोटा जादूगर

कार्निवल के मैदान में बिजली जगमगा रही थी। हंसी और विनोद का कलनाद गूंज रहा था। मैं खड़ा था। उस छोटे फुहारे के पास, जहां एक लड़का चुपचाप शराब पीनेवालों को देख रहा था। उसके गले में फटे कुरते के ऊपर से एक मोटी–सी सूत की रस्सी पड़ी थी और जेब में कुछ ताश के पत्ते थे। उसके मुंह पर गंभीर विषाद के साथ धैर्य की रेखा थी। मैं उसकी ओर न जाने क्यों आकर्षित हुआ। उसके अभाव में भी सम्पूर्णता थी। मैंने पूछा "क्यों जी, तुमने इसमें क्या देखा ?"

"मैंने सब देखा है। यहां चूड़ी फेंकते हैं। खिलौनों पर निशाना लगाते हैं। तीर से नम्बर छेदते हैं। मुझे तो खिलौनों पर निशाना लगाना अच्छा मालूम हुआ। जादूगर तो बिलकुल निकम्मा है। उससे अच्छा तो ताश का खेल मैं ही दिखा सकता हूं।"—उसने बड़ी प्रगल्भता से कहा। उसकी वाणी में कहीं रुकावट न थी ?

मैंने पूछा—"और उसे परदे में क्या है ? वहां तुम गए थे ?" नहीं, वहां मैं नहीं जा सकता। टिकट लगता है।"

मैंने कहा—"तो चल, मैं वहां पर तुमको लिवा चलूं।" मैंने मन-ही-मन कहा—"भाई ! आज के तुम्हीं मित्र रहे।"

उसने कहा—"वहां जाकर क्या कीजिएगा ? चलिए, निशाना लगाया जाए।"

मैंने उससे सहमत होकर कहा—"तो फिर चलो, पहले शरबत पी लिया जाए।" उसने स्वीकार-सूचक सिर हिला दिया।

मनुष्यों की भीड़ से जाड़े की संध्या भी वहां गर्म हो रही थी। हम दोनों शरबत पीकर निशाना लगाने चले। राह में ही उससे पूछा—"तुम्हारे और

कौन हैं ?"

"मां और बाबूजी।"

"उन्होंने तुमको यहां आने के लिए मना नहीं किया ?"

"बाबूजी जेल में हैं।"

"क्यों ?"

"देश के लिए।"—वह गर्व से बोला।

"और तुम्हारी मां ?"

"वह बीमार हैं।"

"और तुम तमाशा देख रहे हो ?"

उसके मुंह पर तिरस्कार की हंसी फूट पड़ी। उसने कहा—"तमाशा देखने नहीं, दिखाने निकला हूं। कुछ पैसे ले जाऊंगा, तो मां को पथ्य दूंगा। मुझे शरबत न पिलाकर आपने मेरा खेल देखकर मुझे कुछ दे दिया होता, तो मुझे अधिक प्रसन्नता होती !"

मैं आश्चर्य से उस तेरह-चौदह वर्ष के लड़के को देखने लगा।

"हां, मैं सच कहता हूं बाबूजी ! मां जी बीमार हैं; इसलिए मैं नहीं गया।"

"कहां ?"

"जेल में ! जब कुछ लोग खेल-तमाशा देखते ही हैं, तो मैं क्यों न दिखाकर मां की दवा करूं और अपना पेट भरूं।"

मैंने दीर्घ निश्वास लिया। चारों ओर बिजली के लट्टू नाच रहे थे। मन व्यग्र हो उठा। मैंने उससे कहा—"अच्छा चलो, निशाना लगाया जाए।"

हम दोनों उस जगह पर पहुंचे, जहां खिलौने को गेंद से गिराया जाता था। मैंने बारह टिकट ख़रीदकर उस लड़के को दिए।

वह निकला पक्का निशानेबाज़। उसका कोई गेंद ख़ाली नहीं गया। देखनेवाले दंग रह गए। उसने बारह खिलौनों को बटोर लिया; लेकिन उठाता कैसे ? कुछ मेरे रूमाल में बंधे, कुछ जेब में रख लिए गए।

लड़के ने कहा—"बाबूजी, आपको तमाशा दिखाऊंगा। बाहर आइए, मैं चलता हूं।" वह नौ-दो ग्यारह हो गया। मैंने मन-ही-मन कहा—"इतनी जल्दी आंख बदल गई।"

मैं घूमकर पान की दुकान पर आ गया। पान खाकर बड़ी देर तक इधर-

उधर टहलता देखता रहा। झूले के पास लोगों का ऊपर-नीचे आना देखने लगा। अकस्मात् किसी ने ऊपर के हिंडोले से पुकारा—"बाबूजी!"

मैंने पूछा—"कौन ?"

"मैं हूं छोटा जादूगर।"

कलकत्ते के सुरम्य बोटानिकल-उद्यान में लाल कमलिनी से भरी हुई एक छोटी-सी-झील के किनारे घने वृक्षों की छाया में अपनी मंडली । के साथ बैठा हुआ मैं जलपान कर रहा था। बातें हो रही थीं। इतने में वही छोटा जादूगर दिखाई पड़ा। हाथ में चारखाने की खादी का झोला। साफ़ जांघिया और आधी बांहों का कुरता। सिर पर मेरा रूमाल सूत की रस्सी में बंधा हुआ था। मस्तानी चाल से झूमता हुआ आकर कहने लगा—

"बाबूजी, नमस्ते ! आज कहिए, तो खेल दिखाऊं।"

"नहीं जी, अभी हम लोग जलपान कर रहे हैं।"

"फिर इसके बाद क्या गाना-बजाना होगा, बाबूजी ?"

"नहीं जी—तुमको ...", क्रोध से मैं कुछ और कहने जा रहा था। श्रीमती ने कहा—"दिखलाओ जी, तुम तो अच्छे आए। भला, कुछ मन तो बहले।" मैं चुप हो गया: क्योंकि श्रीमती की वाणी में वह मां की-सी मिठास थी, जिसके सामने किसी भी लड़के को रोका जा नहीं सकता। उसने खेल आरम्भ किया।

उस दिन कार्निवल के सब खिलौने उसके खेल में अपना अभिनय करने लगे। भालू मनाने लगा। बिल्ली रूठने लगी। बन्दर घुड़कने लगा।

गुड़िया का ब्याह हुआ। गुड्डा वर काना निकला। लड़के की वाचालता से ही अभिनय हो रहा था। सब हंसते-हंसते लोट-पोट हो गए।

मैं सोच रहा था। बालक को आवश्यकता ने कितना शीघ्र चतुर बना दिया। यही तो संसार है। । ताश के सब पत्ते लाल हो गए। फिर सब काले हो गए। गले की सूत की डोरी टुकड़े-टुकड़े होकर जुट गई। लट्टू अपने से नाच रहे थे। मैंने कहा—"अब हो चुका। अपना खेल बटोर लो, हम लोग भी अब जाएंगे।"

श्रीमती जी ने धीरे से उसे एक रुपया दे दिया वह उछल उठा।

मैंने कहा—"लड़के !"

"छोटा जादूगर कहिए। यही मेरा नाम है। इसी से मेरी जीविका है।"

मैं कुछ बोलना ही चाहता था कि श्रीमती ने कहा—"अच्छा, तुम इस रुपए से क्या करोगे ?"

"पहले भर पेट पकौड़ी खाऊंगा। फिर एक सूती कम्बल लूंगा।" मेरा क्रोध अब लौट आया। मैं अपने पर बहुत क्रुद्ध होकर सोचने लगा—"ओह! कितना स्वार्थी हूं मैं। उसके एक रुपए पाने पर मैं ईर्ष्या करने लगा था न !"

वह नमस्कार करके चला गया। हम लोग लता-कुंज देखने के लिए चले।

उस छोटे-से बनावटी जंगल में संध्या सांय-सांय करने लगी थी। अस्ताचलगामी सूर्य की अंतिम किरण वृक्षों की पत्तियों से विदाई ले रही थी। एक शांत वातावरण था। हम लोग धीरे-धीरे मोटर से हावड़ा की ओर आ रहे थे।

रह-रहकर छोटा जादूगर स्मरण होता था। सचमुच वह एक झोंपड़ी के पास क़म्बल कन्धे पर डाले खड़ा था। मैंने मोटर रोककर उससे पूछा—"तुम यहां कहां ?"

"मेरी मां यहीं हैं न ! अब उसे अस्पताल वालों ने निकाल दिया है।" मैं उतर गया। उस झोंपड़ी में देखा, तो एक स्त्री चिथड़ों से लदी हुई कांप रही थी।

छोटे जादूगर ने कम्बल ऊपर से डालकर उसके शरीर से चिमटते हुए कहा, "मां!"

मेरी आंखों से आंसू निकल पड़े।

बड़े दिन की छुट्टी बीत चली थी। मुझे अपने ऑफ़िस में समय से पहुंचना था। कलकत्ते से मन ऊब गया था। फिर भी चलते-चलते एक बार उस उद्यान को देखने की इच्छा हुई। साथ-ही-साथ जादूगर भी दिखाई पड़ जाता, तो और भी ... मैं उस दिन अकेले ही चल पड़ा। जल्द लौट आना था।

दस बज चुके थे। मैंने देखा कि उस निर्मल धूप में सड़क के किनारे एक

कपड़े पर छोटे जादूगर का रंगमंच सजा था। मोटर रोककर उतर पड़ा। वहां बिल्ली रूठ रही थी। भालू मनाने चला था। ब्याह की तैयारी थी; यह सब होते हुए भी जादूगर की वाणी में वह प्रसन्नता की तरी नहीं थी। जब वह औरों को हंसाने की चेष्टा कर रहा था, तब जैसे स्वयं कांप जाता था। मानो उसके रोएं रो रहे थे। मैं आश्चर्य से देख रहा था। खेल हो जाने पर पैसा बटोरकर उसने भीड़ में मुझे देखा। वह जैसे क्षण-भर के लिए स्फूर्तिमान हो गया। मैंने उसकी पीठ थपथपाते हुए पूछा—"आज तुम्हारा खेल जमा क्यों नहीं?"

"मां ने कहा है कि आज तुरन्त चले आना। मेरी घड़ी समीप है।"—अविचल भाव से उसने कहा।

"तब भी तुम खेल दिखलाने चले आए!" मैंने कुछ क्रोध से कहा। मनुष्य के सुख-दुःख का माप अपना ही साधन तो है। उसी के अनुपात से वह तुलना करता है।

उसके मुंह पर वही परिचित तिरस्कार की रेखा फूट पड़ी।

उसने कहा—"न क्यों आता!"

और कुछ अधिक कहने में जैसे वह अपमान का अनुभव कर रहा था।

क्षण-भर में मुझे अपनी भूल मालूम हो गई। उसके झोले को गाड़ी में फेंककर उसे भी बैठाते हुए मैंने कहा—"जल्दी चलो।" मोटर वाला मेरे बताए हुए पथ पर चल पड़ा।

कुछ ही मिनटों में मैं झोंपड़े के पास पहुंचा। जादूगर दौड़कर झोंपड़े में मां-मां पुकारते हुए घुसा। मैं भी पीछे था; किन्तु स्त्री के मुंह से, 'बे ...' निकलकर रह गया। उसके दुर्बल हाथ उठकर गिरे। जादूगर उससे लिपटा रो रहा था, मैं स्तब्ध था। उस उज्ज्वल धूप में समग्र संसार जैसे जादू-सा मेरे चारों ओर नृत्य करने लगा।

परिवर्तन

चन्द्रदेव ने एक दिन इस जनाकीर्ण संसार में अपने को अकस्मात् ही समाज के लिए अत्यन्त आवश्यक मनुष्य समझ लिया और समाज भी उसकी आवश्यकता का अनुभव करने लगा। छोटे-से उपनगर में, प्रयाग विश्वविद्यालय से लौटकर, जब उसने अपनी ज्ञान-गरिमा का प्रभाव, वहां के सीधे-सादे निवासियों पर डाला, तो लोग आश्चर्य-चकित होकर सम्भ्रम से उसकी ओर देखने लगे जैसे कोई जौहरी हीरा-पन्ना परखता हो। उसकी थोड़ी-सी सम्पत्ति, बिसातख़ाने की दुकान और रुपयों का लेन-देन, और उसका शारीरिक गठन सौंदर्य का सहायक बन गया था।

कुछ लोग तो आश्चर्य करते थे कि वह कहीं का जज और कलेक्टर न होकर यह छोटी-सी दुकानदारी क्यों चला रहा है, किन्तु बातों में चन्द्रदेव स्वतंत्र व्यवसाय की प्रशंसा के पुल बांध देता और नौकरी की नरक से उपमा दे देता, तब उसकी कर्त्तव्य-परायणता का वास्तविक मूल्य लोगों की समझ में आ जाता।

यह तो हुई बाहर की बात। भीतर अपने अंत:करण में चंद्रदेव इस बात को अच्छी तरह तोल चुका था कि जज-कलेक्टर तो क्या, वह कहीं 'किरानी' होने की भी क्षमता नहीं रखता था। तब थोड़ा-सा विनय और त्याग का यश लेते हुए संसार के सहज-लब्ध सुख को वह क्यों छोड़ दे ? अध्यापकों के रटे हुए व्याख्यान उसके कानों में अभी गूंज रहे थे। पवित्रता, मलिनता, पुण्य और पाप उसके लिए गम्भीर प्रश्न न थे। वह तर्कों के बल पर उनसे नित्य खिलवाड़ किया करता और भीतर घर में जो एक सुंदरी स्त्री थी, उसके प्रति अपने सम्पूर्ण असंतोष को दार्शनिक

वातावरण में ढंककर निर्मल वैराग्य की, संसार से निर्लिप्त रहने की चर्चा भी उन भोले-भाले सहयोगियों में किया ही करता।

चंद्रदेव की इस प्रकृति से ऊबकर उसकी पत्नी मालती प्रायः अपनी मां के पास अधिक रहने लगी; किन्तु जब लौटकर आती, तो गृहस्थी में उसी कृत्रिम वैराग्य का अभिनय उसे खला करता। चन्द्रदेव ग्यारह बजे तक दुकान का काम देखकर, गप लड़ाकर, उपदेश देकर और व्याख्यान सुनाकर जब घर में आता, तब एक बड़ी दयनीय परिस्थिति उत्पन्न होकर उस साधारणतः सजे हुए मालती के कमरे को और भी मलिन बना देती। फिर तो मालती मुंह ढंककर आंसू गिराने के अतिरिक्त और कर ही क्या सकती थी? यद्यपि चन्द्रदेव का बाह्य आचरण उसके चरित्र के सम्बन्ध में सशंक होने का किसी को अवसर नहीं देता था, तथापि मालती अपनी चादर से ढंके हुए अंधकार में अपनी मौत की कल्पना करने के लिए स्वतंत्र थी ही।

वह धीरे-धीरे रुग्णा हो गई।

दो

एक दिन चंद्रदेव के पास बैठने वालों ने सुना कि वह कहीं बाहर जाने वाला है। दूसरे दिन चंद्रदेव को स्त्री-भक्ति की चर्चा छिड़ी। सब लोग कहने लगे "चंद्रदेव कितना उदार, सहृदय व्यक्ति है। स्त्री के स्वास्थ्य के लिए कौन इतना रुपया ख़र्च करके पहाड़ जाता है। कम-से-कम... नगर में तो कोई भी नहीं।"

चंद्रदेव ने बहुत गम्भीरता से मित्रों से कहा—"भाई, क्या करूं मालती को जब यक्ष्मा हो गया है, तब तो पहाड़ लिवा जाना अनिवार्य है। रुपया-पैसा तो आता-जाता रहेगा।" सब लोगों ने इसका समर्थन किया।

चंद्रदेव पहाड़ चलने को प्रस्तुत हुआ। विवश होकर मालती को भी जाना ही पड़ा। लोक-लाज भी तो कुछ है। और जब कि सम्मानपूर्वक पति अपना कर्त्तव्य पालन कर रहा हो तो स्त्री अस्वीकार कैसे कर सकती ?

इस एकान्त में जब कि पति और पत्नी दोनों ही एक-दूसरे के सामने चौबीसों घंटे रहने लगे, तब आवरण का व्यापार अधिक नहीं चल सकता था। बाध्य होकर चन्द्रदेव को सहायता-तत्पर बनना पड़ा। सहायता में तत्पर होना सामाजिक प्राणी

का जन्म-सिद्ध स्वभाव, संभवतः मनुष्यता का पूर्ण निदर्शन है। परन्तु चन्द्रदेव के पास तो दूसरा उपाय ही नहीं था; इसलिए सहायता का बाह्य प्रदर्शन धीरे-धीरे वास्तविक होने लगा।

एक दिन मालती चीड़ के वृक्ष की छाया में बैठी हुई बादलों की दौड़-धूप देख रही थी और मन-ही-मन विचार कर रही थी चंद्रदेव के सेवा-अभिनय पर। सहसा उसका जी भी भर आया। वह पहाड़ी रंगीन संध्या की तरह किसी मानसिक वेदना से लाल-पीली हो उठी। उसे अपने ऊपर क्रोध आया। उसी समय चंद्रदेव ने जो उसे कुछ दूर बैठा था, पुकारकर कहा—"मालती, अब चलो न! थक गई हो न!"

"वहीं सामने तो पहुंचना है, तुम्हें जल्दी हो चले जाओ, 'बूटी' को भेज दो, मैं उसके साथ चली जाऊंगी।"

"अच्छा" कहकर चंद्रदेव आज्ञाकारी अनुचर की तरह चला। वह तनिक भी विरोध करके अपने स्नेह-प्रदर्शन में कमी करना नहीं चाहता था। मालती अविचल बैठी रही। थोड़ी देर में बूटी आई; परन्तु मालती को उसके आने में विलम्ब समझ पड़ा। वह इसके पहले भी पहुंच सकती थी। मालती के लिए पहाड़ी युवती बूटी, परिचारिका के रूप में रख ली गई थी। यह नाटी-सी गोल-मटोल स्त्री गेंद की तरह उछलती चलती थी। बात-बात पर हंसती और फिर उस हंसी को छिपाने का प्रयत्न करती रहती। बूटी ने कहा—

"चलिए, अब तो किरनें डूब रही हैं, और मुझे भी काम निपटाकर छुट्टी पर जाना है।"

"छुट्टी !" आश्चर्य से झल्लाकर मालती ने कहा।

"हां, अब मैं काम न करूंगी !"

"क्यों ? तुझे क्या हो गया बूटी !"

"मेरा ब्याह इसी महीने में हो जाएगा।"—कहते हुए उस स्वतंत्र युवती ने हंस दिया। 'वन की हरिणी अपने आप जाल में फंसने क्यों जा रही है ?' मालती को आश्चर्य हुआ। उसने चलते-चलते पूछा—"भला, तुझे दूल्हा कहां से मिल गया ?"

"ओहो, तब आप क्या जानें कि हम लोगों के ब्याह की बात पक्की हुए आठ बरस हो गए ? नीलधर चला गया था, लखनऊ कमाने, और मैंने भी हर साल

यहीं नौकरी करके कुछ-न-कुछ यही पांच सौ रुपए बचा लिए हैं। अब वह भी एक हज़ार और गहने लेकर परसों पहुंच जाएगा। फिर हम लोग ऊंचे पहाड़ पर अपने गांव में चले जाएंगे। वहीं हम लोगों का घर बसेगा। खेती कर लूंगी। बाल-बच्चों के लिए भी तो कुछ चाहिए। फिर चाहिए बुढ़ापे के लिए, जो इन पहाड़ों में कष्टपूर्वक जीवन-यात्रा के लिए अत्यन्त आवश्यक है।"

वह प्रसन्नता से बातें करती, उछलती हुई चली जा रही थी और मालती हांफने लगी थी। मालती ने कहा—"तो क्यों दौड़ी जा रही है? अभी ही तेरा दूल्हा नहीं मिला जा रहा है।"

तीन

कमरे के दोनों ओर पलंग बिछे थे। मच्छरदानी में दो व्यक्ति सोने का अभिनय कर रहे थे। चंद्रदेव सोच रहे थे—'यह बूटी ! अपनी कमाई से घर बसाने जा रही है। कितना प्रगाढ़ प्रेम इन दोनों में होगा? और मालती ! बिना कुछ हाथ-पैर हिलाए-डुलाए अपनी सम्पूर्ण शक्ति से निष्क्रिय प्रतिरोध करती हुई, सुखभोग करने पर भी असंतुष्ट !' चंद्रदेव था तार्किक। वह सोचने लगा, तब क्या मुझे इसे प्रसन्न करने की चेष्टा छोड़ देनी चाहिए ? मरे चाहे जिए ! मैंने क्या नहीं किया इसके लिए, फिर भी भौंहें चढ़ी ही रहें, तो मैं क्या करूं ? मुझे क्या मिलता है। इस हृदयहीन बोझ को ढोने से ! बस, अब मैं घर चलूंगा। फिर-मालती के...बाद एक दूसरी स्त्री ! अरे! वह कितनी आज्ञाकारिणी—किन्तु क्या यह मर जाएगी ! मनुष्य कितना स्वार्थी है। फिर मैं ही क्यों नहीं मर जाऊं। किन्तु पहले कौन मरे ? मेरे मर ज़ाने पर वह जीती रहेगी। इसके लिए लोग कितने तरह के कलंक, कितनी बुराई की बातें सोचेंगे। और यही जाने क्या कर बैठे ! तब इसे तो लज्जित होना ही पड़ेगा। मुझे ही स्वर्ग में कितना अपमान भोगना पड़ेगा ! मालती के मरने पर लोकापवाद से मुक्त मैं दूसरा ब्याह करूंगा। और पतिव्रता मालती स्वर्ग में भी मेरी शुभ-कामना करेगी। तो फिर यही ठीक रहा। मान की रक्षा के लिए लोग कितने बड़े-बड़े बलिदान कर चुके हैं। क्या मैं उनका अनुकरण नहीं कर सकता ! मालती सम्मान की वेदी पर बलि चढ़े। वही—पहले मरे—

फिर देखा जाएगा ! राम की तरह एक पत्नीव्रत कर सकूंगा, तो कर लूंगा, नहीं तो उंहूं—'

चंद्रदेव की खुली आंखों के सामने मच्छरदानी के जालीदार कपड़े पर एक चित्र खिंचा—एक युवती मुस्कराती हुई चाय की प्याली बढ़ा रही है। चंद्रदेव ने न पीने की सूचना पहले ही दे दी थी। फिर भी उसके अनुनय में बड़ी तरावट थी। उस युवती के रोम-रोम कहते थे, 'ले-लो !'

चंद्रदेव यह स्वप्न देखकर निश्चिन्त सो गया। उसने अपने बनावटी उपचार का—सेवा-भाव का अन्त कर लिया था।

दूसरी मच्छरदानी में थकी हुई मालती थी। सोने के पहले उसे अपने ही ऊपर रोष आ गया—'वह क्यों न ऐसी हुई कि चंद्रदेव उसके चरणों में लोटता, उसके मान को, उसके प्रणयरोष को धीरे-धीरे सहलाया करता! तब क्या वैसी होने की चेष्टा करें; किन्तु अब करके क्या होगा ? जब यौवन का उल्लास था, कुसुम में मकरन्द था, चांदनी पर मेघ की छाया न थी, आकर्षण और आदर की पात्र बन सकती है। उसका यौवन ढालवें पथ की ओर मुंह किए है, फिर भी उसमें कितना उल्लास है !

'यह आत्म-विश्वास ! यही तो जीवन है; किन्तु, क्या मैं पा सकती हूं ! क्या मेरे अंग फिर से गुदगुदे हो जाएंगे। लाली दौड़ आवेगी ? हृदय में उच्छृंखल उल्लास, हंसी से भरा आनन्द नाचने लगेगा ?' उसने एक बार अपने दुर्बल हाथों को उठाकर देखा कि चूड़ियां कलाई से बहुत नीचे खिसक आई थी। सहसा उसे स्मरण हुआ कि वह बूटी से अभी दो बरस छोटी है। दो बरस में वह स्वस्थ, सुन्दर, हृष्ट-पुष्ट और हंसमुख हो सकती है, होकर रहेगी। वह मरेगी नहीं। ना, कभी नहीं, चन्द्रदेव को दूसरे का न होने देगी। विचार करते-करते फिर सो गई।

सवेरे दोनों मच्छरदानियां उठीं। चन्द्रदेव ने मालती को देखा—वह प्रसन्न थी। उसके कपोलों का रंग बदल गया था। उसे भ्रम हुआ, 'क्या?' उसने आंखें मिच-मिचाकर फिर देखा ! इस क्रिया पर मालती हंस पड़ी। चंद्रदेव झल्लाकर उठ बैठा। वह कहना चाहता था कि "मैं चलना चाहता हूं। रुपए का अभाव है ! कब तक यहां पहाड़ पर पड़ा रहूंगा ? तुम्हारा अच्छा होना असम्भव है। मजूरनी भी छोड़कर चली गई। और भी अनेक असुविधाएं हैं। मैं तो चलूंगा!"

परन्तु वह कह न पाया। कुछ सोच रहा था। निष्ठुर प्रहार करने में हिचक रहा था। सहसा मालती पास चली आई। मच्छरदानी उठाकर मुस्कराती हुई बोली—"चलो, घर चलें! अब तो मैं अच्छी हूं ?"

चन्द्रदेव ने आश्चर्य से देखा कि—मालती दुर्बल है—किन्तु रोग के लक्षण नहीं रहे। उसके अंग-अंग पर स्वाभाविक रंग प्रसन्नता बनकर खेल रहा था!

आंधी

चन्दा के तट पर बहुत-से छतनारे वृक्षों की छाया है, किन्तु मैं प्रायः मुचकुन्द के नीचे ही जाकर टहलता, बैठता और कभी-कभी चांदनी में ऊंघने भी लगता। वहीं मेरा विश्राम था। वहां मेरी एक सहचरी भी थी, किन्तु वह कुछ बोलती न थी। वह रहट्टों की बनी हुई मूसदानी-सी एक झोंपड़ी थी, जिसके नीचे पहले सथिया मुसहरिन का मोटा-सा काला लड़का पेट के बल पड़ा रहता था। दोनों कलाइयों पर सिर टेके हुए भगवान् की अनन्त करुणा को प्रणाम करते हुए उसका चित्र आंखों के सामने आ जाता। मैं सथिया को कभी-कभी कुछ दे देता था, पर वह नहीं के बराबर। उसे तो मजूरी करके जीने में सुख था। अन्य मुसहरों की तरह अपराध करने में वह चतुर न थी। उसको मुसहरों की बस्ती से दूर रहने में सुविधा थी, वह मुचकुन्द के फूल इकट्ठे करके बेचती, सेमर की रुई बिन लेती, लकड़ी के गट्ठे बटोरकर बेचती पर उसके इन सब व्यापारों में कोई और सहायक न था। एक दिन वह मर ही तो गई। तब भी कलाई पर से सिर उठा कर, करवट बदलकर अंगड़ाई लेते हुए कलुआ ने केवल एक जंभाई ली थी। मैंने सोचा—स्नेह, माया, ममता इन सबों की भी एक घरेलू पाठशाला है, जिसमें उत्पन्न होकर शिशु धीरे-धीरे इनके अभिनय की शिक्षा पाता है। उसकी अभिव्यक्ति के प्रकार और विशेषता से वह आकर्षक होता है सही, किन्तु, माया-ममता किस प्राणी के हृदय में न होगी ! मुसहरों को पता लगा—वे कल्लू को ले गए। तब से इस स्थान को निर्जनता पर गरिमा का एक और रंग चढ़ गया।

मैं अब भी तो वहीं पहुंच जाता हूं। बहुत घूम-फिर कर भी जैसे मुचकुन्द

की छाया की ओर खिंच जाता हूं। आज के प्रभात में कुछ अधिक सरसता थी। मेरा हृदय हलका-हलका-सा हो रहा था। पवन में मादक सुगन्ध और शीतलता थी। ताल पर नाचती हुई लाल-लाल किरने वृक्षों के अंतराल से बड़ी सुहावनी लगती थीं। मैं परजाते के सौरभ में अपने सिर को धीरे-धीरे हिलाता हुआ कुछ गुनगुनाता चला जा रहा था। सहसा मुचकुन्द के नीचे मुझे धुआं और कुछ मनुष्यों की चहल-पहल का अनुमान हुआ। मैं कुतूहल से उसी ओर बढ़ने लगा।

वहां कभी एक सराय भी थी, अब उसका ध्वंस बच रहा था। दो-एक कोठरियां थीं, किन्तु पुरानी प्रथा के अनुसार अब भी वहीं पर पथिक ठहरते।

मैंने देखा कि मुचकुन्द के आस-पास दूर तक एक विचित्र जमावड़ा है। अद्भुत शिविरों की पांति में यहां पर कानन-चरों, बिना घरवालों की बस्ती बसी हुई है।

सृष्टि को आरम्भ हुए कितना समय बीत गया, किन्तु इन अभागों को कोई पहाड़ की तलहटी या नदी की घाटी बसाने के लिए प्रस्तुत न हुई और न इन्हें कहीं घर बनाने की सुविधा ही मिली। वे आज भी अपने चलते-चलते घरों को जानवरों पर लादे हुए घूमते ही रहते हैं ! मैं सोचने लगा—ये सभ्य मानव-समाज के विद्रोही हैं, तो भी इनका एक समाज है। सभ्य संसार के नियमों को कभी न मानकर भी इन लोगों ने अपने लिए नियम बनाए हैं। किसी भी तरह, जिनके पास कुछ है, उनसे ले लेना और स्वतंत्र होकर रहना। इनके साथ सदैव आज के संसार के लिए विचित्रतापूर्ण संग्रहालय रहता है। ये अच्छे घुड़सवार और भयानक व्यापारी हैं। अच्छा, ये लोग कठोर परिश्रमी और संसार यात्रा के उपयुक्त प्राणी हैं, फिर इन लोगों ने कहीं बसना, घर बनाना, क्यों नहीं पसन्द किया ?—मैं मन-ही-मन सोचता हुआ धीरे-धीरे उनके पास होने लगा। कुतूहल ही तो था। आज तक इन लोगों के सम्बन्ध में कितनी ही बातें सुनता आया था। जब निर्जन चन्दा का ताल मेरे मनो-विनोद की सामग्री हो सकता है, तब आज उसका बसा हुआ तट मुझे क्यों न आकर्षित करता ? मैं धीरे-धीरे मुचकुन्द के पास पहुंच गया। उसकी एक डाल से बंधा हुआ एक सुन्दर बछड़ा हरी-हरी दूब खा रहा था। और लहंगा-कुरता पहने, रूमाल सिर से बांधे हुए एक

लड़की उसकी पीठ सूखे घास के मड़े से मल रही थी। मैं रुककर देखने लगा। उसने पूछा—घोड़ा लोगे, बाबू ?

नहीं—कहते हुए मैं आगे बढ़ा था, कि एक तरुणी ने झोंपड़े से सिर निकालकर देखा। वह बाहर निकल आई। उसने कहा—आप पढ़ना जानते हैं ?

हां, जानता तो हूं।

हिन्दुओं की चिट्ठी आप पढ़ लेंगे ?

मैं उसके सुंदर मुख को कला की दृष्टि से देख रहा था। कला की दृष्टि; ठीक तो बौद्ध-कला, गान्धार-कला, द्रविड़ों की कला इत्यादि नाम से भारतीय मूर्ति-सौंदर्य के अनेक विभाग जो हैं; जिससे गढ़न का अनुमान होता है। मेरे एकान्त जीवन को बिताने की सामग्री में इस तरह का जड़ सौंदर्य-बोध भी एक स्थान रखता है। मेरा हृदय सजीव प्रेम से कभी आप्लुत नहीं हुआ था। मैं इस मूक सौंदर्य से ही कभी-कभी अपना मनो-विनोद कर लिया करता। चिट्ठी पढ़ने की बात पूछने पर भी मैं अपने मन में निश्चय कर रहा था, कि यह वास्तविक गान्धार प्रतिमा है, या ग्रीस और भारत का इस सौंदर्य में समन्वय है।

वह झुंझलाकर बोली—क्या नहीं पढ़ सकोगे ?

चश्मा नहीं है, मैंने सहसा कह दिया। यद्यपि मैं चश्मा नहीं लगाता, तो भी स्त्रियों से बोलने में न जाने क्यों मेरे मन में हिचक होती है। मैं उनसे डरता भी था, क्योंकि सुना था कि वे किसी वस्तु को बेचने के लिए प्रायः इस तरह तंग करती हैं कि उनसे दाम पूछने वाले को लेकर ही छूटना पड़ता है। इसमें उनके पुरुष लोग भी सहायक हो जाते हैं, तब वह बेचारा गाहक और भी झंझट में फंस जाता। मेरी सौंदर्य की अनुभूति विलीन हो गई। मैं अपने दैनिक जीवन के अनुसार टहलने की उपक्रम करने लगा; किन्तु वह सामने अचल प्रतिमा की तरह खड़ी हो गई। मैंने कहा—क्या है ?

चश्मा चाहिए ? मैं ले आती हूं।

ठहरो, ठहरो, मुझे चश्मा न चाहिए।

कहकर मैं सोच रहा था कि कहीं मुझे ख़रीदना न पड़े। उसने पूछा—तब तुम पढ़ सकोगे कैसे ?

मैंने देखा कि बिना पढ़े मुझे छुट्टी न मिलेगी। मैंने कहा—ले आओ,

देखूं, सम्भव है कि पढ़ सकूं।—उसने अपनी जेब से एक बुरी तरह मुड़ा हुआ पत्र निकाला। मैं उसे लेकर मन-ही-मन पढ़ने लगा।

लैला ...;

तुमने जो मुझे पत्र लिखा था, उसे पढ़कर मैं हंसा भी और दुःख तो हुआ ही। हंसा इसलिए कि तुमने दूसरे से अपने मन का ऐसा खुला हुआ हाल क्यों कह दिया। तुम कितनी भोली हो ! क्या तुमको ऐसा पत्र दूसरे से लिखवाते हुए हिचक न हुई। तुम्हारा घूमनेवाला परिवार ऐसी बातों को सहन करेगा ? क्या इन प्रेम की बातों में तुम गम्भीरता का तनिक भी अनुभव नहीं करती हो ? और दुखी इसलिए हुआ कि तुम मुझसे प्रेम करती हो। यह कितनी भयानक बात है। मेरे लिए भी और तुम्हारे लिए भी। तुमने मुझे निमंत्रित किया है प्रेम के स्वतंत्र साम्राज्य में घूमने के लिए, किन्तु तुम जानती हो, मुझे जीवन की ठोस झंझटों से छुट्टी नहीं। घर में मेरी स्त्री है, तीन-तीन बच्चे हैं, उन सबों के लिए मुझे खटना पड़ता है, काम करना पड़ता है। यदि वैसा न भी होता, तो भी क्या मैं तुम्हारे जीवन को अपने साथ घसीटने में समर्थ होता ? तुम स्वतंत्र वन-विहंगिनी और मैं एक हिन्दू गृहस्थ; अनेक रुकावटें, बीसों बंधन। यह सब असम्भव है। तुम भूल जाओ। जो स्वप्न तुम देख रही हो—उसमें केवल हम और तुम हैं। संसार का आभास नहीं। मैं एक दिन और जीर्ण सुख लेते हुए जीवन की विभिन्न अवस्थाओं का समन्वय करने का प्रयत्न कर रहा हूं। न मालूम कब से मनुष्य इस भयानक सुख का अनुभव कर रहा है। मैं उन मनुष्यों में अपवाद नहीं हूं, क्योंकि यह सुख भी तुम्हारे स्वतंत्र सुख की सन्तति है ! वह आरम्भ है, यह परिणाम है। फिर भी घर बसाना पड़ेगा। फिर वही समस्याएं सामने आएंगी। तब तुम्हारा यह स्वप्न भंग हो जाएगा। पृथ्वी ठोस और कंकरीली रह जाएगी। फूल हवा में बिखर जाएंगे। आकाश का विराट् मुख समस्त आलोक को पी जाएगा। अंधकार केवल अंधकार में झुंझलाहट-भरा पश्चात्ताप, जीवन को अपने डंकों से क्षत-विक्षत कर देगा। इसलिए लैला ! भूल जाओ। तुम चारयारी बेचती हो। उससे सुना है, चोर पकड़े जाते हैं। किन्तु अपने मन का चोर पकड़ना कहीं अच्छा है। तुम्हारे भीतर तो तुमको चुरा रहा है, उसे निकाल बाहर करो। मैंने तुमसे कहा था कि बहुत-से पुराने सिक्के ख़रीदूंगा, तुम अबकी बार पश्चिम जाओ तो खोजकर ले आना। मैं उन्हें अच्छे दामों पर ले

लूंगा। किन्तु तुमको ख़रीदना है अपने को बेचना नहीं, इसलिए मुझसे प्रेम करने की भूल तुम न करो।

हां, अब कभी इस तरह पत्र न भेजना क्योंकि वह सब व्यर्थ है।

रामेश्वर

मैं एक सांस में पत्र पढ़ गया, तब तक लैला मेरा मुंह देख रही थी। मेरा पढ़ना कुछ ऐसा ही हुआ, जैसे लोग अपने में बरति हैं। मैंने उसकी ओर देखते हुए वह काग़ज़ उसे लौटा दिया। उसने पूछा—इसका मतलब ?

मतलब ! वह फिर किसी समय बताऊंगा। अब मुझे जलपान करना है। मैं जाता हूं। कहकर मैं मुड़ा ही था कि उसने पूछा—आपका घर, बाबू !—मैंने चन्दा के किनारे अपने सफ़ेद बंगले को दिखा दिया। लैला पत्र हाथ में लिए वहीं खड़ी रही। मैं अपने बंगले की ओर चला। मन में सोचता जा रहा था। रामेश्वर ! वही तो रामेश्वरनाथ वर्मा! क्यूरियो मर्चेण्ट ! उसी की लिखावट है। वह तो मेरा परिचित है। मित्र मान लेने में मन को एक तरह की अड़चन है। इसलिए मैं प्रायः अपने कहे जाने वाले मित्रों को भी जब अपने मन में सम्बोधन करता हूं, तो परिचित ही कहकर ! सो भी जब इतना माने बिना काम नहीं चलता। मित्र मान लेने पर मनुष्य उससे शिव के समान आत्म-त्याग, बोधिसत्व के सदृश्ये सर्वस्व-समर्पण की जो आशा करता है और उसकी शक्ति की सीमा को प्रायः अतिरंजित देखता है। वैसी स्थिति में अपने को डालना मुझे पसन्द नहीं। क्योंकि जीवन का हिसाब-किताब उस काल्पनिक गणित के आधार पर रखने का मेरा अभ्यास नहीं, जिसके द्वारा मनुष्य सबके ऊपर अपना पावना ही निकाल लिया करता है।

अकेले जीवन के नियमित व्यय के लिए साधारण पूंजी का ब्याज मेरे लिए पर्याप्त है। मैं सुखी विचरता हूं ! हां, मैं जलपान करके कुर्सी पर बैठा हुआ अपनी डाक देख रहा था। उसमें एक लिफ़ाफ़ा ठीक उन्हीं अक्षरों में लिखा हुआ—जिनमें लैला का पत्र था—निकला। मैं उत्सुकता से खोलकर पढ़ने लगा—

भाई श्रीनाथ

तुम्हारा समाचार बहुत दिनों से नहीं मिला। तुम्हें यह जानकर प्रसन्नता होगी

कि हम लोग दो सप्ताह के भीतर तुम्हारे अतिथि होंगे। चन्दा की वायु हम लोगों को खींच रही है। मिन्ना तो तंग कर ही रहा है, उसकी मां को और भी उत्सुकता है। उन सबों को यही सूझी है, कि दिन भर ताल में डोंगी पर भोजन न करके हवा खाएंगे और पानी पिएंगे। तुम्हें कष्ट तो न होगा ?

तुम्हारा—रामेश्वर

पत्र पढ़ लेने पर जैसे कुतूहल मेरे सामने नाचने लगा। रामेश्वर के परिवार का स्नेह, उसके मधुर झगड़े; मान-मनौवल—समझौता और अभाव में भी संतोष; कितना सुन्दर ! मैं कल्पना करने लगा। रामेश्वर एक सफल कदम्ब है, जिसके ऊपर मालती की लता अपनी सैकड़ों उलझनों से, आनन्द की छाया और आलिंगन का स्नेह-सुरभि ढाल रही है।

रामेश्वर का ब्याह मैंने देखा था। रामेश्वर के हाथ के ऊपर मालती की पीली हथेली, जिसके ऊपर जलधारा पड़ रही थी। सचमुच यह सम्बन्ध कितना शीतल हुआ। उस समय मैं हंस रहा था—बालिका मालती और किशोर रामश्वर ! हिन्दू-समाज का यह परिहास—यह भीषण मनो-विनोद! तो भी मैंने देखा, कहीं भूचाल नहीं हुआ—कहीं ज्वालामुखी नहीं फूटा। बहिया ने कोई गांव बहाया नहीं। रामेश्वर और मालती अपने सुख की फुसल हर साल काटते हैं।... मैंने जो सोचा—अभी-अभी जो विचार मेरे मन में आया, वह न लिखूंगा। मेरी क्षुद्रता जलन के रूप में प्रकट होगी। किन्तु मैं सच कहता हूं मुझे रामेश्वर से जलन नहीं तो भी मेरे उस विचार का मिथ्या अर्थ लोग लगा ही लेंगे। आज-कल मनोविज्ञान का युग है न। प्रत्येक ने मनोवृत्तियों के लिए हृदय को कबूतर का दरबा बना डाला है। इनके लिए सफेद, नीला, सुर्ख़ का श्रेणी-विभाग कर लिया गया है। उतनी प्रकार की मनोवृत्तियों को गिनकर वर्गीकरण कर लेने का साहस भी होने लगा है।

तो भी मैंने उस बात को सोच ही लिया। मेरे साधारण जीवन में एक लहर उठी। प्रसन्नता की स्निग्ध लहर ! पारिवारिक सुखों से लिपटा हुआ, प्रणय-कलह देखूंगा; मेरे दायित्व-विहीन जीवन का वह मनो-विनोद होगा। मैं रामेश्वर को पत्र लिखने लगा

भाई रामेश्वर !

तुम्हारे पत्र ने मझ पर प्रसन्नता की वर्षा की है। मेरे शन्य जीवन को आनंद

कोलाहल से, कुछ ही दिनों के लिए सही भर देने का तुम्हारा प्रयत्न, मेरे लिए सुख का कारण होगा, तुम अवश्य आओ और सबको साथ लेकर आओ !

तुम्हारा—श्रीनाथ

पुनश्चः

बंबई से आते हुए सूरन अवश्य लेते आना। यहां वैसा नहीं मिलता। सूरन की तरकारी की गरमी में ही तुम लोग चन्दा की ठंडी हवा झेल सकोगे और साथ-साथ अपनी चलती-फिरती दुकान का एक बक्स, जिस पर हम लोगों की बातचीत की परम्परा लगी रहे।

—श्रीनाथ

दोपहर का भोजन कर लेने के बाद मैं थोड़ी देर अवश्य लेटता हूं। कोई पूछता है, तो कह देता हूं कि यह निद्रा नहीं भाई, तन्द्रा है, स्वास्थ्य को मैं उसे अपने आराम से चलने देता हूं। चिकित्सकों से सलाह पूछकर उसमें छेड़-छाड़ करना मुझे ठीक नहीं जंचता। सच बात तो यह है कि मुझे वर्तमान युग की चिकित्सा में वैसा ही विश्वास है, जैसा पाश्चात्य पुरातत्त्वज्ञों की खोज पर। जैसे वे सांची अमरावती के स्तम्भ तथा शिल्प के चिन्हों में वस्त्र पहनी हुई मूर्तियों को देखकर, ग्रीक शिल्प कला का आभास पा जाते हैं और कल्पना कर बैठते हैं। कि भारतीय बौद्ध कला ऐसी हो ही नहीं सकती, क्योंकि वे कपड़ा पहनना जानते ही न थे। फिर चाहे आप त्रिपिटक से ही प्रमाण क्यों न दें कि बिना अन्तर्वासक, चीवर इत्यादि के भारत का कोई भी भिक्षु नहीं रहता; पर वे कब मानने वाले ! वैसे ही चिकित्सक के पास सिर में दर्द होने की दवा खोजने गए कि वह पेट से उसका सम्बन्ध जोड़कर कोई रेचक औषधि दे ही देगा। बेचारा कभी न सोचेगा कि कोई गम्भीर विचार करते हुए, जीवन की किसी कठिनाई से टकराते रहने से भी सिर में पीड़ा हो सकती है। तो भी मैं हलकी-सी तन्द्रा केवल तबीयत बनाने के लिए ले ही लेता हूं।

शरद्-काल की उजली धूल ताल के नीचे जल पर फैल रही थी। आंखों में चकाचौंधी लग रही थी। मैं कमरे में पड़ा अंगड़ाई ले रहा था। दुलारे ने आकर कहा— ईरानी—नहीं-नहीं बलूची आए हैं मैंने पूछा—कैसे ईरानी और बलूची ?

वही जो मूंगा, फीरोज़ा, चारयारी बेचते हैं, सिर में रूमाल बांधे हुए।

मैं उठ खड़ा हुआ, दालान में आकर देखता हूं, तो एक बीस बरस के युवक के साथ लैला। गले में चमड़े का बैग, पीठ पर चोटी, छींट का रूमाल ! एक निराला आकर्षक चित्र ! लैला ने हंसकर पूछा—बाबू, चारयारी लोगे ?

चारयारी ?

हां बाबू ! चारयारी ! इसके रहने से आपके पास सोना, अशर्फ़ी रहेगा। थैली कभी खाली न होगी। और बाबू ! इससे चोरी का माल बहुत जल्द पकड़ा जाता है।

साथ ही युवक ने कहा—ले लो बाबू ! असली चारयारी; सोना का चारयारी ! एक बाबू के लिए लाया था। वह मिला नहीं।

मैं अब तक उन दोनों की सुरमीली आंखों को देख रहा था। सुरमे का घेरा गोरे-गोरे मुंह पर आंख की विस्तृत सत्ता का स्वतंत्र साक्षी था। पतली लंबी गर्दन पर खिलौने-सा मुंह टपाटप बोल रहा था ! मैंने कहा—मुझे तो चारयारी नहीं चाहिए।

किन्तु वहां सुनता कौन है, दोनों सीढ़ी पर बैठ गए थे और लैला अपना बेग खोल रही थी। कई पोटलियां निकलीं, सहसा लैला के मुंह का रंग उड़ गया। वह घबराकर कुछ अपनी भाषा में कहने लगी। युवक उठ खड़ा हुआ। मैं कुछ न समझ सका। वह चला गया। अब लैला ने मुस्कराते हुए, बैग में से वही पत्र निकाला। मैंने कहा—इसे तो मैं पढ़ चुका हूं।

इसका मतलब !

वह तुम्हारी चारयारी ख़रीदने फिर आएगा। यही इसमें लिखा है—मैंने कहा।

बस ! इतना ही ?

और भी कुछ है।

क्या बाबू ?

और जो उसने लिखा है, वह मैं नहीं कह सकता—

क्यों बाबू ? क्यों न कह सकोगे ? बोलो।

लैला की वाणी में पुचकार, दुलार, झिड़की और आज्ञा थी।'

यह सब बात मैं नहीं...

बीच में ही बात काटकर उसने कहा—नहीं क्यों ? तुम जानते हो, नहीं बोलेगे ?

उसने लिखा है, मैं तुमको प्यार करता हूं।

लिखा है, बाबू ! लैला की आंखों में स्वर्ग हंसने लगा ! वह फुरती से पत्र मोड़कर रखती हुई हंसने लगी। मैंने अपने मन में कहा—अब यह पूछेगी, वह कब आवेगा? कहां मिलेगा ?—किन्तु लैला ने यह सब कुछ नहीं पूछा। वह सीढ़ियों पर अर्द्ध-शयनावस्था में जैसे कोई सुन्दर सपना देखती हुई मुस्करा रही थी। युवक दौड़ता हुआ आया; उसने अपनी भाषा में कुछ घबराकर कहा पर लैला लेटे-ही-लेटे कुछ बोली। युवक भी बैठ गया। लैला ने मेरी ओर देखकर कहा—तो बाबू ! वह आवेगा। मेरी चारयारी ख़रीदेगा। गुल से भी कह दो। मैंने समझ लिया कि युवक का नाम गुल है। मैंने कहा—हां, वह तुम्हारी चारयारी ख़रीदने आवेंगे। गुल ने लैला की ओर प्रसन्न दृष्टि से देखा।

परंतु मैं, जैसे भयभीत हो गया। अपने ऊपर संदेह होने लगा। लैला सुन्दरी थी, पर उसके भीतर भयानक राक्षस की आकृति थी या देवमूर्ति! यह बिना जाने मैंने क्या कह दिया ! इसका परिणाम भीषण भी हो सकता है। मैं सोचने लगा। रामेश्वर को मित्र तो मानता नहीं, किन्तु मुझे उससे शत्रुता करने का क्या अधिकार है ?

चन्दा के दक्षिणी तट पर ठीक मेरे बंगले के सामने एक पाठशाला थी। उसमें एक सिंहली सज्जन रहते थे। न जाने कहां-कहां से उनको चन्दा मिलता था। वे पास-पड़ोस के लड़कों को बुलाकर पढ़ाने के लिए बिठाते थे। दो मास्टरों को वेतन देते थे। उनका विश्वास था कि चन्दा का तट किसी दिन तथागत के पवित्र चरण-चिह्न से अंकित हुआ था, वे आज भी उन्हें खोजते थे। बड़े शांत प्रकृति के जीव थे। उनका श्यामल शरीर, कुंचित केश, तीक्ष्ण दृष्टि, सिंहली विशेषता से पूर्ण विनय, मधुर वाणी और कुछ-कुछ मोटे अक्षरों में चौबीसों घंटे बसने वाली हंसी आकर्षण से भरी थी। मैं कभी-कभी जब जीभ में खुजलाहट होती, वहां पहुंच जाता। आज की वह घटना मेरे गम्भीर विचार का विषय बनकर मुझे व्यस्त कर रही थी। मैं अपनी डोंगी पर बैठ गया। दिन अभी घंटे-डेढ़ घंटे बाकी था। उस पार खेकर डोंगी ले जाते हुए देर नहीं हुई। मैं पाठशाला और ताल के बीच के उद्यान को देख रहा था। खजूर और नारियल के ऊंचे-ऊंचे वृक्षों की जिसमें निराली छटा थी। एक नया पीपल

अपने चिकने पत्तों की हरियाली में झूम रहा था। उसके नीचे शिला पर प्रज्ञासारथि बैठे थे। नाव को अटकाकर मैं उनके समीप पहुंचा। अस्त होने वाले सूर्य-बिम्ब की रंगीली किरणें उनके प्रशांत मुखमंडल पर पड़ रही थीं। दो-ढाई हज़ार वर्ष पहले का चित्र दिखाई पड़ा, जब भारत की पवित्रता हज़ारों कोस से लोगों को वासना-दमन करना सीखने के लिए आमंत्रित करती थी। आज भी आध्यात्मिक रहस्यों के उस देश में उस महती साधना का आशीर्वाद बचा है। अभी भी बोध-वृक्ष पनपते हैं ! जीवन की जटिल आवश्यकता को त्याग कर जब काषाय पहने संध्या के सूर्य के रंग में रंग मिलाते हुए ध्यान-स्मित-लोचन मूर्तियां अभी देखने में आती हैं, तब जैसे मुझे अपनी सत्ता का विश्वास होता है, और भारत की अपूर्वता का अनुभव होता है। अपनी सत्ता का इसलिए कि मैं भी त्याग का अभिनय करता हूं न ! और भारत के लिए तो मुझे पूर्ण विश्वास है कि इस विजय धर्म में है।

अधरों में कुंचित हंसी, आंखों में प्रकाश भरे प्रज्ञासारथि ने मुझे देखते हुए कहा—आज मेरी इच्छा थी कि आपसे भेंट हो।

मैंने हंसते हुए कहा—अच्छा हुआ कि मैं प्रत्यक्ष ही आ गया। नहीं तो ध्यान में बाधा पड़ती।

श्रीनाथजी ! मेरे ध्यान में आपके आने की संभावना न थी। तो भी आज एक विषय पर आपकी सम्मति की आवश्यकता है।

मैं भी कुछ कहने के लिए ही यहां आया हूं। पहले मैं कहूं कि आप ही आरम्भ करेंगे ?

साथिया के लड़के कल्लू के सम्बन्ध में तो आपको कुछ नहीं कहना है ? मेरे बहुत कहने पर मुसहरों ने उसे पढ़ने के लिए मेरी पाठशाला में रख दिया है और उसके पालन के भार से अपने को मुक्त कर लिया। अब वह सात बरस का हो गया है। अच्छी तरह खाता-पीता है। साफ़-सुथरा रहता है। कुछ-कुछ पढ़ता भी है !—प्रजासारथि ने कहा।

चलिए, अच्छा हुआ ! एक रास्ते पर लग गया। फिर जैसा उनके भाग्य में हो। मेरा मन इन घरेलू बन्धनों में पड़ने के लिए विरक्त-सा है, फिर भी न जाने क्यों कल्लू का ध्यान आ ही जाता है—मैंने कहा।

तब तो अच्छी बात है, आप इस कृत्रिम विरक्ति से ऊब चले हैं, तो कुछ

काम करने लगिए। मैं भी घर जाना चाहता हूं, न हो तो पाठशाला ही चलाइए—कहते हुए प्रज्ञासारथि ने मेरी ओर गम्भीरता से देखा।

मेरे मन में हलचल हुई। मैं एक बकवादी मनुष्य ! किसी विषय पर गम्भीरता का अभिनय करके थोड़ी देर तक सफल वाद-विवाद चला देना और फिर विश्वास करना; इतना ही तो मेरा अभ्यास था। काम करना, किसी दायित्व को सिर पर लेना असम्भव ! मैं चुप रहा। वह मेरा मुंह देख रहे थे। मैं चतुरता से निकल जाना चाहता था। यदि मैं थोड़ी देर और उसी तरह सन्नाटा रखता, तो मझे हां या नहीं कहना ही पड़ता। मैंने विवाह वाला चुटकुला छेड़ ही तो दिया।

आप तो विरक्ति भिक्षु हैं। अब घर जाने की आवश्यकता कैसे आ पड़ी।

भिक्षु ! आश्चर्य से प्रज्ञासारथि ने कहा—मैं तो ब्रह्मचर्य में हूं। विद्याभ्यास और धर्म का अनुशीलन कर रहा हूं। यदि मैं चाहूं तो प्रव्रज्या ले सकता हूं, नहीं तो गृही बनाने में कोई धार्मिक आपत्ति नहीं। सिंहल में तो यही प्रथा प्रचलित है। मेरे से यह प्राचीन आर्य-प्रथा भी थी ! मैं गार्हस्थ्य-जीवन से परिचित होना चाहता हूं।

तो आप ब्याह करेंगे ?

क्यों नहीं; वही करने तो जा रहा हूं।

देखता हूं, स्त्रियों पर आपको पूर्ण विश्वास है।

अविश्वास करने का कारण ही क्या है ? इतिहास में, आख्यायिकाओं में कुछ स्त्रियों और पुरुषों का दुष्ट चरित्र पढ़कर मुझे अपने और अपनी भावी सहधर्मिणी पर अविश्वास कर लेने का कोई अधिकार नहीं ? प्रत्येक व्यक्ति को अपनी परीक्षा देनी चाहिए।

विवाहित जीवन ! सुखदायक होगा ?—मैंने पूछा।

किसी कर्म को करने के पहले उसमें सुख की ही खोज करना क्या अत्यंत आवश्यक है ? सुख तो धर्माचरण से मिलता है। अन्यथा संसार तो दुःखमय है ही ! संसार के कर्मों को धार्मिकता के साथ करने में सुख की ही संभावना है।

किन्तु ब्याह-जैसे कर्म से तो सीधा-सीधा स्त्री से सम्बन्ध है। स्त्री! कितनी विचित्र पहेली है। इसे जानना सहज नहीं। बिना जाने ही उससे अपना सम्बन्ध

जोड़ लेना, कितनी बड़ी भूल है, ब्रह्मचारीजी !—मैंने हंसकर कहा।

भाई, तुम बड़े चतुर हो। खूब सोच-समझकर, परखकर तब सम्बन्ध जोड़ना चाहते हो न; किन्तु मेरी समझ में सम्बन्ध हुए बिना परखने का दूसरा उपाय नहीं। प्रज्ञासारथि ने गंभीरता से कहा। मैं चुप होकर सोचने लगा। अभी-अभी जो मैंने एक काण्ड का बीजारोपण किया है, वह क्या लैला के स्वभाव से परिचित होकर! मैं अपनी मूर्खता पर मन-ही-मन तिलमिला उठा। मैंने कल्पना से देखा, लैला प्रतिहिंसाभरी एक भयानक राक्षसी है, यदि वह अपने जाति-स्वभाव के अनुसार रामेश्वर के साथ बदला लेने की प्रतिज्ञा कर बैठे, तब क्या होगा?

प्रज्ञासारथि ने फिर कहा—मेरा जाना तो निश्चित है। ताम्रपर्णी की तरंगमालाएं मुझे बुला रही हैं ! मेरी एक प्रार्थना है। आप कभी-कभी आकर इसका निरीक्षण कर लिया कीजिए।

मुझे एक बहाना मिला, मैंने कहा—मैंने बैठे-बिठाए एक झंझट बुला ली है। मैं देखता हूं कि कुछ दिनों तक तो मुझे उसमें फंसना ही पड़ेगा।

प्रज्ञासारथि ने पूछा—वह क्या?

मैंने लैला का पत्र पढ़ने और उसके बाद का सब वृतान्त कह सुनाया। प्रज्ञासारथि चुप रहे, फिर उन्होंने कहा—आपने इस काम को खूब सोझ-समझकर करने की आवश्यकता पर तो ध्यान न दिया होगा, क्योंकि इसका फल दूसरे को भोगने की संभावना है न!

मुझे प्रज्ञासारथि का यह व्यंग्य अच्छा न लगा। मैंने कहा—सम्भव है कि मुझे भी कुछ भोगना पड़े।

भाई, मैं तो देखता हूं, संसार में बहुत-से ऐसे काम मनुष्य को करने पड़ते हैं, जिन्हें स्वप्न में भी नहीं सोचता। अकस्मात् वे प्रसंग सामने आकर गुर्राने लगते हैं, जिनसे भागकर जान बचाना ही उसका अभीष्ट होता है। मैं भी इसी तरह ब्याह करने के लिए सिंहल जा रहा हूं।

अंधकार को भेदकर शरद् का चन्द्रमा नारियल और खजूर के वृक्षों पर दिखाई देने लगा था। चंदा का ताल लहरियों में प्रसन्न था। मैं क्षण भर के लिए प्रकृति की उस सुंदर चित्रपटी को तन्मय होकर देखने लगा।

कलुआ ने जब प्रज्ञासारथि को भोजन करने की सूचना दी, मुझे स्मरण हुआ

कि मुझे उस पार जाना है। मैंने दूसरे दिन आने को कहकर प्रज्ञासारथि से छुट्टी मांगी।

डोंगी पर बैठकर मैं धीरे-धीरे डांड़ चलाने लगा।

मैं अनमना-सा डांड़ चलाता हुआ कभी चंद्रमा को और कभी चंदा ताल को देखता। नाव सरल आंदोलन में तिर रही थी। बार-बार सिंहली प्रज्ञासारथि की बात सोचता जाता था। मैंने घूमकर देखा, तो कुंज से घिरा हुआ पाठशाला का भवन चन्दा के शुभ्रजल में प्रतिबिम्बित हो रहा था ! चन्दा का वह तट समुद्र-उपकूल का एक खंड-चित्र था। मन-ही-मन सोचने लगा—मैं करता ही क्या हूं, यदि मैं पाठशाला का निरीक्षण करूं, तो हानि क्या ? मन भी लगेगा और समय भी कटेगा। अब मैं बहुत दुर चला आया था। सामने मुचकुन्द वृक्ष की नील आकृति दिखलाई पड़ी मुझे लैला का फिर स्मरण आ गया। कितनी सरल, स्वतंत्र और साहसिकता से भरी हुई रमणी है। सुरमीली आंखों में कितना नशा है और अपने मादक उपकरणों से भी रामेश्वर को अपनी ओर आकर्षित करने में वह असमर्थ है। रामेश्वर पर मुझे क्रोध आया और लैला को फिर अपने विचारों से उलझते देखकर झुंझला उठा। अब किनारा समीप हो चला। था। मैं मुचकुन्द की ओर से नाव घुमाने को था कि मुझे उस प्रशान्त जल में दो सिर तैरते हुए दिखाई पड़े। शरद्-काल की शीतल रजनी में उन तैरने वालों पर मुझे आश्चर्य हुआ। मैंने डांड़ा चलाना बन्द कर दिया। दोनों तैरने वाले डोंगी के पास आ चले थे। मैंने चंद्रिका के आलोक में पहचान लिया, वह लैला का सुंदर मुख था। कुमुदिनी की तर प्रफुल्ल चांदनी में हंसता हुआ लैला का मुख ! मैंने पुकारा—लैला! वह बोलने ही को थी उसके साथ वाला मुख गुर्रा उठा। मैंने समझा कि उसका साथी गुल होगा; किन्तु लैला ने कहा—चुप, बाबूजी हैं। अब मैंने पहचाना—वह एक भयानक पाजी कुत्ता है, जो लैला के साथ तैर रहा था। लैला ने कहा—बाबूजी, आप कहां ? मेरी डोंगी के एक ओर लैला का हाथ था और दूसरी ओर कुत्ते के दोनों अगले पंजे। मैंने कहा—यों ही घूमने आया था और तुम रात को तैरती हो ? लैला।

दिन भर काम करने के बाद अब तो छुट्टी मिली है, बदन ठंडा कर रही हूं—लैला ने कहा।

वह एक अद्भुत दृश्य था। इतने दिनों तक मैं जीवन के अकेले दिनों को

काट चुका हूं। अनेक अवसर विचित्र घटनाओं से पूर्ण और मनोरंजक मिले हैं; किन्तु ऐसा दृश्य तो मैंने कभी न देखा। मैंने पूछा—आज की रात तो बहुत ठंडी है, लैला !

उसने कहा—नहीं बड़ी गर्म।

दोनों ने अपनी रुकावट हटा ली। डोंगी चलने को स्वतंत्र थी। लैला और उसका साथी दोनों तैरने लगे। मैं अपने बंगले की ओर डोंगी खेने लगा। किनारे पर पहुंचकर देखता हूं कि दुलारे खड़ा है। मैंने पूछा—क्यों रे ! तू कब से यहां है ?

उसने कहा—आपको आने से देर हुई, इसलिए मैं आया हूं। रसोई ठंडी हो रही है।

मैं डोंगी से उतर पड़ा और बंगले की ओर चला। मेरे मन में न जाने क्यों संदेह हो रहा था कि दुलारे जान-बूझकर परखने आया था। लैला से बातचीत करते हुए उसने मुझे अवश्य देखा है। तो क्या वह मुझ पर कुछ सन्देह करता है ? मेरा मन दुलारे को सन्देह करने का अवसर देकर जैसे कुछ प्रसन्न ही हुआ। बंगले पर पहुंचकर मैं भोजन करने बैठ गया। स्वभाव के अनुसार शरीर तो अपना नियमित सब करता ही रहा, किन्तु सो जाने पर भी वही सपना देखता रहा।

आज बहुत विलम्ब से सोकर उठा। आलस से कहीं घूमने-फिरने की इच्छा न थी। मैंने अपनी कोठरी में ही आसन जमाया। मेरी आंखों में वह रात्रि का दृश्य अभी घूम रहा था। मैंने लाख चेष्टा की किन्तु लैला और वह सिंहली भिक्षु दोनों ही ने मेरे हृदय को अखाड़ा बना लिया था। मैंने विरक्त होकर विचार-परम्परा को तोड़ने के लिए बांसुरी बजाना आरम्भ किया। आसावरी के गम्भीर विलम्बित अलापों में फिर भी लैला की प्रेमपूर्ण आकृति जैसे बनने लगती। और बांसुरी बजाना बन्द किया और ठीक विश्रामकाल में ही मैंने देखा कि प्रज्ञासारथि सामने खड़े हैं। मैंने उन्हें बैठाते हुए पूछा—आज आप इधर कैसे भूल पड़े ?

यह प्रश्न मेरी विचार-विश्रृंखलता के कारण हुआ था, क्योंकि वे तो प्रायः मेरे यहां आया ही करते थे। उन्होंने हंसकर कहा—मेरा आना भूलकर नहीं, किन्तु कारण से हुआ है। कहिए, आपने उस विषय में कुछ स्थिर किया ?

मैंने अनजान बनकर पूछा—किस विषय में ?

प्रज्ञासारथि ने कहा—वही पाठशाला की देख-रेख करने के लिए जैसा मैंने उस दिन आपसे कहा था।

मैंने बात उड़ाने के ढंग से कहा—आप तो सोच-विचार कर काम करने में विश्वास ही नहीं रखते। आपका तो यही कहना है न कि मनुष्य प्रायः अनिच्छावश बहुत-से काम करने के लिए बाध्य होता है, तो फिर मुझे उस पर सोचने-विचारने की क्या आवश्यकता थी ? जब वैसा अवसर आवेगा, तब देखा जाएगा।

कृपया मेरी बातों का अपने मनोनुकूल अर्थ न लगाइए। यह तो मैं जानता हूं कि आप अपने ढंग से विचार करने के लिए स्वतंत्र हैं; किन्तु उन्हें क्रियात्मक रूप देने के समय आपकी स्वतंत्रता में मेरा विश्वास संदिग्ध हो जाता है। प्रायः देखा जाता है, हम लोग क्या करने जाकर क्या कर बैठते हैं, तो भी हम उसकी ज़िम्मेदारी से छूटते नहीं। मान लीजिए कि लैला के हृदय में एक दुराशा उत्पन्न करके आपने रामेश्वर के जीवन में अड़चन डाल दी है। संभव है, यह घटना साधारण न रहकर कोई भीषण काण्ड उपस्थित कर सकती है और आपका मित्र अपने अनिष्ट करने वाले को न भी पहचान सके, तो क्या आप अपने मन के सामने इसके लिए अपराधी न ठहरेंगे ?

प्रज्ञासारथि की ये बातें मुझे बेढंगी-सी जान पड़ीं क्योंकि उस समय मुझे उसका आना और मुझे उपदेश देने का ढोंग रचना असह्य होने लगा। मेरी इच्छा होती थी कि वे किसी तरह भी यहां से चले जाते; तो भी मुझे उन्हें उत्तर देने के लिए इतना तो कहना ही पड़ा कि—आप कच्चे अदृष्टवादी हैं। आपके जैसा विचार रखने पर मैं तो इसे इस तरह सुलझाऊंगा कि अपराध करने में और दंड देने में मनुष्य एक-दूसरे को सहायक होता है। हम आज जिस किसी को हानि पहुंचाते हैं, या कष्ट देते हैं, वह इतने ही के लिए नहीं कि उसने मेरी कोई बुराई की है। हो सकता है कि मैं उसके किसी अपराध का यह दण्ड समाज-व्यवस्था के लिए किसी मौलिक नियम के अनुसार दे रहा हूं। फिर चाहे मेरा यह दण्ड देना भी अपराध बन जाए और उसका फल भी मुझे भोगना पड़े। मेरे इस कहने पर प्रज्ञासारथि ने हंस दिया और कहा—श्रीनाथजी, मैं आपकी दण्ड-व्यवस्था ही तो करने आया हूं। आप अपने बेकार जीवन को मेरी बेगार में लगा दीजिए। मैंने पिण्ड छुड़ाने के लिए कहा—अच्छा, तीन दिन सोचने का अवसर दीजिए।

प्रज्ञासारथि चले गए और मैं चुपचाप सोचने लगा। मेरे स्वतंत्र जीवन में मां के मर जाने के बाद यह दूसरी उलझन थी। निश्चित जीवन की कल्पना का अनुभव मैंने इतने दिनों तक कर लिया था। मैंने देखा कि मेरे निराश जीवन में उल्लास का छींटा भी नहीं। यह ज्ञान मेरे हृदय को और भी स्पर्श करने लगा। मैं जितना ही विचारता था, उतना ही मुझे निश्चिन्तता और निराशा का अभेद दिखलाई पड़ता था। मेरे आलसी जीवन में सक्रियता की प्रतिध्वनि होने लगी। तो भी काम न करने का स्वभाव मेरे विचारों के बीच में जैसे व्यंग्य से मुस्करा देता।

तीन दिनों तक मैंने सोचा और विचार किया। अन्त में प्रज्ञासारथि की विजय हुई क्योंकि मेरी दृष्टि में प्रज्ञासारथि का काम नाम के लिए तो अवश्य था, किन्तु करने में कुछ भी नहीं के बराबर।

मैंने अपना हृदय दृढ़ किया और प्रज्ञासारथि से जाकर कह दिया कि—मैं पाठशाला का निरीक्षण करूंगा, किन्तु मेरे मित्र आने वाले हैं और जब तक यहां रहेंगे, तब तक मैं अपना बंगला न छोड़ूंगा क्योंकि यहां उन लोगों के आने से आपको असुविधा होगी। फिर जब वे लोग चले जाएंगे, तब मैं यहीं आकर रहने लगूंगा।

मेरे सिंहली मित्र ने हंसकर कहा—अभी तो एक महीने यहां मैं अवश्य रहूंगा। यदि आप अभी से यहां चले आवें तो, बड़ा अच्छा हो, क्योंकि मेरे रहते यहां का सब प्रबन्ध आपकी समझ में आ जाएगा। रह गई मेरी असुविधा की बात, सो तो केवल आपकी कल्पना है। मैं आपके मित्रों को यहां देखकर प्रसन्न ही होऊंगा। जगह की कमी भी नहीं।

मैं 'अच्छा' कहकर उनसे छुट्टी लेने के लिए उठ खड़ा हुआ; किन्तु प्रज्ञासारथि ने मुझे फिर से बैठाते हुए कहा—देखिए श्रीनाथजी, यह पाठशाला का भवन पूर्णतः आपके अधिकार में रहेगा। भिक्षुओं के रहने के लिए तो संघाराम का भाग अलग है ही और उसमें जो कमरे अभी अधूरे हैं, उन्हें शीघ्र ही पूरा कराकर तब मैं जाऊंगा और अपने संघ से मैं इसकी पक्की लिखा-पढ़ी कर रहा हूं कि आप पाठशाला के आजीवन अवैतनिक प्रधानाध्यक्ष रहेंगे और उसमें किसी को हस्तक्षेप करने का अधिकार न होगा।

मैं उस युवक बौद्ध मिशनरी की युक्तिपूर्ण व्यावहारिकता देखकर मन-ही-मन चकित हो रहा था। एक क्षण भर के लिए उस सिंहली की व्यवहार-कुशल बुद्धि से मैं भीतर-ही-भीतर ऊब उठा। मेरी इच्छा हुई कि मैं स्पष्ट अस्वीकार कर दूं किन्तु न जाने क्यों मैं वैसा न कर सका। मैंने कहा—तो आपको मुझमें इतना विश्वास है कि मैं आजीवन आपकी पाठशाला चलाता रहूंगा !

प्रज्ञासारथि ने कहा—शक्ति की परीक्षा दूसरों ही पर होती है; यदि मुझे आपकी शक्ति का अनुभव हो, तो कुछ आश्चर्य की बात नहीं। और आप तो जानते ही हैं कि धार्मिक मनुष्य विश्वासी होता है। सूक्ष्म रूप से जो कल्याण-ज्योति मानवता में अन्तर्निहित है, मैं तो उसमें अधिक-से-अधिक श्रद्धा करता हूं। विपथगामी होने पर वही संत हो करके मनुष्य का अनुशासन करती है, यदि उसकी पशुता ही प्रबल न हो गई हो, तो।

मैंने प्रज्ञासारथि की आंखों से आंख मिलाते हुए देखा, उसमें तीव्र संयम की ज्योति चमक रही थी, मैं प्रतिवाद न कर सका, और यह कहते हुए खड़ा हुआ कि—अच्छा, जैसा आप कहते हैं वैसा ही होगा।

मैं धीरे-धीरे बंगले की ओर लौट रहा था। रास्ते में अचानक देखता हूं कि दुलारे दौड़ा हुआ चला आ रहा है। मैंने पूछा—क्या है रे ?

उसने कहा—बाबूजी, घोड़ागाड़ी पर बहुत आदमी आए हैं। वे लोग आपको पूछ रहे हैं।

मैंने समझ लिया कि रामेश्वर आ गया। दुलारे से कहा कि—तू दौड़ जा, मैं यहीं खड़ा हूं। उन लोगों का सामान-सहित यहीं लिवा ला !

दुलारे तो बंगले की ओर भागा, मैं उसी जगह अविचल भाव से खड़ा रहा। मन में विचारों की आंधी उठने लगी, रामेश्वर तो आ गया और वे ईरानी भी यहीं हैं। ओह, मैंने कैसी मूर्खता की ! तो मेरे मन को जैसे ढाढ़स हुआ कि रामेश्वर मेरे बंगले में नहीं ठहरता है। इस बौद्ध पाठशाला तक लैला क्यों आने लगी ? जैसे लैला को वहां आने में कोई दैवी बाधा हो। फिर मेरा सिर चकराने लगा। मैंने कल्पना की आंखों से देखा कि लैला अबोधगति से चलने वाली एक निर्झरिणी है। पश्चिम की सर्राटे से भरी हुई वायु तरंग-माला है। उसको रोकने की किसमें

सामर्थ्य है; और फिर अकेले रामेश्वर ही तो नहीं, उसकी स्त्री भी उसके साथ है। अपनी मूर्खतापूर्ण करनी से मेरा ही दम घुटने लगा। मैं खड़ा-खड़ा झील की ओर देख रहा था। उसमें छोटी-छोटी लहरियां उठ रही थीं जिनमें सूर्य की किरणें प्रतिबिम्बित होकर आंखों को चौंधिया देती थीं। मैंने आंखें बंद कर लीं। अब मैं कुछ नहीं सोचता था। गाड़ी की घरघराहट ने मुझे सजग किया। मैंने देखा कि रामेश्वर गाड़ी का पल्ला खोलकर वहीं सड़क पर उतर रहा है।

मैं उससे गले मिल शीघ्रता से कहने लगा—गाड़ी पर बैठ जाओ। मैं भी चलता हूं। यहीं पास ही चलना है।—उसने गाड़ीवान से चलने के लिए कहा। हम दोनों साथ-साथ पैदल ही चले। पाठशाला के समीप प्रज्ञासारथि अपनी रहस्यपूर्ण मुस्कराहट के साथ आगवानी करने के लिए खड़े थे।

दो दिनों में हम लोग अच्छी तरह रहने लगे। घर का कोना-कोना आवश्यक चीज़ों से भर गया। प्रज्ञासारथि इसमें बराबर हम लोगों के साथी हो रहे थे और सबसे अधिक आश्चर्य मुझे मालती को देख कर हुआ। वह मानो इस जीवन की सम्पूर्ण गृहस्थी यहां सजा कर रहेगी। मालती एक स्वस्थ युवती थी; किन्तु दूर से देखने में अपनी छोटी-सी आकृति के कारण वह बालिका-सी लगती थी। उसकी तीनों संतानें बड़ी सुन्दर थीं। मिन्ना छह बरस का, रंजन चार का और कमलो दो की थी। कमलो सचमुच एक गुड़िया थी, कल्लू का उससे इतना घना परिचय हो गया कि दोनों को एक-दूसरे बिना चैन नहीं। मैं सोचता था कि प्राणी क्या स्नेहमय ही उत्पन्न होता है। अज्ञात प्रदेशों से आकर वह संसार में जन्म लेता है। फिर अपने लिए स्नेहमय सम्बन्ध बना लेता है; किन्तु मैं सदैव इन बुरी बातों से भागता ही रहा। इसे मैं अपना सौभाग्य कहूं, या दुर्भाग्य ?

इन्हीं कई दिनों में रामेश्वर के प्रति मेरे हृदय में इतना स्नेह उमड़ा कि मैं उसे एक क्षण छोड़ने के लिए प्रस्तुत न था। अब हम लोग साथ बैठकर भोजन करते, साथ ही टहलने निकलते। बातों का तो अन्त ही न था। कल्लू तीनों बच्चों को बहलाए रहता। दुलारे खाने-पीने का प्रबन्ध कर लेता। रामेश्वर से मेरी बातें होतीं और मालती चुपचाप सुना करती। कभी-कभी बीच में कोई अच्छी-सी मीठी बात बोल भी देती।

और प्रज्ञासारथि को तो मानो एक पाठशाला ही मिल गई थी। वे गार्हस्थ्य जीवन का चुपचाप अच्छा-सा अध्ययन कर रहे थे।

एक दिन मैं बाज़ार से अकेला लौट रहा था। बंगले के पास मैं पहुंचा ही था, कि लैला मुझे दिखाई पड़ी। वह अपने घोड़े पर सवार थी मैं क्षण भर तक विचारता रहा कि क्या करूं। तब तक घोड़े से उतरकर वह मेरे पास चली आई। मैं खड़ा हो गया था। उसने पूछा—बाबूजी, आप कहीं चले गए थे ?

हां !

अब इस बंगले में आप नहीं रहते ?

मैं तुमसे एक बात कहना चाहता हूं, लैला।—मैंने घबराकर उससे कहा।

क्या बाबूजी ?

वह चिट्ठी।

है तो मेरे ही पास, क्यों ?

मैंने उसमें कुछ झूठ कहा था।

झूठ !—लैला की आंखों से बिजली निकलने लगी थी।

हां लैला ! उसमें रामेश्वर ने लिखा था कि मैं तुमको नहीं चाहता, मेरे बाल-बच्चे हैं।

ऐं ! तुम झूठे दग़ाबाज !—कहती हुई लैला अपनी छुरी की ओर देखती हई दांत पीसने लगी।

मैंने कहा—लैला, तुम मेरा कसूर ...।

तुम मेरे दिल से दिल्लगी करते थे ! कितने रंज की बात है ! वह कुछ न कह सकी। वहीं बैठकर रोनी लगी। मैंने देखा कि यह बड़ी आफ़त है। कोई मुझे इस तरह यहां देखेगा तो क्या कहेगा। मैं तुरन्त वहां से चल देना चाहता था, किन्तु लैला ने आंसू भरी आंखों से मेरी ओर देखते हुए कहा—तुमने मेरे लिए दुनिया में एक बड़ी अच्छी बात सुनाई थी। वह मेरी हंसी थी ! इसे जानकर आज मुझे इतना गुस्सा आता है कि मैं तुमको मार डालूं या आप ही मर जाऊं।—लैला दांत पीस रही थी। मैं कांप उठा—अपने प्राणों के भय से नहीं किन्तु लैला के साथ अदृष्ट के खिलवाड़ पर और अपनी मूर्खता पर। मैंने प्रार्थना के ढंग से कहा—लैला, मैंने तुम्हारे मन को ठेस लगा दी है—इसका मुझे बड़ा दुःख है। अब तुम उसको

भूल जाओ।

तुम भूल सकते हो, मैं नहीं ! मैं ख़ून करूंगी !—उसकी आंखों में ज्वाला निकल रही थी।

किसका, लैला ! मेरा ?

ओह नहीं, तुम्हारा नहीं, तुमने एक दिन मुझे सबसे बड़ा आराम दिया है। हो, वह झूठा। तुमने अच्छा नहीं किया था, तो भी मैं तुमको अपना दोस्त समझती हूं।

तब किसका ख़ून करोगी ?

उसने गहरी सांस लेकर कहा—अपना या किसी ... फिर चुप हो गई। मैंने कहा —तुम ऐसा न करोगी, लैला। मेरा और कुछ कहने का साहस नहीं होता था। उसी ने फिर पूछा—वह जो तेज़ हवा चलती है, जिसमें बिजली चमकती है, बरफ़ गिरती है, जो बड़े-बड़े पेड़ों को तोड़ डालती है। ... हम लोगों के घरों को उड़ा ले जाती है।

आंधी !—मैंने बीच ही में कहा।

हां, वही मेरे यहां चल रही है !—कहकर लैला ने अपनी छाती पर हाथ रख दिया।

लैला !—मैंने अधीर होकर कहा।

मैं उसको एक बार देखना चाहती हूं।—उसने भी व्याकुलता से मेरी ओर देखते हुए कहा।

मैं उसे दिखा दूंगा; पर तुम उसकी कोई बुराई तो न करोगी ?—मैंने कहा।

हुश !—कहकर लैला ने अपनी काली आंखें उठाकर मेरी ओर देखा।

मैंने कहा—अच्छा लैला ! मैं दिखा दूंगा।

कल मुझसे यहीं मिलना—कहती हुई वह अपने घोड़े पर सवार हो गई। उदास लैला के बोझ से वह घोड़ भी धीरे-धीरे चलने लगा और लैला झुकी हुई-सी उस पर मानो किसी तरह बैठी थी।

मैं वहीं देर तक खड़ा रहा। और फिर धीरे-धीरे अनिच्छापूर्वक पाठशाला की ओर लौटा। प्रज्ञासारथि पीपल के नीचे शिलाखंड पर बैठे थे। मिन्ना उनके पास खड़ा उनका मुंह देख रहा था। प्रज्ञासारथि की रहस्यपूर्ण हंसी आज अधिक उदार थी। मैंने देखा कि वह उदासीन विदेशी अपनी समस्या हल कर चुका है। बच्चों की चहल-पहल ने उसके जीवन में वांछित परिवर्तन ला दिया है। और मैं ?

मैं कह चुका था, इसलिए दूसरे दिन लैला से भेंट करने पहुंचा। देखता हूं कि वह पहले ही से वहां बैठी है। निराशा से उदास उसका मुंह आज पीला हो रहा था। उसने हंसने की चेष्टा नहीं की और न मैंने ही। उसने पूछा—तो कब, कहां चलना होगा ? मैं तो सूरत में उससे मिली थी ! वहीं उसने मेरी चिट्ठी का जवाब दिया था। अब कहां चलना होगा ?

मैं भौंचक-सा हो गया। लैला को विश्वास था कि सूरत, मुंबई, कश्मीर वह चाहे कहीं हो, मैं उसे लिवा कर चलूंगा ही। और रामेश्वर से भेंट करा दूंगा। सम्भवतः उसने परिहास का यह दण्ड निर्धारित कर लिया था। मैं सोचने लगा—क्या कहूं।

लैला ने फिर कहा—मैं उसकी बुराई न करूंगी, तुम डरो मत।

मैंने कहा—वह यहीं आ गया है। उसके बाल-बच्चे सब साथ हैं। लैला, तुम चलोगी ?

वह एक बार सिर से पैर तक कांप उठी ! और मैं भी घबरा गया। मेरे मन में नई आशंका हुई। आज मैं क्या दूसरी भूल करने जा रहा हूं ? उसने सम्हल कर कहा—हां चलूंगी, बाबू ! मैंने गहरी दृष्टि से उसके मुंह की ओर देखा, तो अंधड़ नहीं, किन्तु एक शीतल मलय का व्याकुल झोंका उसकी घुंघराली लटों के साथ खेल रहा था। मैंने कहा—अच्छा, मेरे पीछे-पीछे चली जाओ !

मैं चला और वह मेरे पीछे थी। जब पाठशाला के पास पहुंचा, तो मुझे हारमोनियम का स्वर और मधुर आलाप सुनाई पड़ा। मैं ठिठककर सुनने लगा—रमणी-कण्ठ की मधुर ध्वनि ! मैंने देखा कि लैला की आंखें उस संगीत के नशे में मतवाली हो चली हैं। उधर देखता हूं तो कमलो को गोद में लिए प्रज्ञासारथि भी झूम रहे हैं। अपने कमरे में मालती छोटी-से सफ़ारी बाजे पर पीलू गा रही है और अच्छी तरह गा रही है। रामेश्वर लेटा हुआ उसके मुंह की ओर देख रहा है। पूर्ण तृप्ति ! प्रसन्नता की माधुरी दोनों के मुंह पर खेल रही है ! पास ही रंजन और मिन्ना बैठे हुए अपने माता और पिता को देख रहे हैं। हम लोगों के आने की बात कौन जानता है। मैंने एक क्षण के लिए अपने को कोसा; इतने सुंदर संसार में कलह की ज्वाला जलाकर मैं तमाशा देखने चला था। हाय रे—मेरा कुतूहल ! और लैला

स्तब्ध अपनी बड़ी-बड़ी आंखों से एकटक न जाने क्या देख रही थी। मैं देखता था कि कमलो प्रज्ञासारथि की गोद से धीरे से खिसक पड़ी और बिल्ली की तरह पैर दबाती हुई अपनी मां की पीठ पर हंसती हुई गिर पड़ी, और बोली—मां! और गाना रुक गया। कमलो के साथ मिन्ना और रंजन भी हंस पड़े। रामेश्वर ने कहा—कमलो, तू बली पाजी है ले ! बा—पाजी—लाल—कहकर कमलो ने अपनी नन्हीं-सी उंगली उठाकर हम लोगों की ओर संकेत किया। रामेश्वर तो उठकर बैठ गए। मालती ने मुझे देखते ही सिर का कपड़ा तनिक आगे की ओर खींच लिया और लैला ने रामेश्वर को देखकर सलाम किया। दोनों की आंखें मिलीं। रामेश्वर के मुंह पर पल भर के लिए एक घबराहट दिखाई पड़ी। फिर उसने सम्हलकर पूछा—अरे लैला! तुम यहां कहां ?

चारयारी न लोगे, बाबू ?—कहती हुई लैला निर्भीक भाव से मालती के पास जाकर बैठ गई।

मालती लैला पर एक सलज्ज मुस्कान छोड़ती हुई, उठ खड़ी हुई। लैला उसका मुंख देख रही थी, किन्तु उस ओर ध्यान न देकर मालती ने मुझसे कहा—भाई जी, आपने जलपान नहीं किया। आज तो आप ही के लिए मैंने सूरन के लड्डू बनाए हैं।

तो देती क्यों नहीं पगली, मैं सवेरे ही से भूखा भटक रहा हूं—मैंने कहा। मालती जलपान ले आने गई। रामेश्वर ने कहा—चारयारी ले आई हो ? लैला ने हां कहते हुए अपना बैग खोला। फिर रुककर उसने अपने गले से एक ताबीज निकाला। रेशम से लिपटा हुआ चौकोर ताबीज का सीवन खोलकर उसने वह चिट्ठी निकाली। मैं स्थिर भाव से देख रहा था। लैला ने कहा—पहले बाबूजी, इस चिट्ठी को पढ़ दीजिए। रामेश्वर ने कम्पित हाथों से उसको खोला, वह उसी का लिखा हुआ पत्र था। उसने घबराकर लैला की ओर देखा। लैला ने शान्त स्वरों में कहा—पढ़िए बाबू ! आप ही के मुंह से सुनना चाहती हूं।

रामेश्वर ने दृढ़ता से पढ़ना आरम्भ किया। जैसे उसने अपने हृदय का समस्त बल आने वाली घटनाओं का सामना करने के लिए एकत्र कर लिया हो; क्योंकि मालती जलपान लिए आ ही रही थी। रामेश्वर ने पूरा पत्र पढ़ लिया। केवल नीचे अपना नाम नहीं पढ़ा। मालती खड़ी सुनती रही और मैं सूरन के लड्डू खाता

रहा। बीच-बीच में मालती का मुंह देख लिया करता था! उसने बड़ी गम्भीरता से पूछा—भाईजी, लड्डू कैसे हैं, यह तो आपने बताया नहीं, धीरे से खा गए।

जो वस्तु अच्छी होती है, वही गले में धीरे से उतार ली जाती है। नहीं तो कड़वी वस्तु के लिए थू-थू करना पड़ता।—मैं कह ही रहा था कि लैला ने रामेश्वर से कहा—ठीक तो! मैंने सुन लिया। अब आप उसको फाड़ डालिए। तब आपको चारयारी दिखाऊं।

रामेश्वर सचमुच पत्र फाड़ने लगा। चिन्दी-चिन्दी उस काग़ज़ के टुकड़े की उड़ गई और लैला ने एक छिपी हुई गहरी सांस ली, किन्तु मेरे कानों ने उसे सुन ही लिया। वह तो एक भयानक आंधी से कम न थी। लैला ने सचमुच एक सोने की चारयारी निकाली। उसके साथ एक सुंदर मूंगे की माला। रामेश्वर ने चारयारी लेकर देखा। उसने मालती से पचास के नोट देने के लिए कहा। मालती अपने पति के व्यवसाय को जानती थी, उसने तुरन्त नोट दे दिए। रामेश्वर ने जब नोट लैला की ओर बढ़ाए, तभी कमलो सामने आकर खड़ी हो गई—बा ... लाल ... रामेश्वर ने पूछा, क्या है रे कमलो?

पुतली-सी सुन्दर बालिका ने रामेश्वर के गालों को अपने छोटे-से हाथों से पकड़कर कहा—लाल-लाल ...

लैला ने नोट ले लिए थे। पूछा—बाबूजी! मूंगे की माला न लीजिएगा?

नहीं।

लैला ने माला उठाकर कमलो को पहना दी। रामेश्वर नहीं-नहीं कह रहा था किन्तु उसने सुना नहीं! कमलो ने अपनी मां को देखकर कहा मां ... लाल ... वह हंस पड़ी और कुछ नोट रामेश्वर को देते हुए बोली—तो ले लो न, इसका भी दाम दे दो।

लैला ने तीव्र दृष्टि से मालती को देखा; मैं तो सहम गया था। मालती हंस पड़ी। उसने कहा—क्या दाम न लोगी?

लैला कमलो का मुंह चूमती हुई उठ खड़ी हुई। मालती अवाक्, रामेश्वर स्तब्ध, किन्तु मैं प्रकृतिस्थ था।

लैला चली गई।

मैं विचारता रहा, सोचता रहा। कोई अन्त न था—ओर-छोर का पता नहीं।

लैला, प्रज्ञासारथि—रामेश्वर और मालती सभी मेरे सामने बिजली के पुतलों से चक्कर काट रहे थे। संध्या हो चली थी, किन्तु मैं पीपल के नीचे से न उठ सका। प्रज्ञासारथि अपना ध्यान समाप्त करके उठे। उन्होंने मुझे पुकारा—श्रीनाथजी ! मैंने हंसने की चेष्टा करते हुए कहा—कहिए !

आज तो आप भी समाधिस्थ रहे।

तब भी इसी पृथ्वी पर था। जहां लालसा क्रन्दन करती है, दुःखानुभूति हंसती है और नियति अपने मिट्टी के पुतलों के साथ अपना क्रूर मनो-विनोद करती है; किन्तु आप तो बहुत ऊंचे किसी स्वर्गीय भावना में ...

ठहरिए श्रीनाथजी ! सुख और दुःख, आकाश और पृथ्वी, स्वर्ग और नरक के बीच में है वह सत्य, जिसे मनुष्य प्राप्त कर सकता है।

मुझे क्षमा कीजिए ! अन्तरिक्ष में उड़ने की मुझमें शक्ति नहीं है। मैंने परिहासपूर्वक कहा।

साधारण मन की स्थिति को छोड़कर जब मनुष्य कुछ दूसरी बात सोचने के लिए प्रयास करता है, तब क्या वह उड़ने का प्रयास नहीं? हम लोग कहने के लिए द्विपद हैं, किन्तु देखिए तो जीवन में हम लोग कितनी बार उचकते हैं, उड़ान भरते हैं। वही तो उन्नति की चेष्टा, जीवन के लिए संग्राम, और भी क्या-क्या नाम से प्रशंसित नहीं होती ? तो मैं भी इसकी निन्दा करता; उठने की चेष्टा करनी चाहिए, किन्तु ..

आप यही न कहेंगे कि समझ-बूझकर एक बार उचकना चाहिए; किन्तु उस एक बार को—उस अचूक अवसर को जानना सहज नहीं। इसीलिए तो मनुष्यों को, जो सबसे बुद्धिमान प्राणी हैं, बार-बार धोखा खाना पड़ता है। उन्नति को उसने विभिन्न रूपों में अपनी आवश्यकताओं के साथ इतना मिलाया है कि उसे सिद्धान्त बना लेना पड़ा है कि उन्नति का द्वन्द्व पतन ही है।

संयम का वज्र-गंभीर नाद प्रकृति से नहीं सुनते हो ? शारीरिक क्रम तो गौण है, मख्य संयम तो मानसिक है। श्रीनाथजी. आज लैला का वह मन का संयम क्या किसी महानदी की प्रखर धारा के अचल बांध से कम था ? मैं तो देखकर अवाक् था। आपकी उस समय विचित्न परिस्थिति रही। फिर भी कैसे सब निर्विघ्न समाप्त हो गया। उसे सोचकर तो मैं अब भी चकित हो जाता हूं; क्या वह इस

भयानक प्रतिरोध के धक्के को सम्हाल लेगी ?

लैला के वक्षःस्थल में कितना भीषण अंधड़ चल रहा होगा, इसका अनुभव हम लोग नहीं कर सकते ! मैं भी अब इससे भयभीत हो रहा हूं।

प्रज्ञासारथि चुप रहकर धीरे-धीरे कहने लगे—मैं तो कल जाऊंगा। यदि तुम्हारी सम्मति हो, तो रामेश्वर को भी साथ चलने के लिए कहूं। मुंबई तक हम लोगों का साथ रहेगा और मालती इस भयावनी छाया से शीघ्र ही दूर हट जाएगी ! फिर तो सब कुशल ही है। ...

मेरे त्रस्त मन को शरण मिली। मैंने कहा—अच्छी बात है। प्रज्ञासारथि उठ गए। मैं वहीं बैठा रहा, और भी बैठा रहता, यदि मिन्ना और रंजन की किलकारी और रामेश्वर की डांट-डपट—मालती की कलछी की खट-खट का कोलाहल ज़ोर न पकड़ लेता और कल्लू सामने आकर न खड़ा हो जाता।

प्रज्ञासारथि, रामेश्वर और मालती को गए एक सप्ताह से ऊपर हो गया। अभी तक उस वास्तविक संसार का कोलाहल सुदूर से आती हुई मधुर संगीत की प्रतिध्वनि के समान मेरे कानों में गूंज रहा था। मैं अभी तक उस मादकता को उतार न सका था। जीवन में पहले की-सी निश्चिन्तता का विराग नहीं, न तो वह बे-परवाही रही। मैं सोचने लगा कि अब मैं क्या करूं ?

कुछ करने की इच्छा क्यों ? मन के कोने से चुटकी लेते कौन पूछ बैठा ?

किए बिना तो रहा नहीं जाता।

करो भी, पाठशाला से क्या मन कब चला ?

उतने से संतोष नहीं होता।

और क्या चाहिए ?

यही तो नहीं समझ सका, नहीं तो यह प्रश्न ही क्यों करता कि—अब मैं क्या करूं—मैंने झुंझलाकर कहा। मेरी बातों का उत्तर लेने-देने वाल मुस्कुराकर हट गया। मैं चिन्ता के अंधकार में डूब गया ! वह मेरी ही गहराई थी, जिसकी मुझे थाह न लगी। मैं प्रकृतिस्थ हुआ कब, जब एक उदास और ज्वालामयी तीव्र दृष्टि मेरी आंखों में घुसने लगी। अपने उस अंधकार में मैंने एक ज्योति देखी।

मैं स्वीकार करूंगा कि वह लैला थी, इस पर हंसने की इच्छा हो तो हंस

लीजिए, किन्तु मैं लैला को पा जाने के लिए विकल नहीं था, क्योंकि लैला जिसको पाने की अभिलाषा करती थी, वही उसे न मिला। और परिणाम ठीक मेरी आंखों के सामने था। तब ? मेरी सहानुभूति क्यों जगी ? हां, वह सहानुभूति थी। लैला जैसे दीर्घ पथ पर चलने वाले मुझ पथिक की चिरसंगिनी थी।

उस दिन इतना ही विश्वास करके मुझे संतोष हुआ।

रात को कलुआ ने पूछा—बाबूजी ! आप घर न चलिएगा। मैं आश्चर्य से उसकी ओर देखने लगा। उसने हठ-भरी आंखों से फिर वही प्रश्न किया। मैंने हंसकर कहा—मेरा घर तो यही है रे कलुआ।

नहीं बाबूजी ! जहां मिन्ना गए हैं। जहां रंजन और जहां कमलो गई है, वहीं तो घर है।

जहां बहूजी गई हैं—जहां बाबाजी ... हठात् प्रज्ञासारथि का मुझे स्मरण हो आया। मुझे क्रोध में कहना पड़ा—कलुआ, मेरा और कहीं घर-वर नहीं है। फिर मन-ही-मन कहा—इस बात को वह बौद्ध समझता था—

"हूं, सबको घर है, बाबाजी को, मिन्ना को—सबको है, आपको नहीं है ?" उसने ठुनकते हुए कहा।

किन्तु मैं अपने ऊपर झुंझला रहा था। मैंने कहा—बकवाद न कर, जा सो रह, आजकल तू पढ़ता नहीं।

कलुआ सिर झुकाए—व्यथा-भरे वक्षःस्थल को दबाए अपने बिछौने पर जा पड़ा। और मैं उस निस्तब्ध रात्रि में जागता रहा ! खिड़की में से झील का आन्दोलित जल दिखाई पड़ रहा था और मैं आश्चर्य से अपना ही बनाया हुआ चित्र उसमें देख रहा था। चंदा के प्रशान्त जल में एक छोटी-सी नाव है, जिस पर मालती, रामेश्वर बैठे थे और मैं डांड़ा चला रहा था। प्रज्ञासारथि तीर पर खड़े बच्चों को बहला रहे थे। हम लोग उजली चांदनी में नाव खेते हुए चले जा रहे थे। सहसा उस चित्र में एक और मूर्ति का प्रादुर्भाव हुआ। वह थी लैला ! मेरी आंखें तिलमिला गईं।

मैं जागता था—सोता था।

सवेरा हो गया था। नींद से भरी आंखें नहीं खुलती थीं, तो भी बाहर के

कोलाहल ने मुझे जगा दिया। देखता हूं ईरानियों का एक झुण्ड बाहर खड़ा है।

मैंने पूछा—क्या है ?

गुल ने कहा—यहां का पीर कहां है ?

पीर !—मैंने आश्चर्य से पूछा।

हां वही, जो पीला-पीला कपड़ा पहनता था।

मैं समझ गया, वे लोग प्रज्ञासारथि को खोजते थे। मैंने कहा—वह तो यहां नहीं हैं, अपने घर गए। काम क्या है ?

एक लड़की को हवा लगी है, यहीं का कोई आसेब है। पीर को दिखलाना चाहती हूं।—एक अधेड़ स्त्री ने बड़ी व्याकुलता से कहा।

मैंने पूछा—भाई ! मैं तो यह सब कुछ नहीं जानता। वह लड़की कहां है ?

पड़ाव पर, बाबूजी ! आप चलकर देख लीजिए।

आगे वह कुछ बोल न सकी। किन्तु गुल ने कहा—बाबू ! तुम जानते हो, वही—लैला !

आगे मैं न सुन सका। अपनी ही अन्तर्ध्वनि से मैं व्याकुल हो गया। यही होता है, किसी के उजड़ने से ही दूसरा बसता है। यदि यही विधि-विधान है, तो बसने का नाम उजड़ना ही है। यदि रामेश्वर, मालती और अपने बाल-बच्चों की चिन्ता छोड़कर लैला को ही देखता, तभी ... किन्तु वैसा हो कैसे सकता है ! मैंने कल्पना की आंखों से देखा; लैला का विवर्ण सुन्दर मुख—निराशा की झुलस से दयनीय मुख !

उन ईरानियों से फिर से बात न करके मैं भीतर चला गया और तकिए में अपना मुंह छिपा लिया। पीछे सुना, कलुआ डांट बताता हुआ कह रहा है—जाओ-जाओ, यहां बाबाजी नहीं रहते !

मैं लड़कों को पढ़ाने लगा। कितना आश्चर्यजनक भयानक परिवर्तन मुझमें हो गया! उसे देखकर मैं ही विस्मित होता था। कलुआ इन्हीं कई महीनों से मेरा एकान्त साथी बन गया। मैंने उसे बार-बार समझाया, किन्तु वह बीच-बीच में मुझसे घर चलने के लिए कह ही बैठता था। मैं हताश हो गया। अब वह जब घर चलने की बात कहता, तो मैं सिर हिलाकर कह देता—अच्छा, अभी चलूंगा।

दिन इसी तरह बीतने लगे। बसन्त के आगमन से प्रकृति सिहर उठी।

वनस्पतियों की रोमावलि पुलकित थी। मैं पीपल के नीचे उदास बैठा हुआ ईषत् शीतल पवन से अपने शरीर में फुरहरी का अनुभव कर रहा था। आकाश की आलोक-माला चन्दा की वीथियों में डुबकियां लगा रही थी। निस्तब्ध रात्रि का आगमन बड़ा गम्भीर था।

दूर से एक संगीत की—नन्हीं-नन्हीं करुण वेदना की तान सुनाई पड़ रही थी। उस भाषा को मैं नहीं समझता था। मैंने समझा, यह भी कोई छलना होगी। फिर सहसा मैं विचारने लगा कि नियति भयानक वेग से चल रही है। आंधी की तरह उसमें असंख्य प्राणी तृण-तूलिका के समान इधर-उधर बिखर रहे हैं। कहीं से लाकर किसी को वह मिला ही देती है और ऊपर से कोई बोझे की वस्तु भी लाद देती है कि वे चिरकाल तक एक-दूसरे से सम्बद्ध रहें। सचमुच ! कल्पना प्रत्यक्ष हो चली। दक्षिण का आकाश धूसर हो चला—एक दानव ताराओं को निगलने लगा। पक्षियों का कोलाहल बढा। अन्तरिक्ष व्याकुल हो उठा! कड़वाहट में सभी आश्रय खोजने लगे; किन्तु मैं कैसे उठता! वह संगीत की ध्वनि समीप आ रही थी। वज्रनिर्घोष को भेदकर कोई कलेजे से गा रहा था। अन्धकार में साम्राज्य में तृण, लता, वृक्ष सचराचर कम्पित हो रहे थे।

कलुआ की चीत्कार सुनकर भीतर चला गया। उस भीषण कोलाहल में भी वही संगीत-ध्वनि पवन के हिंडोले पर झूल रही थी, मानो पाठशाला के चारों ओर लिपट रही थी। सहसा एक भीषण अर्राहट हुई। अब मैं टार्च लिए बाहर आ गया।

आंधी रुक गई थी। मैंने देखा कि पीपल की बड़ी-सी डाल फटी पड़ी है और लैला नीचे दबी हुई अपनी भावनाओं की सीमा पार कर चुकी है।

मैं अब भी चंदा-तट की बौद्ध पाठशाला का अवैतनिक अध्यक्ष हूं। प्रज्ञासारथि के नाम को कोसता हुआ दिन बिताता हूं। कोई उपाय नहीं। वही जैसे मेरे जीवन का केन्द्र है।

आज भी मेरे हृदय में आंधी चला करती है और उसमें लैला का मुख बिजली की तरह कौंधा करता है।

मधुवा

आज सात दिन हो गए, पीने को कौन कहे—छुआ तक नहीं ! आज सातवां दिन है, सरकार !

तुम झूठे हो। अभी तो तुम्हारे कपड़े से महक आ रही है।

वह ... वह तो कई दिन हुए। सात दिन के ऊपर—कई दिन हुए— अंधेरे में बोतल उड़ेलने लगा था। कपड़े पर गिर जाने से नशा भी न आया। और आपको कहने का ... क्या कहूं ... सच मानिए। सात दिन—ठीक सात दिन से एक बूंद भी नहीं।

ठाकुर सरदार सिंह हंसने लगे। लखनऊ में लड़का पढ़ता था। ठाकुर साहब भी कभी-कभी वहीं आ जाते। उनको कहानी सुनने का चसका था। खोजने पर यही शराबी मिला। वह रात को, दोपहर में, कभी-कभी सबेरे भी आता। अपनी लच्छेदार कहानी सुनाकर ठाकुर का मनो-विनोद करता।

ठाकुर ने हंसते हुए कहा—तो आज पियोगे न !

झूठ कैसे कहूं। आज तो जितना मिलेगा, सब पिऊंगा। सात दिन चने-चबेने पर बिताए हैं, किसलिए।

अद्भुत ! सात दिन पेट काटकर आज अच्छा भोजन न करके तुम्हें पीने की सूझी है ! यह भी ...

सरकार ! मौज-बहार की एक घड़ी, एक लम्बे दुःखपूर्ण जीवन से अच्छी है। उसकी ख़ुमारी में रूखे दिन काट लिए जाते हैं।

अच्छा, आज दिन भर तुमने क्या-क्या किया है ?

मैंने ?—अच्छा सुनिए—सवेरे कुहरा पड़ता था, मेरे धुआंसे कम्बल-सा वह भी सूर्य के चारों ओर लिपटा था। हम दोनों मुंह छिपाए पड़े थे।

ठाकुर साहब ने हंसकर कहा—अच्छा, तो इस मुंह छिपाने का कोई कारण?

सात दिन से एक बूंद भी गले न उतरी थी। भला मैं कैसे मुंह दिखा सकता था! और जब बारह बजे धूप निकली, तो फिर लाचारी थी ! उठा, हाथ-मुंह धोने में जो दुख हुआ, सरकार, वह क्या कहने की बात है ! पास में पैसे बचे थे। चना चबाने से दांत भाग रहे थे। कट-कटी लग रही थी। परांठे वाले के यहां पहुंचा, धीरे-धीरे खाता रहा और अपने को सेंकता भी रहा। फिर गोमती किनारे चला गया ! घूमते-घूमते अंधेरा हो गया, बूंदें पड़ने लगीं, तब कहीं भाग के आपके पास आ गया।

अच्छा, जो उस दिन तुमने गड़रिए वाली कहानी सुनाई थी, जिसमें आसफुद्दौला ने उसकी लड़की का आंचल भुने हुए भुट्टे के दाने के बदले मोतियों से भर दिया था! वह क्या सच है ?

सच ! अरे, ग़रीब लड़की भूख से उसे चबाकर थू-थू करने लगी ! ... रोने लगी ! ऐसी निर्दयी दिल्लगी बड़े लोग कर ही बैठते हैं। सुना है श्री रामचन्द्र ने भी हनुमान जी से ऐसा ही ...

ठाकुर साहब ठठाकर हंसने लगे। पेट पकड़कर हंसते-हंसते लोट गए। सांस बटोरते हुए सम्हल कर बोले—और बड़प्पन किसे कहते हैं? कंगाल तो कंगाल ! गधी लड़की ! भला उसने कभी मोती देखे थे, चबाने लगी होगी। मैं सच कहता हूं, आज तक तुमने जितनी कहानियां सुनाईं, सबमें बड़ी टीस थी। शाहज़ादों के दुखड़े, रंग-महल की अभागिनी बेगमों के निष्फल प्रेम, करुण कथा और पीड़ा से भरी हुई कहानियां ही तुम्हें आती हैं; पर ऐसी हंसाने वाली कहानी और सुनाओ, तो मैं अपने सामने ही बढ़िया शराब पिला सकता हूं।

सरकार ! बूढ़ों से सुने हुए वे नवाबी के सोने-से दिन, अमीरों की रंग-रेलियां, दुखियों की दर्द-भरी आहें, रंगमहलों में घुट-घुटकर मरने वाली बेगमें, अपने-आप सिर में चक्कर काटती रहती हैं। मैं उनकी पीड़ा से रोने लगता हूं। अमीर कंगाल हो जाते हैं। बड़े-बड़ों का घमंड चूर होकर धूल में मिल जाता है। तब भी दुनिया बड़ी पागल है। मैं उसके पागलपन को भुलाने के लिए शराब पीने लगता हूं—सरकार ! नहीं तो यह बुरी बला कौन अपने गले लगाता !

ठाकुर साहब ऊंघने लगे थे। अंगीठी में कोयला दहक रहा था। शराबी सर्दी में ठिठुरा जा रहा था। वह हाथ सेंकने लगा। सहसा नींद में चौंककर ठाकुर साहब ने कहा—अच्छा जाओ, मुझे नींद लग रही है। वह देखो, एक रुपया पड़ा है, उठा लो। लल्लू को भेजते जाओ।

शराबी रुपया उठाकर धीरे से खिसका। लल्लू था ठाकुर साहब का जमादार। उसे खोजते हुए जब वह फाटक पर की बग़ल वाली कोठरी के पास पहुंचा, तो सुकुमार कंठ से सिसकने का शब्द सुनाई पड़ा। वह खड़ा होकर सुनने लगा।

तो सूअर, रोता क्यों है ? कुंवर साहब ने दो ही लातें लगाई हैं। कुछ गोली तो नहीं मार दी ?—कर्कश स्वर से लल्लू बोल रहा था; किन्तु उत्तर में सिसकियों के साथ एकाध हिचकी ही सुनाई पड़ जाती। अब और भी कठोरता से लल्लू ने कहा। मधुआ ! जा सो रह, नख़रा न कर, नहीं तो उठूंगा तो खाल उधेड़ दूंगा ! समझा न ?

शराबी चुपचाप सुन रहा था। बालक की सिसकी बढ़ने लगी। फिर उसे सुनाई पड़ा—ले, अब भागता है कि नहीं ? क्यों मार खाने पर तुला है ?

भयभीत बालक बाहर चला आ रहा था। शराबी ने उसके छोटे से सुंदर गोरे मुंह को देखा। आंसू की बूंदें ढलक रही थीं। बड़े दुलार से उसका मुंह पोंछते हुए उसे लेकर वह फाटक के बाहर चला आया। दस बज रहे थे। कड़ाके की सर्दी थी। दोनों चुपचाप चलने लगे। शराबी की मौन सहानुभूति को उस छोटे-से सरल हृदय ने स्वीकार कर लिया। वह चुप हो गया। अभी वह एक तंग गली पर रुका ही था कि बालक के फिर से सिसकने की आहट लगी। वह झिड़क कर बोल उठा—

अब क्यों रोता है रे छोकरे ?

मैंने दिन भर से कुछ खाया नहीं।

कुछ खाया नहीं; इतने बड़े अमीर के यहां रहता है और दिन भर तुझे खाने को नहीं मिला ?

यही कहने तो मैं गया था जमादार के पास; मार तो रोज़ ही खाता हूं। आज तो खाना ही नहीं मिला। कुंवर साहब का ओवरकोट लिए खेल में दिन भर साथ रहा। सात बजे लौटा, तो और भी नौ बजे तक कुछ काम करना पड़ा। आटा रख नहीं सका था। रोटी बनती तो कैसे! जमादार से कहने गया था ! भूख की

बात कहते-कहते बालक के ऊपर उसकी दीनता और भूख ने एक साथ ही जैसे आक्रमण कर दिया, वह फिर हिचकियां लेने लगा।

शराबी उसका हाथ पकड़कर घसीटता हुआ गली में ले चला। एक गन्दी कोठरी का दरवाज़ा ढकेलकर बालक को लिए हुए वह भीतर पहुंचा टटोलते हुए सलाई से मिट्टी की ढिबरी जलाकर वह फटे कम्बल के नीचे से कुछ खोजने लगा। एक परांठे का टुकड़ा मिला! शराबी उसे बालक के हाथ में देकर बोला—तब तक तू इसे चबा, मैं तेरा गढ़ा भरने के लिए कुछ और ले आऊं—सुनता है रे छोकरे! रोना मत, रोएगा तो खूब पीटूंगा। मुझे रोने से बड़ा बैर है। पाजी कहीं का, मुझे भी रुलाने का ...

शराबी गली के बाहर भागा। उसके हाथ में एक रुपया था। बारह आने का एक देशी अद्धा और दो आने की चाय ... दो आने की पकौड़ी ... नहीं-नहीं, आलू-मटर ... अच्छा, न सही, चारों आने का मांस ही लू लूंगा, पर यह छोकरा! इसका गढ़ा जो भरना होगा, यह कितना खाएगा और क्या खाएगा ? ओह ! आज तक तो कभी मैंने दूसरों के खाने का सोच-विचार किया ही नहीं। तो क्या ले चलूं?—पहले एक अद्धा तो ले लूं।—इतना सोचते-सोचते उसकी आंखों पर बिजली के प्रकाश की झलक पड़ी। उसने अपने को मिठाई की दुकान पर खड़ा पाया। वह शराब का अद्धा लेना भूलकर मिठाई-पूरी खरीदने लगा। नमकीन लेना भी न भूला। पूरा एक रुपए का सामान लेकर वह दुकान से हटा। जल्द पहुंचने के लिए एक तरह से दौड़ने लगा। अपनी कोठरी में पहुंचकर उसने डोनों की पांत बालक के सामने सजा दी। उनकी सुगंध से बालक के गले में एक तरावट पहुंची। वह मुस्कराने लगा।

शराबी ने मिट्टी की गगरी से पानी उड़ेलते हुए कहा—नटखट कहीं का, हंसता है, सोंधी बास नाक में पहुंची न! ले खूब, ठूंस कर खा ले, और फिर रोया कि पीटा!

दोनों ने, बहुत दिन पर मिलने वाले दो मित्रों की तरह साथ बैठकर भरपेट खाया। सीली जगह में सोते हुए बालक ने शराबी का पुराना बड़ा कोट ओढ़ लिया था। जब उसे नींद आ गई, तो शराबी भी कम्बल तान कर बड़बड़ाने लगा। सोचा था, आज सात दिन पर भरपेट पीकर सोऊंगा लेकिन यह छोटा-सा रोना पाजी,

न जाने कहां से आ धमका?

एक चिन्तापूर्ण आलोक में आज पहले-पहल शराबी ने आंख खोलकर कोठरी में बिखरी हुई दारिद्र्य की विभूति को देखा और देखा उस घुटनों से ठुड्डी लगाए हुए निरीह बालक को; उसने तिलमिलाकर मन-ही-मन प्रश्न किया—किसने ऐसे सुकुमार फूल को कष्ट देने के लिए निर्दयता की सृष्टि की? आह री नियति! तब इसको लेकर मुझे घर-बारी बनना पड़ेगा क्या? दुर्भाग्य! जिसे मैंने कभी सोचा भी न था। मेरी इतनी माया-ममता—जिस पर, आज तक केवल बोतल का ही पूरा अधिकार था—इसका पक्ष क्यों लेने लगी? इस छोटे-से पाजी ने मेरे जीवन के लिए कौन-सा इंद्रजाल रचने का बीड़ा उठाया है? तब क्या करूं? कोई काम करूं? कैसे दोनों का पेट चलेगा? नहीं, भगा दूंगा इसे—आंख तो खोले?

बालक अंगड़ाई ले रहा था। वह उठ बैठा। शराबी ने कहा ले उठ, कुछ खा ले, अभी रात का बचा हुआ है; और अपनी राह देख! तेरा नाम क्या है रे?

बालक ने सहज हंसी हंस कर कहा—मधुआ! भला हाथ-मुंह भी न धोऊं। खाने लगूं? और जाऊंगा कहां?

आह! कहां बताऊं इसे कि चला जाए! कह दूं कि भाड़ में जा; किन्तु वह आज तक दुःख की भट्ठी में जलता ही रहा है। तो ... वह चुपचाप घर से झल्लाकर सोचता हुआ निकला—ले पाजी, अब यहां लौटूंगा ही नहीं। तू ही इस कोठरी में रह!

शराबी घर से निकला। गोमती किनारे पहुंचने पर उसे स्मरण हुआ कि वह कितनी ही बातें सोचता आ रहा था, पर कुछ भी सोच न सका। हाथ-मुंह धोने लगा। उजली धूप निकल आई थी। वह चुपचाप गोमती की धारा को देख रहा था। धूप की गरमी से सुखी होकर वह चिन्ता भुलाने का प्रयत्न कर रहा था कि किसी ने पुकारा—

भले आदमी रहे कहां? सालों पर दिखाई पड़े। तुमको खोजते-खोजते मैं थक गया।

शराबी ने चौंककर देखा। वह कोई जान-पहचान का तो मालूम होता था; पर कौन है, यह ठीक-ठीक न जान सका।

उसने फिर कहा—तुम्हीं से कह रहे हैं। सुनते हो, उठा ले जाओ अपनी सान धरने की कल, नहीं तो सड़क पर फेंक दूंगा। एक ही तो कोठरी, जिसका

मैं दो रुपए किराया देता हूं, उसमें क्या मुझे अपना कुछ रखने के लिए नहीं है ?

ओहो ? रामजी, तुम हो भाई, मैं भूल गया था। तो चलो, आज ही उसे उठा लाता हूं।—कहते हुए शराबी ने सोचा—अच्छी रही, उसी को बेचकर कुछ दिनों तक काम चलेगा।

गोमती नहा कर, रामजी, पास ही अपने घर पर पहुंचा। शराबी की कल देते हुए उसने कहा—ले जाओ, किसी तरह मेरा इससे पिण्ड छूटे।

बहुत दिनों पर आज उसको कल ढोना पड़ा। किसी तरह अपनी कोठरी में पहुंचकर उसने देखा कि बालक बैठा है। बड़बड़ाते हुए उसने पूछा—क्यों रे, तूने कुछ खा लिया कि नहीं ? भर-पेट खा चुका हूं, और वह देखो तुम्हारे लिए भी रख दिया है। कहकर उसने अपनी स्वाभाविक मधुर हंसी से उस रूखी कोठरी को तर कर दिया। शराबी एक क्षण भर चुप रहा। फिर चुपचाप जल-पान करने लगा। मन-ही-मन सोच रहा था—यह भाग्य का संकेत नहीं, तो और क्या है ? चलूं फिर सान देने का काम चलता करूं। दोनों का पेट भरेगा। वही पुराना चरख़ा फिर सिर पड़ा। नहीं तो, दो बातें क़िस्सा कहानी इधर-उधर की कहकर अपना काम चला ही लेता था ? पर अब तो बिना कुछ किए घर नहीं चलने का। जल पीकर बोला—क्यों रे मधुआ, अब तू कहां जाएगा ?

कहीं नहीं।

यह लो, तो फिर क्या यहां जमा गाड़ी है कि मैं खोद-खोद कर तुझे मिठाई खिलाता रहूंगा।

तब कोई काम करना चाहिए।

करेगा ?

जो कहो ?

अच्छा, तो आज से मेरे साथ-साथ घूमना पड़ेगा। यह कल तेरे लिए लाया हूं ! चल, आज से तुझे सान देना सिखाऊंगा। कहां, इसका कुछ ठीक नहीं। पेड़ के नीचे रात बिता सकेगा न ?

कहीं भी रह सकूंगा; पर उस ठाकुर की नौकरी न कर सकूंगा ?—शराबी ने एक बार स्थिर दृष्टि से उसे देखा। बालक की आंखें दृढ़ निश्चय की सौगन्ध खा रही थीं।

शराबी ने मन-ही-मन कहा—बैठे-बैठाए यह हत्या कहां से लगी ? अब तो शराब न पीने की मुझे भी सौगन्ध लेनी पड़ी।

वह साथ ले जाने वाली वस्तुओं को बटोरने लगा। एक गट्ठर का और दूसरा कल का, दो बोझ हुए।

शराबी ने पूछा—तू किसे उठाएगा ?

जिसे कहो।

अच्छा, तेरा बाप जो मुझको पकड़े तो ?

कोई नहीं पकड़ेगा, चलो भी। मेरे बाप कभी के मर गए।

शराबी आश्चर्य से उसका मुंह देखता हुआ कल उठाकर खड़ा हो गया। बालक ने गठरी लादी। दोनों कोठरी छोड़कर चल पड़े।

घीसू

सन्ध्या की कालिमा और निर्जनता में किसी कुंए पर नगर के बाहर बड़ी प्यारी स्वर-लहरी गूंजने लगती। घीसू को गाने का चसका था, परन्तु जब कोई न सुने वह अपनी बूटी अपने लिए घोंटता और आप ही पीता !

जब उसकी रसीली तान दो-चार को पास बुला लेती, वह चुप हो जाता। अपनी बटुई में सब सामान बटोरने लगता और चल देता। कोई नया कुआं खोजता, कुछ दिन वहां अड्डा जमता।

सब करने पर भी वह नौ बजे नन्दू बाबा के कमरे में पहुंच ही जाता। नन्दू बाबू का भी वही समय था, बीन लेकर बैठने का। घीसे को देखते ही वह कह देते—आ गए, घीसू !

हां बाबू, गहरेबाज़ो ने बड़ी धूल उड़ाई—साफ़े का लोज आते-आते बिगड़ गया! कहते-कहते वह प्राय: अपने जयपुरी गमछे को बड़ी मीठी आंखों से देखता और नन्दू बाबू उसके कन्धे तक बाल, छोटी-मोटी दाढ़ी, बड़ी-बड़ी गुलाबी आंखों को स्नेह से देखते। घीसू उनका नित्य दर्शन करने वाला, उनकी बीन सुनने वाला भक्त था। नन्दू बाबू उसे अपने डिब्बे से दो खिल्ली पान की देते हुए कहते—लो, इसे जमा लो ! क्यों, तुम तो इसे जमा लेना ही कहते हो न ?

वह विनम्र भाव से पान लेते हुए हंस लेता—उसके स्वच्छ मोती-से दांत हंसने लगते।

घीसू की अवस्था पच्चीस की होगी। उसकी बूढ़ी माता को मरे भी तीन वर्ष हो गए थे।

नन्दू बाबू की बीन सुनकर वह बाज़ार से कचौड़ी और दूध लेता, घर जाता, अपनी कोठरी में गुनगुनाता हुआ सो रहता।

उसकी पूंजी थी एक सौ रुपए। वह रेज़गी और पैसे की थैली लेकर दशाश्वमेध पर बैठता, एक पैसा रुपया बट्टा लिया करता और उसके बारह-चौदह आने की बचत हो जाती थी।

गोविन्दराम जब बूटी बनाकर उसे बुलाते, वह अस्वीकार करता। गोविन्दराम कहते—बड़ा कंजूस है। सोचता है, पिलाना पड़ेगा, इसी डर से नहीं पीता।

घीसू कहता—नहीं भाई, मैं संध्या को केवल एक बार ही पीता हूं।

गोविन्दराम के घाट पर बिन्दो नहाने आती, दस बजे। उसकी उजली धोती में गोराई फूटी पड़ती। कभी रेज़गी पैसे लेने के लिए वह घीसू के सामने आकर खड़ी हो जाती, उस दिन घीसू को असीम आनन्द होता। वह कहती—देखो, घिसे पैसे न देना।

वाह बिन्दो ! घिसे पैसे तुम्हारे ही लिए हैं ? क्यों ?

तुम तो घीसू ही हो, फिर तुम्हारे पैसे क्यों न घिसे होंगे ?—कहकर जब वह मुस्करा देती; तो घीसू कहता—बिन्दो ! इस दुनिया में मुझसे अधिक कोई न घिसा; इसीलिए तो मेरे माता-पिता ने घीसू नाम रक्खा था।

बिन्दो की हंसी आंखों में लौट जाती। वह एक दबी हुई सांस लेकर दशाश्वमेध के तरकारी-बाज़ार में चली जाती।

बिन्दो नित्य रुपया नहीं तुड़ाती; इसीलिए घीसू को इसकी बातों के सुनने का आनन्द भी किसी-किसी दिन न मिलता। तो भी वह एक नशा था, जिससे कई दिनों के लिए भरपूर तृप्ति हो जाती, वह मूक मानसिक विनोद था।

घीसू नगर के बाहर गोधूलि की हरी-भरी क्षितिज-रेखा में उसके सौंदर्य से रंग भरता, गाता, गुनगुनाता और आनन्द लेता। घीसू की जीवन-यात्रा का वही सम्बल था, वही पाथेय था।

संध्या की शून्यता, बूटी की गमक, तानों की रसीली गुनाहट और नन्दू बाबा की बीन, सब बिन्दो की आराधना की सामग्री थी। घीसू कल्पना के सुख से सुखी होकर सो रहता।

उसने कभी विचार भी न किया कि बिन्दो कौन है ? किसी तरह से उसे इतना तो विश्वास हो गया था कि वह एक विधवा है; परन्तु इससे अधिक जानने की उसे

जैसे आवश्यकता नहीं।

रात के आठ बजे थे, घीसू बाहरी ओर से लौट रहा था। सावन के मेघ घिरे थे, फूही पड़ रही थी। घीसू गा रहा था—**"निसि दिन बरसत नैन हमारे"**।

सड़क पर कीचड़ की कमी न थी। वह धीरे-धीरे चल रहा था, गाता जाता था। सहसा वह रुका। एक जगह सड़क में पानी इकट्ठा था। छींटों से बचने के लिए वह ठिठककर किधर से चलें—सोचने लगा। पास के बगीचे के कमरे से उसे सुनाई पड़ा—यही तुम्हारा दर्शन है—यहां इस मुंहजली को लेकर पड़े हो। मुझसे ...।

दूसरी ओर से कहा गया—तो इसमें क्या हुआ ! क्या तुम मेरी ब्याही हुई हो, जो मैं तुम्हें इसका जबाब देता फिरूं ?—इस शब्द में भर्राहट थी, शराबी की बोली थी।

घीसू ने सुना, बिन्दो कह रही थी—मैं कुछ नहीं हूं लेकिन तुम्हारे साथ मैंने धर्म बिगाड़ा है सो इसीलिए नहीं कि तुम मुझे फटकारते फिरो। मैं इसका गला घोंट दूंगी और—तुम्हारा भी ... बदमाश ...।

ओहो ! मैं बदमाश हूं ! मेरा ही खाती है और मुझसे ही ठहर तो, देखूं किसके साथ तू यहां आई है, जिसके भरोसे इतना बढ़-बढ़कर बातें कर रही है ! पाजी ... लुच्ची ... भाग, नहीं तो छुरा भोंक दूंगा !

छुरा भोंकेगा ! मार डाल हत्यारे ! मैं आज अपनी और तेरी जान दूंगी और लूंगी—तुझे भी फ़ांसी पर चढ़वाकर छोड़ूंगी !

एक चिल्लाहट और धक्कम-धक्का का शब्द हुआ। घीसू से अब न रहा गया, उसने बग़ल में दरवाज़े पर धक्का दिया, खुला हुआ था, भीतर घूम-फिरकर पलक मारते-मारते घीसू कमरे में जा पहुंचा। बिन्दो गिरी हुई थी ओर एक अधेड़ मनुष्य उसका जूड़ा पकड़े था। घीसू की गुलाबी आंखों से ख़ून बरस रहा था। उसने कहा—हैं ! यह औरत है ... इसे ...

मारने वाले ने कहा—तभी तो, इसी के साथ यहां तक आई हो! लो, यह तुम्हारा यार आ गया।

बिन्दो ने घूमकर देखा—घीसू ! वह रो पड़ी।

अधेड़ ने कहा—ले, चली जा, मौज कर ! आज से मुझे अपना मुंह मत

दिखाना !

घीसू ने कहा—भाई, तुम विचित्र मनुष्य हो। लो चला जाता हूं। मैंने तो छुरा भौंकने इत्यादि और चिल्लाने का शब्द सुना, इधर चला आया। मुझसे तुम्हारे झगड़े का क्या सम्बन्ध !

मैं कहां ले जाऊंगा भाई ! तुम जानो, तुम्हारा काम जाने। लो, मैं जाता हूं कहकर घीसू जाने लगा।

बिन्दो ने कहा—ठहरो !

घीसू रुक गया।

बिन्दो ने फिर कहा—तो जाती हूं,—अब इसी के संग ... हां-हां, वह भी क्या पूछने की बात है !

बिन्दो चली, घीसू भी पीछे-पीछे बग़ीचे के बाहर निकल आया।

सड़क सुनसान थी। दोनों चुपचाप चले। गोदौलिया चौमुंहानी पर आकर घीसू ने पूछा—अब तो तुम अपने घर चली जाओगी !

कहां जाऊंगी ! अब तुम्हारे घर चलूंगी।

घीसू बड़े असमंजस में पड़ा। उसने कहा—मेरे घर कहां ? नन्दू बाबू की कोठरी है, वहीं पड़ा रहता हूं, तुम्हारे वहां रहने की जगह कहां।

बिन्दो ने रो दिया। चादर के छोर से आंसू पोंछती हुई, उसने कहा—तो फिर तुमको इस समय वहां पहुंचने की क्या पड़ी थी। मैं जैसा होता, भुगत लेती ! तुमने वहां पहुंचकर मेरा सब चौपट कर दिया—मैं कहीं की न रही !

सड़क पर बिजली के उजाले में रोती हुई बिन्दो से बात करने में घीसू का दम घुटने लगा। उसने कहा—तो चलो।

दूसरे दिन, दोपहर को थैली गोविन्दराम के घाट पर रखकर घीसू चुपचाप बैठा रहा। गोविन्दराम की बूटी बन रही थी। उन्होंने कहा—घीसू, आज बूटी लोगे ?

घीसू कुछ न बोला।

गोविन्दराम ने उसका उतरा हुआ मुंह देखकर कहा—क्या कहें घीसू! आज तुम उदास क्यों हो ?

क्या कहूं भाई ! कहीं रहने की जगह खोज रहा हूं—कोई छोटी-सी कोठरी मिल जाती, जिसमें सामान रखकर ताला लगा दिया करता।

गोविन्दराम ने पूछा—जहां रहते थे ?

वहां अब जगह नहीं है।

इसी मढ़ी में क्या नहीं रहते। ताला लगा दिया करो, मैं तो चौबीस घण्टे रहता नहीं।

घीसू की आंखों में कृतज्ञता के आंसू भर आए।

गोविन्द ने कहा—तो उठो, आज तो बूटी छान लो।

घीसू पैसे की दुकान लगाकर अब भी बैठता है और बिन्दो नित्य गंगा नहाने आती है। वह घीसू की दुकान पर खड़ी होती है, उसे वह चार आने पैसे देता है। अब दोनों हंसते नहीं मुस्कराते नहीं।

घीसू का बाहरी ओर जाना छूट गया है। गोविन्दराम की डोंगी पर उस पार हो आता है, लौटते हुए बीच गंगा में से उसकी लहरीली तान सुनाई पड़ती है; किन्तु घाट पर आते-आते चुप।

बिन्दो नित्य पैसा लेने आती। न तो कुछ बोलती और न घीसू कुछ कहता। घीसू की बड़ी-बड़ी आंखों के चारों ओर हलके गढ़े पड़ गए थे, बिन्दो उसे स्थिर दृष्टि से देखती और चली जाती। दिन-पर-दिन वह यह भी देखती कि पैसों की ढेरी कम होती जाती है। घीसू का शरीर भी गिरता जा रहा है। फिर भी एक शब्द नहीं, एक बार पूछने का काम नहीं।

गोविन्दराम ने एक दिन पूछा—घीसू, तुम्हारी तान इधर सुनाई नहीं पड़ी।

उसने कहा—तबीयत अच्छी नहीं है।

गोविन्द ने उसका हाथ पकड़कर कहा—क्या तुम्हें ज्वर आता है?

नहीं तो, यों ही आजकल भोजन बनाने में आलस करता हूं, अण्ड-बण्ड खा लेता हूं।

गोविन्दराम ने पूछा—बूटी छोड़ दिया, इसी से तुम्हारी यह दशा है।

उस समय घीसू सोच रहा था—नन्दू बाबू की बीन सुने बहुत दिन हुए, वे क्या सोचते होंगे !

गोविन्दराम के चले जाने पर घीसू अपनी कोठरी में लेटा रहा। उसे सचमुच ज्वर आ गया।

भीषण ज्वर था, रात-भर छटपटाता रहा। बिन्दो समय पर आई, मढ़ी के

चबूतरे पर उस दिन घीसू की दुकान न थी। वह खड़ी रही। फिर सहसा उसने दरवाज़ा धकेलकर भीतर देखा—घीसू छटपटा रहा था ! उसने जल पिलाया।

घीसू ने कहा—बिन्दो। क्षमा करना; मैंने तुम्हें बड़ा दुःख दिया। अब मैं चला। लो, यह बचा हुआ पैसा ! तुम जानो भगवान् ... कहते-कहते उसकी आंखें टंग गईं। बिन्दो की आंखों से आंसू बहने लगे। वह गोविन्दराम को बुला लाई।

बिन्दो अब भी बची हुई पूंजी से पैसे की दुकान करती है। उसका यौवन, रूप-रंग कुछ नहीं रहा। बच रहा-थोड़ा—सा पैसा और बड़ा-सा पेट—और पहाड़-से आनेवाले दिन !

पुरस्कार

आर्द्रा नक्षत्र; आकाश के काले-काले बादलों की घुमड़, जिसमें देव-दुन्दुभी का गम्भीर घोष। प्राची के एक निरभ्र कोने से स्वर्ण-पुरुष झांकने लगा था।—देखने लगा महाराज की सवारी। शैलमाला के अंचल में समतल उर्वरा भूमि से सोंधी बास उठ रही थी। नगर-तोरण से जयघोष हुआ, भीड़ में गजराज का चामरधारी शुण्ड उन्नत दिखाई पड़ा। वह हर्ष और उल्लास का समुद्र हिलोर भरता हुआ आगे बढ़ने लगी—

प्रभात की हेम-किरणों से अनुरंजित नन्हीं-नन्हीं बूंदों का एक झोंका स्वर्णमल्लिका के समान बरस पड़ा। मंगल सूचना से जनता ने हर्ष-ध्वनि की।

रथों, हाथियों और अश्वारोहियों की पंक्ति जम गई। दर्शकों की भीड़ भी कम न थी। गजराज बैठ गया, सीढ़ियों से महाराज उतरे। सौभाग्यवती और कुमारी सुन्दरियों के दो दल, आम्रपल्लवों से सुशोभित मंगल-कलश और फूल, कुंकुम तथा खीलों से भरे थाल लिए, मधुरगान करते हुए आगे बढ़े।

महाराज के मुख पर मधुर मुस्कान थी। पुरोहित-वर्ग ने स्वस्त्ययन किया। स्वर्ण-रंजित हल की मूठ पकड़कर महाराज ने जुते हुए सुन्दर पुष्ट बैलों को चलने का संकेत किया। बाजे बजने लगे। किशोरी कुमारियों ने खीलों और फूलों की वर्षा की।

कोशल का यह उत्सव प्रसिद्ध था। एक दिन के लिए महाराज को कृषक बनना पड़ता—उस दिन इन्द्र-पूजन की धूमधाम होती; गोठ होती। नगर-निवासी उस पहाड़ी भूमि में आनन्द मनाते। प्रतिवर्ष कृषि का यह महोत्सव

उत्साह से सम्पन्न होता; दूसरे राज्यों से भी युवक राजकुमार इस उत्सव में बड़े चाव से आकर योग देते।

मगध का एक राजकुमार अरुण अपने रथ पर बैठा बड़े कुतूहल से यह दृश्य देख रहा था।

बीजों का एक थाल लिए कुमारी मधूलिका महाराज के साथ थी। बीज बोते हुए महाराज जब हाथ बढ़ाते, तब मधूलिका उनके सामने थाल कर देती। यह खेत मधूलिका का था, जो इस साल महाराज की खेती के लिए चुना गया था; इसलिए बीज देने का सम्मान मधूलिका को ही मिला। वह कुमारी थी। सुन्दरी थी। कौशेयवसन उसके शरीर पर इधर-उधर लहराता हुआ स्वयं शोभित हो रहा था। वह कभी उसे सम्हालती और कभी अपने रूखे अलकों को। कृषक बालिका के शुभ्र भाल पर श्रमकणों की भी कमी न थी, वे सब बरौनियों में गूंथे जा रहे थे। सम्मान और लज्जा उसके अधरों पर मन्द मुस्कराहट के साथ सिहर उठते; किन्तु महाराज को बीज देने में उसने शिथिलता नहीं की। सब लोग महाराज का हल चलाना देख रहे थे—विस्मय से कुतूहल से। और अरुण देख रहा था कृषक कुमारी मधूलिका को। आह कितना भोला सौंदर्य ! कितनी सरल चितवन !

उत्सव का प्रधान कृत्य समाप्त हो गया। महाराज ने मधूलिका के खेत का पुरस्कार दिया, थाल में कुछ स्वर्ण मुद्राएं। वह राजकीय अनुग्रह था। मधूलिका ने थाली सिर से लगा ली; किन्तु साथ उसमें की स्वर्णमुद्राओं को महाराज पर न्योछावर करके बिखेर दिया। मधूलिका की उस समय की ऊर्जस्वित मूर्ति लोग आश्चर्य से देखने लगे ! महाराज की भृकुटि भी ज़रा चढ़ी ही थी कि मधूलिका ने सविनय कहा—

देव ! यह मेरे पितृ-पितामहों की भूमि है। इसे बेचना अपराध है; इसलिए मूल्य स्वीकार करना मेरी सामर्थ्य के बाहर है। महाराज के बोलने के पहले ही वृद्ध मंत्री ने तीखे स्वर से कहा—अबोध ! क्या बक रही है ? राजकीय अनुग्रह का तिरस्कार! तेरी भूमि से चौगुना मूल्य है; फिर कौशल का तो यह सुनिश्चित राष्ट्रीय नियम है। तू आज से राजकीय रक्षण पाने की अधिकारिणी हुई, इस धन से अपने को सुखी बना।

राजकीय रक्षण की अधिकारिणी तो सारी प्रजा है, मंत्रीवर !... महाराज

को भूमि-समर्पण करने में मेरा कोई विरोध न था और न है; किन्तु मूल्य स्वीकार करना असम्भव है।—मधूलिका उत्तेजित हो उठी थी।

महाराज के संकेत करने पर मंत्री ने कहा—देव ! वाराणसी-युद्ध के अन्यतम वीर सिंहमित्र की यह एकमात्र कन्या है।—महाराज चौंक उठे—सिंहमित्र की कन्या ! जिसने मगध के सामने कोशल की लाज रख ली थी, उसी वीर की मधूलिका कन्या है ?

हां, देव ! सविनय मंत्री ने कहा।

इस उत्सव के परम्परागत नियम क्या हैं ? मंत्रिवर ?—महाराज ने पूछा।

देव, नियम तो बहुत साधारण हैं। किसी भी अच्छी भूमि को उत्सव के लिए चुनकर नियमानुसार पुरस्कार-स्वरूप उसका मूल्य दे दिया जाता है। वह भी अत्यन्त अनुग्रहपूर्वक अर्थात् भू-सम्पत्ति का चौगुना मूल्य उसे मिलता है। उस खेती को वही व्यक्ति वर्ष भर देखता है। वह राजा का खेत कहा जाता है।

महाराज को विचार-संघर्ष से विश्राम की अत्यन्त आवश्यकता थी। महाराज चुप रहे। जयघोष के साथ सभा विसर्जित हुई। सब अपने-अपने शिविरों में चले गए। किन्तु मधूलिका को उत्सव में फिर किसी ने न देखा। वह अपने खेत की सीमा पर विशाल मधूक-वृक्ष के चिकने हरे पत्तों की छाया में अनमनी चुपचाप बैठी रही।

रात्रि का उत्सव अब विश्राम ले रहा था। राजकुमार अरुण उसमें सम्मिलित नहीं हुआ—अपने विश्राम-भवन में जागरण कर रहा था। आंखों में नींद न थी। प्राचीन में जैसी गुलाबी खिल रही थी, वह रंग उसकी आंखों में था। सामने देखा तो मुण्डेर पर कपोती एक पैर पर खड़ी पंख फैलाए अंगड़ाई ले रही थी। अरुण उठ खड़ा हुआ। द्वार पर सुसज्जित अश्व था, वह देखते-देखते नगर-तोरण पर जा पहुंचा। रक्षक-गण ऊंघ रहे थे, अश्व के पैरों के शब्द से चौंक उठे।

युवक-कुमार तीर-सा निकल गया। सिन्धुदेश को तुरंग प्रभात के पवन से पुलकित हो रहा था। घूमता-घूमता अरुण उसी मधूक-वृक्ष के नीचे पहुंचा, जहां मधूलिका अपने हाथ पर सिर धरे हुए खिन्न-निद्रा का सुख ले रही थी।

अरुण ने देखा, एक छिन्न माधवीलता वृक्ष की शाखा से च्युत होकर पड़ी है। सुमन मुकुलित, भ्रमर निस्पन्द थे। अरुण ने अपने अश्व को मौन रहने का संकेत किया, उस सुषमा को देखने के लिए, परन्तु कोकिल बोल उठा। जैसे उसने अरुण से प्रश्न किया—छिः, कुमारी के सोए हुए सौंदर्य पर दृष्टिपात करने वाले धृष्ट, तुम कौन ? मधूलिका की आंखें खुल पड़ीं। उसने देखा, एक अपरिचित युवक। वह संकोच से उठ बैठी।—भद्रे ! तुम्हीं न कल के उत्सव की संचालिका रही हो?

उत्सव ! हां, उत्सव ही तो था।

कल उस सम्मान ...

क्यों आपको कल का स्वप्न सता रहा है ? भद्र ! आप क्या मुझे इस अवस्था में संतुष्ट न रहने देंगे ?

मेरा हृदय तुम्हारी उस छवि का भक्त बन गया है, देवि !

मेरे उस अभिनय का—मेरी विडम्बना का। आह ! मनुष्य कितना निर्दयी है, अपरिचित ! क्षमा करो, जाओ अपने मार्ग।

सरलता की देवि ! मैं मगध का राजकुमार तुम्हारे अनुग्रह का प्रार्थी हूं—मेरे हृदय की भावना अवगुण्ठन में रहना नहीं जानती। उसे अपनी ..।

राजकुमार ! मैं कृषक-बालिका हूं। आप नन्दबिहारी और मैं पृथ्वी पर परिश्रम करके जीने वाली। आज मेरी स्नेह की भूमि पर से मेरा अधिकार छीन लिया गया। मैं दुःख से विकल हूं; मेरा उपहास न करो।

मैं कौशल-नरेश से तुम्हारी भूमि तुम्हें दिलवा दूंगा।

नहीं, वह कौशल का राष्ट्रीय नियम है। मैं उसे बदलना नहीं चाहती—चाहे उससे मुझे कितना ही दुःख हो।

तब तुम्हारा रहस्य क्या है ?

यह रहस्य मानव-हृदय का है, मेरा नहीं। राजकुमार, नियमों से यदि मानव-हृदय बाध्य होता, तो आज मगध के राजकुमार का हृदय किसी राजकुमारी की ओर खिंचकर एक कृषक-बालिका का अपमान करने न आता। मधूलिका उठ खड़ी हुई।

चोट खाकर राजकुमार लौट पड़ा। किशोर किरणों में उसका रत्नकिरीट चमक उठा। अश्व वेग से चला जा रहा था और मधूलिका निष्ठुर प्रहार करके क्या स्वयं आहत न हुई ? उसके हृदय में टीस-सी होने लगी। वह सजल नेत्रों से उड़ती

हुई धूल देखने लगी।

मधूलिका ने राजा का प्रतिपादन, अनुग्रह नहीं लिया। वह दूसरे खेतों में काम करती और चौथे पहर रूखी-सूखी खाकर पड़ी रहती। मधूक-वृक्ष के नीचे छोटी-सी पर्णकुटीर थी। सूखे डंठलों में से उसकी दीवार बनी थी। मधूलिका का वही आश्रय था। कठोर परिश्रम से रूखा अन्न मिलता वही उसकी सांसों को बढ़ाने के लिए पर्याप्त था।

दुबली होने पर भी उसके अंग पर तपस्या की कान्ति थी। आसपास के कृषक उसका आदर करते। वह एक आदर्श बालिका थी। दिन, सप्ताह, महीने और वर्ष बीतने लगे।

शीतकाल की रजनी, मेघों से भरा आकाश, जिसमें बिजली की दौड़-धूप। मधूलिका का छाजन टपक रहा था ! ओढ़ने की कमी थी। वह ठिठुरकर एक कोने में बैठी थी। मधूलिका अपने अभाव को आज बढ़ा कर सोच रही थी। जीवन से सामंजस्य बनाए रखने वाले उपकरण तो अपनी सीमा निर्धारित रखते हैं; परंतु उनकी आवश्यकता कल्पना के साथ बढ़ती-घटती रहती है। आज बहुत दिनों पर उसे बीती हुई बात स्मरण हुई। दो, नहीं-नहीं, तीन वर्ष हुए होंगे, इसी मधूक के नीचे प्रभात में—तरुण राजकुमार ने क्या कहा था।

वह अपने हृदय से पूछने लगी—उन चाटुकारी के शब्दों को सुनने के लिए उत्सुक-सी वह पूछने लगी—क्या कहा था ? दुःख-दग्ध हृदय उन स्वप्न-सी बातों को स्मरण कर सकता था ? और स्मरण ही होता, तो भी कष्टों की इस काली निशा में वह कहने का साहस करता। हाय री विडम्बना !

आज मधूलिका उस बीते हुए क्षण को लौटा लेने के लिए विकल थी। दारिद्र्य की ठोकरों ने उसे व्यथित और अधीर कर दिया है। मगध की प्रसाद-माला के वैभव का काल्पनिक चित्र—उन सूखे डंठलों के रन्ध्रों से, नभ में—बिजली के आलोक में—नाचता हुआ दिखाई देने लगा। खिलवाड़ी शिशु जैसे श्रावण की संध्या में जुगनू को पकड़ने के लिए हाथ लपकाता है, वैसी ही मधूलिका मन-ही-मन कह रही थी। 'अभी वह निकल गया।' वर्षा ने भीषण रूप धारण किया। गड़गड़ाहट बढ़ने लगी' ओले पड़ने की सम्भावना थी। मधूलिका अपनी ज़र्ज़र झोंपड़ी के लिए कांप उठी। सहसा बाहर कुछ शब्द हुआ—

कौन है यहां ? पथिक को आश्रय चाहिए।

मधूलिका ने डंठलों का कपाट खोल दिया। बिजली चमक उठी उसने देखा एक पुरुष घोड़े की डोर पकड़े खड़ा है। सहसा वह चिल्ला उठी—राजकुमार !

मधूलिका ?—आश्चर्य से युवक ने कहा।

एक क्षण के लिए सन्नाटा छा गया। मधूलिका अपनी कल्पना को सहसा प्रत्यक्ष देखकर चकित हो गई—इतने दिनों बाद आज फिर !

अरुण न कहा—कितना समझाया मैंने—परंतु ...

मधूलिका अपनी दयनीय अवस्था पर संकेत करने देना नहीं चाहती थी। उसने कहा—और आज उसकी यह क्या दशा है ?

सिर झुकाकर अरुण ने कहा—मैं मगध का विद्रोही निर्वासित कोशल में जीविका खोजने आया हूं।

मधूलिका उस अंधकार में हंस पड़ी—मगध के विद्रोही राजकुमार का स्वागत करे एक अनाथिनी कृषक-बालिका, यह भी एक विडम्बना है, तो भी मैं स्वागत के लिए प्रस्तुत हूं।

शीतकाल की निस्तब्ध रजनी, कुहरे में धुली हुई चांदनी, हाड़ कंपा देने वाला समीर, तो भी अरुण और मधूलिका दोनों पहाड़ी गह्वर के द्वार पर वट-वृक्ष के नीचे बैठे हुए बातें कर रहे हैं। मधूलिका की वाणी में उत्साह था, किन्तु अरुण जैसे अत्यन्त सावधान होकर बोलता।

मधूलिका ने पूछा—जब तुम इतनी विपन्न अवस्था में हो, तो फिर इतने सैनिकों के साथ रहने की क्या आवश्यकता है।

मधूलिका ! बाहुबल ही तो वीरों की आजीविका है। ये मेरे जीवन-मरण के साथी हैं, भला मैं इन्हें कैसे छोड़ देता ? और करता ही क्या ?

क्यों ? हम लोग परिश्रम से कमाते और खाते। अब तो तुम .. ।

भूल न करो, मैं अपने बाहुबल पर भरोसा करता हूं। नए राज्य की स्थापना कर सकता हूं। निराश क्यों हो जाऊं ?—अरुण के शब्दों में कम्पन था; वह जैसे कुछ कहना चाहता था; पर कह न सकता था।

नवीन राज्य ! ओहो, तुम्हारा उत्साह तो कम नहीं। भला कैसे ? कोई ढंग बताओ, तो मैं भी कल्पना का आनन्द ले लूं।

कल्पना का आनन्द नहीं मधूलिका, मैं तुम्हें राजरानी के सम्मान में सिंहासन

पर बिठाऊंगा ! तुम अपने छिने हुए खेत की चिन्ता करके भयभीत न हो।

एक क्षण में सरल मधूलिका के मन में प्रमाद का अन्धड़ बहने लगा—द्वन्द्व मच गया। उसने सहसा कहा—आह, मैं सचमुच आज तक तुम्हारी प्रतीक्षा करती थी, राजकुमार।

अरुण ढिठाई से उसके हाथों को दबाकर बोला—तो मेरा भ्रम था, तुम सचमुच मुझे प्यार करती हो ?

युवती का वक्षस्थल फूल उठा, यह हां भी नहीं कह सकी, ना भी नहीं। अरुण ने उसकी अवस्था का अनुभव कर लिया। कुशल मनुष्य के समान उसने अवसर को हाथ से न जाने दिया। तुरन्त बोल उठा—तुम्हारी इच्छा हो, तो प्राणों से पण लगाकर मैं तुम्हें इस कोशल-सिंहासन पर बिठा दूं। मधूलिके ! अरुण के खड्ग का आतंक देखोगी ? मधूलिका एक बार कांप उठी। वह कहना चाहती थी ... नहीं; किन्तु उसने मुंह से निकला—क्या ?

सत्य मधूलिका, कोशल-नरेश तभी से तुम्हारे लिए चिन्तित हैं। यह मैं जानता हूं, तुम्हारी साधारण-सी प्रार्थना वह अस्वीकार न करेंगे। और मुझे वह भी विदित है कि कोशल के सेनापति अधिकांश सैनिकों के साथ पहाड़ी दस्युओं का दमन करने के लिए बहुत दूर चले गए हैं।

मधूलिका की आंखों के आगे बिजलियां हंसने लगीं। दारुण भावना से उसका मस्तक विकृत हो उठा। अरुण ने कहा—तुम बोलती नहीं हो ?

जो कहोगे, वह करूंगी ... मंत्रमुग्ध-सी मधूलिका ने कहा।

स्वर्णमंच पर कोशल-नरेश अर्द्धनिद्रित अवस्था में आंखें मुकुलित किए हैं। एक चामरधारिणी युवती पीछे खड़ी अपनी कलाई बड़ी कुशलता से घुमा रही है। चामर के शुभ्र आंदोलन उस प्रकोष्ठ में धीरे-धीरे संचालित हो रहे हैं। ताम्बूलवाहिनी प्रतिमा के समान दूर खड़ी है।

प्रतिहारी ने आकर कहा—जय हो देव ! एक स्त्री कुछ प्रार्थना करने आई है।

आंख खोलते हुए महाराज ने कहा—स्त्री ! प्रार्थना करने आई है ? आने दो।

प्रतिहारी के साथ मधूलिका आई। उसने प्रणाम किया। महाराज ने स्थिर दृष्टि से उसकी ओर देखा ओर कहा—तुम्हें कहीं देखा है ?

"तीन बरस हुए देव ! मेरी भूमि खेती के लिए ली गई थी।

ओह, तो तुमने इतने दिन कष्ट में बिताए, आज उसका मूल्य मांगने आई हो, क्यों? अच्छा-अच्छा तुम्हें मिलेगा। प्रतिहारी !

नहीं महाराज, मुझे मूल्य नहीं चाहिए।

मूर्ख ! फिर क्या चाहिए ?

उतनी ही भूमि, दुर्ग के दक्षिणी नाले के समीप की जंगली भूमि, वहीं मैं अपनी खेती करूंगी। मुझे सहायक मिल गया। वह मनुष्यों से मेरी सहायता करेगा, भूमि को समतल भी बनाना होगा।

महाराज ने कहा—कृषक-बालिके ! वह बड़ी ऊबड़-खाबड़ भूमि है। जिस पर वह दुर्ग के समीप एक सैनिक महत्त्व रखती है।

तो फिर निराश लौट जाऊं?

सिंहमित्र की कन्या ! मैं क्या करूं, तुम्हारी यह प्रार्थना ...

देव ! जैसी आज्ञा हो !

जाओ, तुम श्रमजीवियों को उसमें लगाओ। मैं अमात्य को आज्ञापत्र देने का आदेश करता हूं।

जय हो देव !—कहकर प्रणाम करती हुई मधूलिका राजमन्दिर के बाहर आई।

दुर्ग के दक्षिण, भयावने नाले के तट पर, घना जंगल है, आज मनुष्यों के पद-संचार से शून्यता भंग हो रही थी। अरुण के छिपे वे मनुष्य स्वतंत्रता से इधर-उधर घूमते थे। झाड़ियों को काटकर पथ बन रहा था। नगर दूर था, फिर उधर यों ही कोई नहीं आता था। फिर अब तो महाराज की आज्ञा से वहां मधूलिका का अच्छा खेत बन रहा था। तब इधर की किसको चिन्ता होती ?

एक घने कुंज में अरुण और मधूलिका एक-दूसरे को हर्षित नेत्रों से देख रहे थे। संध्या हो चली थी। उसी निविड़ वन में उन नवागत मनुष्यों को देखकर पक्षीगण अपने नीड़ को लौटते हुए अधिक कोलाहल कर रहे थे।

प्रसन्नता से अरुण की आंखें चमक उठीं। सूर्य की अन्तिम किरण झुरमुट में घुसकर मधूलिका के कपोलों से खेलने लगी। अरुण ने कहा—चार प्रहर और विश्वास करो, प्रभात में ही इस जीर्ण-कलेवर कोशल-राष्ट्र की राजधानी श्रावस्ती में तुम्हारा अभिषेक होगा और मगध से निर्वासित मैं एक स्वतंत्र राष्ट्र का अधिपति बनूंगा, मधूलिके !

भयानक ! अरुण, तुम्हारा साहस देख मैं चकित हो रही हूं। केवल सौ सैनिकों से तुम ...

रात के तीसरे प्रहर मेरी विजय-यात्रा होगी।

तो तुमको इस विजय पर विश्वास है ?

अवश्य, तुम अपनी झोंपड़ी में यह रात बिताओ; प्रभात से तो राज-मंदिर ही तुम्हारा लीला-निकेतन बनेगा।

मधूलिका प्रसन्न थी; किन्तु अरुण के लिए उसकी कल्याण-कामना सशंक थी। वह कभी-कभी उद्विग्न-सी होकर बालकों के समान प्रश्न कर बैठती। अरुण उसका समाधान कर देता। सहसा कोई संकेत पाकर उसने कहा—अच्छा; अंधकार अधिक हो गया। अभी तुम्हें दूर जाना है और मुझे भी प्राण-पण से इस अभियान के प्रारम्भिक कार्यों को अर्द्धरात्रि तक पूरा कर लेना चाहिए; तब रात्रि भर के लिए विदा ! मधूलिके!

मधूलिका उठ खड़ी हुई। कंटीली झाड़ियों से उलझती हुई क्रम से, बढ़ने वाले अंधकार में वह झोंपड़ी की ओर चली।

पथ अंधकारमय था और मधूलिका का हृदय भी निविड़-तम से घिरा था। उसका मन सहसा विचलित हो उठा, मधुरता नष्ट हो गई। जितनी सुख-कल्पना थी, वह जैसे अंधकार में विलीन होने लगी। वह भयभीत थी, पहला भय उसे अरुण के लिए उत्पन्न हुआ, यदि वह सफल न हुआ तो ? फिर सहसा सोचने लगी—वह क्यों सफल हो? श्रावस्ती दुर्ग एक विदेशी के अधिकार में क्यों चला जाए ? मगध का चिरशत्रु! ओह, उसकी विजय ! कोशल-नरेश ने क्या कहा था—'सिंहमित्र की कन्या।' सिंहमित्र, कोशल का रक्षक वीर, उसी की कन्या आज क्या करने जा रही है ? नहीं, 'नहीं, मधूलिका! मधूलिका ! !' जैसे उसके पिता उस अंधकार में पुकार रहे थे। वह पगली की तरह चिल्ला उठी। रास्ता भूल गई।

रात एक पहर बीत चली, पर मधूलिका अपनी झोंपड़ी तक न पहुंची। वह अधेड़-बुन में विक्षिप्त-सी चली जा रही थी। उसकी आंखों के सामने कभी सिंहमित्र और कभी अरुण की मूर्ति अंधकार में चित्रित होती जाती। उसे सामने आलोक दिखाई पड़ा। वह बीच पथ में खड़ी हो गई। प्रायः एक सौ उल्काधारी अश्वारोही चले आ रहे थे और आगे-आगे एक वीर अधेड़

सैनिक था। उसके बाएं हाथ में अश्व की वल्गा और दाहिने हाथ में नग्न खड्ग। अत्यन्त धीरता से वह टुकड़ी अपनी पथ पर चल रही थी। परन्तु मधूलिका बीच पथ से हिली नहीं। प्रमुख सैनिक पास आ गया; पर मधूलिका अब भी नहीं हटी। सैनिक ने अश्व रोककर कहा—कौन ? कोई उत्तर भी नहीं मिला। तब तक दूसरे अश्वारोही ने कड़ककर कहा—तू कौन है ? स्त्री ? कोशल के सेनापति को उत्तर शीघ्र दे।

रमणी जैसे विकार-ग्रस्त स्वर में चिल्ला उठी—बांध लो, मुझे बांध लो। मेरी हत्या करो। मैंने अपराध ही ऐसा किया है।

सेनापति हंस पड़े, बोले—पगली है।

पगली नहीं, यदि वही होती, तो इतनी विचार-वेदना क्यों होती ? सेनापति ! मुझे बांध लो। राजा के पास ले चलो।

क्या है, स्पष्ट कह !

श्रावस्ती का दुर्ग एक प्रहर में दस्युओं के हस्तगत हो जाएगा। दक्षिणी नाले के पार उनका आक्रमण होगा।

सेनापति चौंक उठे। उन्होंने आश्चर्य से पूछा—तू क्या कह रही है?

मैं सच कह रही हूं; शीघ्रता करो।

सेनापति ने अस्सी सैनिकों को नाले की ओर धीरे-धीरे बढ़ने की आज्ञा दी और स्वयं बीस अश्वारोहियों के साथ दुर्ग की ओर बढ़े। मधूलिका एक अश्वारोही के साथ बांध दी गई।

श्रावस्ती का दुर्ग, कोशल राष्ट्र का केन्द्र, इस रात्रि में अपने विगत वैभव का स्वप्न देख रहा था। भिन्न राजवंशों ने उसके प्रांतों पर अधिकार जमा लिया है। अब वह केवल कई गांवों का अधिपति है। फिर भी उसके साथ कोशल के अतीत की स्वर्ण-गाथाएं लिपटी हैं। वही लोगों की ईर्ष्या का कारण है। जब थोड़े से अश्वारोही बड़े वेग से आते हुए दुर्ग-द्वार पर रुके, तब दुर्ग के प्रहरी चौंक उठे। उल्का के आलोक में उन्होंने सेनापति को पहचाना, द्वार खुला। सेनापति घोड़े की पीठ से उतरे। उन्होंने कहा—अग्निसेन ! दुर्ग में कितने सैनिक होंगे।

सेनापति की जय हो ! दो सौ।

उन्हें शीघ्र ही एकत्र करो; परन्तु बिना किसी शब्द के। सौ को लेकर तुम

शीघ्र ही चुपचाप दुर्ग के दक्षिण की ओर चलो। आलोक और शब्द न हों।

सेनापति ने मधूलिका की ओर देखा। वह खोल दी गई। उससे अपने पीछे आने का संकेत कर सेनापति राजमन्दिर की ओर बढ़े। प्रतिहारी ने सेनापति को देखते ही महाराज को सावधान किया। वह अपनी सुख-निद्रा के लिए प्रस्तुत हो रहे थे; किन्तु सेनापति और साथ में मधूलिका को देखते ही चंचल हो उठे। सेनापति ने उन्हें कहा—जय हो देव ! इस स्त्री के कारण मुझे इस समय उपस्थित होना पड़ा है।

महाराज ने स्थिर नेत्रों से देखकर कहा—सिंहमित्र की कन्या ! फिर यहां क्यों? क्या तुम्हारा क्षेत्र नहीं बन रहा है। कोई बाधा ? सेनापति ! मैंने दुर्ग के दक्षिणी नाले के समीप की भूमि इसे दी है। क्या उसी सम्बन्ध में तुम कहना चाहते हो ?

देव ! किसी गुप्त शत्रु ने उसी ओर से आज की रात में दुर्ग पर अधिकार कर लेने का प्रबंध किया है और इसी स्त्री ने मुझे पथ में यह संदेश दिया है।

राजा ने मधूलिका की ओर देखा। वह कांप उठी। घृणा और लज्जा से वह गड़ी जा रही थी। राजा ने पूछा—मधूलिका, यह सत्य है !

हां, देव !

राजा ने सेनापति से कहा—सैनिकों को एकत्र करके तुम चलो। मैं अभी आता हूं ! सेनापति के चले जाने पर राजा ने कहा—सिंहमित्र की कन्या ! तुमने एक बार फिर कोशल का उपकार किया। यह सूचना देकर तुमने पुरस्कार का काम किया है। अच्छा, तुम यहीं ठहरो। पहले उन आततायियों का प्रबन्ध कर लूं।

अपने साहसिक अभियान में अरुण बन्दी हुआ और दुर्ग उल्का के आलोक में अतिरंजित हो गया। भीड़ ने जयघोष किया। सबके मन में उल्लास था। श्रावस्ती दुर्ग आज एक दस्यु के हाथ में जाने से बचा। आबाल-वृद्ध-नारी आनन्द से उन्मत्त हो उठे।

उषा के आलोक में सभा-मण्डप दर्शकों से भर गया। बन्दी अरुण को देखते ही जनता ने रोष से हुंकार करते हुए कहा—'वध करो !' राजा ने सबसे सहमत होकर आज्ञा दी–'प्राण-दण्ड।' मधूलिका बुलाई गई। वह पगली-सी आकर खड़ी हो गई। कोशल-नरेश ने पूछा—मधूलिका, तुझे जो पुरस्कार लेना हो,

मांग। वह चुप रही।

राजा ने कहा—मेरी निज की जितनी खेती है, मैं सब तुम्हें देता हूं। मधूलिका ने एक बार बन्दी अरुण की ओर देखा। उसने कहा—मुझे कुछ न चाहिए। अरुण हंस पड़ा। राजा ने कहा—नहीं, मैं तुझे अवश्य दूंगा। मांग ले।

तो मुझे भी प्राणदण्ड मिले। कहती हुई वह बन्दी अरुण के पास जा खड़ी हुई।

इंद्रजाल

गांव के बाहर, एक छोटे-से बंजर में कंजरों का दल पड़ा था। उस परिवार में टट्टू, भैंसे और कुत्तों को मिलाकर इक्कीस प्राणी थे। उनका सरदार मैकू, लम्बी-चौड़ी हड्डियों वाला एक अधेड़ पुरुष था। दया-माया उसके पास फटकने नहीं पाती थी। उसकी घनी दाढ़ी और मूछों के भीतर प्रसन्नता की हंसी छिपी ही रह जाती। गांव में भीख मांगने के लिए जब कंजरों की स्त्रियां जातीं, तो उनके लिए मैकू की आज्ञा थी कि कुछ न मिलने पर अपने बच्चों को निर्दयता से गृहस्थ के द्वार पर जो स्त्री न पटक देगी, उसको भयानक दण्ड मिलेगा।

उस निर्दय झुण्ड में गाने वाली एक लड़की थी। और एक बांसुरी बजाने वाला युवक। ये दोनों भी गा-बजाकर जो पाते, वह मैकू के चरणों में लाकर रख देते। फिर भी गोली और बेला की प्रसन्नता की सीमा न थी। उन दोनों का नित्य सम्पर्क ही उनके लिए स्वर्गीय सुख था। इन घुमक्कड़ों के दल में ये दोनों विभिन्न रुचि के प्राणी थे। बेला बेड़िन थी। मां के मर जाने पर अपने शराबी और अकर्मण्य पिता के साथ वह कंजरों के हाथ लगी। अपनी माता के गाने-बजाने का संस्कार उसकी नस-नस में भरा था। वह बचपन से ही अपनी माता का अनुकरण करती हुई अलापती रहती थी।

शासन की कठोरता के कारण कंजरों का डाका और लड़कियों के चुराने का व्यापार बन्द हो चला था। फिर भी मैकू अवसर से नहीं चूकता। अपने दल की उन्नति में बराबर लगा ही रहता। इस तरह गोली के बाप के मर जाने पर—जो एक चतुर नट था—मैकू ने उसकी खेल की पिटारी के साथ गोली पर भी अधिकार जमाया। गोली महुअर तो बजाता ही था, पर बेला का साथ होने

पर उसने बांसुरी बजाने में अभ्यास किया। पहले तो उसकी नट-विद्या में बेला भी मनोयोग से लगी; किन्तु दोनों को भानुमती वाली पिटारी ढोकर दो-चार पैसे कमाना अच्छा न लगा। दोनों को मालूम हुआ हुआ कि दर्शक उस खेल से अधिक उसका गाना पसन्द करते हैं। दोनों का झुकाव उसी ओर हुआ। पैसा भी मिलने लगा। इस नवागन्तुक बाहरियों की कंजरों के दल में प्रतिष्ठा बढ़ी।

बेला सांवली थी। जैसे पावस की मेघमाला में छिपे हुए आलोकपिण्ड का प्रकाश निखरने की अदम्य चेष्टा कर रहा हो, वैसे ही उसका यौवन सुगठित शरीर के भीतर उद्वेलित हो रहा था। गोली के स्नेह की मदिरा से उसकी कजरारी आंखें लाली से भरी रहतीं। वह चलती तो थिरकती हुई, बातें करती तो हंसती हुई। एक मिठास उसके चारों ओर बिखरी रहती। फिर भी गोली से अभी उसका ब्याह नहीं हुआ था।

गोली जब बांसुरी बजाने लगता, तब बेला के साहित्यहीन गीत जैसे प्रेम के माधुर्य की व्याख्या करने लगते। गांव के लोग उसके गीतों के लिए कंजरों को शीघ्र हटाने का उद्योग नहीं करते ! जहां अपने अन्य सदस्यों के कारण कंजरों का वह दल घृणा और भय का पात्र था, वहां गोली और बेला का संगीत आकर्षण के लिए पर्याप्त था; किन्तु इसी में एक व्यक्ति का अवांछनीय सहयोग भी आवश्यक था। वह था भूरे, छोटी-सी ढोल लेकर उसे भी बेला का साथ करना पड़ता।

भूरे सचमुच भूरा भेड़िया था। गोली अधरों से बांसुरी लगाए। अर्द्धनिमीलित आंखों के अंतराल से, बेला के मुख को देखता हुआ जब हृदय की फूंक से बांस के टुकड़े को अनुप्राणित कर देता, तब विकट घृणा से ताड़ित होकर भूरे की भयानक थाप ढोल पर जाती। क्षण-भर के लिए जैसे दोनों चौंक उठते।

उस दिन ठाकुर के गढ़ में बेला का दल गाने के लिए गया था। पुरस्कार में कपड़े-रुपए तो मिले ही थे; बेला को एक अंगूठी भी मिली थी। मैकू उन सबको देखकर प्रसन्न हो रहा था। इतने में सिरकी के बाहर कुछ हल्ला सुनाई पड़ा। मैकू ने बाहर आकर देखा कि भूरे और गोली में लड़ाई हो रही थी। मैकू के कर्कश स्वर से दोनों भयभीत हो गए। गोली ने कहा—“मैं बैठा था, भूरे ने मुझको गालियां दीं। फिर भी मैं न बोला, इस पर उसने मुझे पैर से ठोकर लगा दी।”

"और यह समझता है कि मेरी बांसुरी के बिना बेला गा ही नहीं सकती। मुझसे कहने लगा कि आज तुम ढोलक बेताल बजा रहे थे।' भूरे का कंठ क्रोध से भर्राया हुआ था।

मैकू हंस पड़ा। वह जानता था कि गोली युवक होने पर भी सुकुमार और अपने प्रेम की माधुरी में विह्वल, लजीला और निरीह था। अपने को प्रमाणित करने की चेष्टा उसमें थी ही नहीं। वह आज जो कुछ उग्र हो गया, इसका कारण है केवल भूरे की प्रतिद्वन्द्विता॥

बेला भी वहां आ गई। उसने घृणा से भूरे की ओर देखकर कहा—

'तो क्या तुम सचमुच बेताल नहीं बजा रहे थे ?'

"मैं बेताल न बजाऊंगा, तो दूसरा कौन बजाएगा। अब तो तमको नए यार न मिले हैं। बेला ! तुमको मालूम नहीं कि तेरा बाप मुझसे तेरा ब्याह ठीक करके मरा है। इसी बात पर मैंने उसे अपना नैपाली का दोगला टट्टू दे दिया था, जिस पर अब भी त चढ़कर चलती है।" भूरे का मुंह क्रोध के झाग से भर गया था। वह और भी कुछ बकता; किन्तु मैकू की डांट पड़ी। सब चुप हो गए।

उस निर्जन प्रान्त में जब अंधकार खुले आकाश के नीचे तारों से खेल रहा था, तब बेला बैठी कुछ गुनगुना रही थी।

कंजरों की झोंपड़ियों के पास ही पलाश का छोटा-सा जंगल था। उनमें बेला के गीत गूंज रहे थे। जैसे कमल के पास मधुकर को जाने से कोई रोक नहीं सकता; उसी तरह गोली भी कब मानने वाला था। आज उसके निरीह हृदय में संघर्ष के कारण आत्मविश्वास का जन्म हो गया था। अपने प्रेम के लिए, अपने वास्तविक अधिकार के लिए झगड़ने की शक्ति उत्पन्न हो गई थी। उसका छुरा कमर में था। हाथ में बांसुरी थी। बेला की गुनगुनाहट बन्द होते ही बांसुरी में गोली उसी तान को दुहारने लगा। दोनों वन-विहंगम की तरह उस अंधेरे कानन में किलकारने लगे। आज प्रेम के आवेष ने आवरण हटा दिया था, वे नाचने लगे। आज तारों की क्षीण ज्योति में हृदय-से-हृदय मिले, पूर्ण आवेग में। आज बेला के जीवन में यौवन का और गोली के हृदय में पौरुष का प्रथम उन्मेष था।

किन्तु भूरा भी वहां आने से नहीं रुका। उसके हाथ में भयानक छुरा था। आलिंगन में आबद्ध बेला ने चीत्कार किया। गोली छटक कर दूर जा खड़ा हुआ,

किन्तु घाव ओछा लगा।

बाघ की तरह झपटकर गोली ने दूसरा वार किया। भूरे सम्हाल न सका। फिर तीसरा वार चलाना ही चाहता था कि मैकू ने गोली का हाथ पकड़ लिया। वह नीचे सिर किए खड़ा रहा।

मैकू ने कड़ककर कहा—"बेला, भूरे से तुझे ब्याह करना ही होगा। यह खेल अच्छा नहीं।"

उसी क्षण सारी बातें गोली के मस्तक में छाया-चित्र-सी नाच उठीं। उसने छुरा धीरे से गिरा दिया। उसका हाथ छूट गया। जब बेला और मैकू भूरे के हाथ पकड़कर ले चले, तब गोली कहां जा रहा है, इसका किसी को ध्यान न रहा।

दो

कंजर-परिवार में बेला भूरे की स्त्री मानी जाने लगी। बेला ने भी सिर झुकाकर इसे स्वीकार कर लिया। परन्तु उसे पलाश के जंगल में संध्या के समय जाने में कोई नहीं रोक सकता था। उसे जैसे सायंकाल में एक हलका-सा उन्माद हो जाता है। भूरे या मैकू भी उसे वहां जाने से रोकने में असमर्थ थे। उसकी दृढ़ताभरी आंखों से घोर विरोध नाचने लगा।

बरसात का आरम्भ था। गांव की ओर पुलिस के पास कोई विरोध की सूचना भी नहीं मिली थी। गांव वालों की छुरी-हंसिया और काठ-कबाड़ के कितने ही काम बनाकर वे लोग पैसे लेते थे। कुछ अन्न यों भी मिल जाता। चिड़ियां पकड़ कर, पक्षियों का तेल बनाकर, जड़ी-बूटी की दवा तथा उत्तेजक औषधियों और मदिरा का व्यापार करके, कंजरों ने गांव तथा गढ़ के लोगों से सद्भाव भी बना लिया था। सबके ऊपर आकर्षण बांसुरी जब उसके साथ नहीं बजती थी, तब भी बेला के गले में एक ऐसी नई टीस उत्पन्न हो गई थी, जिसमें बासुरी का स्वर सुनाई पड़ता था।

अन्तर में भरे हुए निष्फल प्रेम से युवती का सौंदर्य निखर आया था। उसके कटाक्ष अलस, गति मदिर और वाणी झंकार से भर गई थी। ठाकुर साहब के गढ़ में उसका गाना प्रायः हुआ करता था।

छींट का घाघरा और चोली, उस पर गोटे से ढंकी हुई ओढ़नी सहज ही खिसकती रहती। कहना न होगा कि आधा गांव उसके लिए पागल था। बालक पास से, युवक ठीक-ठिकाने से और बूढ़े अपनी मर्यादा, आदर्शवादिता की रक्षा करते हुए दूर से उसकी तान सुनने के लिए, एक झलक देखने के लिए घात लगाए रहते।

गढ़ के चौक में जब उनका गाना जमता, तो दूसरा काम करते हुए अन्यमनस्कता की आड़ में मनोयोग से और कनखियों से ठाकुर उसे देख लिया करते।

मैकू घाघ था। उसने ताड़ लिया। उस दिन संगीत बन्द होने पर पुरस्कार मिल जाने पर और भूरे के साथ बेला के गढ़ के बाहर जाने पर भी मैकू वहीं थोड़ी देर तक खड़ा रहा। ठाकुर ने उसे देखकर पूछा—"क्या है ?"

"सरकार ! कुछ कहना है।"

"क्या ?"

"यह छोकरी इस गांव से जाना नहीं चाहती, उधर पुलिस तंग कर रही है।"

"जाना नहीं चाहती, क्यों ?"

"वह तो घूम-घाम कर गढ़ में आ जाती है। खाने को मिल जाता है। ..."

मैकू आगे की बात चुप होकर कुछ-कुछ संकेत-भरी मुस्कराहट से कह देना चाहता था।

ठाकुर के मन में हलचल होने लगी। उसे दबाकर प्रतिष्ठा का ध्यान करके ठाकुर ने कहा—

"तो मैं क्या करूं ?"

"सरकार ! वह तो सांझ होते ही पलाश के जंगल में अकेली चली जाती है। वहीं बैठी हुई बड़ी रात तक गाया करती है।"

"हूं।"

"एक दिन सरकार धमका दें, हम लोग उसे ले-देकर आगे कहीं चले जाएं।"

"अच्छा"

मैकू जाल फैलाकर चला आया। एक हजार की बोहनी की कल्पना करते हुए वह अपनी सिरकी में बैठकर हुक्का गुड़गुड़ाने लगा।

बेला के सुंदर अंग की मेघ-माला प्रेमराशि की रजत-रेखा से उद्भासित हो उठी थी। उसके हृदय में यह विश्वास जम गया था कि भूरे के साथ घर बसाना गोली के प्रेम के साथ विश्वासघात करना है। उसका वास्तविक पति तो गोली ही है। बेला ने यह उच्छृङ्खल भावना विकट ताण्डव करने लगी। उसके हृदय में वसन्त का विकास था। जंगल में मलयानिल की गति थी। कंठ में वनस्थली की काकली थी। आंखों में कुसुमोत्सव था और प्रत्येक आन्दोलन में परिमल का उद्गार था। उसकी मादकता बरसाती नदी की तरह वेगवती थी।

आज उसने अपने जूड़े में जंगली करौंदे के फूलों की माला लपेट कर, भरी मस्ती में जंगल की ओर चलने के लिए पैर बढ़ाया, तो भूरे ने डांटकर कहा—"कहां चली?"

"यार के पास।" उसने छूटते ही कहा। बेला के सहवास में आने पर अपनी लघुता को जानते हुए मसोसकर भूरे ने कहा—"तू ख़ून कराए बिना चैन न लेगी।"

बेला की आंखों में गोली का और उसे परिवर्धमान प्रेमांकुर का चित्र था; जो उसके हट जाने पर विरह-जल से हरा-भरा हो उठा। बेला पलाश के जंगल में अपने बिछुड़े हुए प्रियतम के उद्देश्य से दो-चार विरह-वेदना की तानों की प्रतिध्वनि छोड़ आने का काल्पनिक सुख नहीं छोड़ सकती थी।

उस एकांत संध्या में बरसाती झिल्लियों की झनकार से वायुमण्डल गूंज रहा था। बेला अपने परिचित पलाश के नीचे बैठकर गाने लगी—

चीन्हत नाहीं बदल गए नैना...

ऐसा मालूम होता था कि सचमुच गोली उस अंधकार में अपरिचित की तरह मुंह फिराकर चला जा रहा है। बेला की मनोवेदना को पहचानने की क्षमता उसने खो दी है।

बेला का एकांत में विरह-निवेदन उसकी भाव-प्रवणता को और भी उत्तेजित करता था। पलाश का जंगल उसकी कातर कुहुक से गूंज रहा था। सहसा उस निस्तब्धता को भंग करते हुए घोड़े पर सवार ठाकुर साहब वहां आ पहुंचे।

"अरे बेला ! तू यहां क्या कर रही है ?"

बेला की स्वर लहरी रुक गई थी। उसने देखा ठाकुर साहब ! महत्त्व का सम्पूर्ण चित्र, कई बार जिसे उसने अपने मन की असंयत कल्पना में दुर्गम शैल-श्रृंग समझकर अपने भ्रम पर अपनी हंसी उड़ा चुकी थी। वह सकुचाकर खड़ी हो रही। बोली नहीं, मन में सोच रही थी—"गोली को छोड़कर भूरे के साथ रहना क्या उचित है ? और नहीं तो फिर ..."

ठाकुर ने कहा—"तो तुम्हारे साथ कोई नहीं है। कोई जानवर निकल आवे, तो?"

बेला खिलखिलाकर हंस पड़ी। ठाकुर का प्रमाद बढ़ चला था। घोड़े से झुककर उसका कंधा पकड़ते हुए कहा, "चलो, तुमको पहुंचा दें।"

उसका शरीर कांप रहा था, और ठाकुर आवेश में भर रहे थे। उन्होंने कहा—"बेला, मेरे यहां चलोगी ?"

"भूरे मेरा पति है !" बेला के इस कथन में भयानक व्यंग्य था। वह भूरे से छुटकारा पाने के लिए तरस रही थी। उसने धीरे से अपना सिर ठाकुर की जांघ में सटा दिया। एक क्षण के लिए दोनों चुप थे। फिर उसी समय अंधकार में दो मूर्तियों का प्रादुर्भाव हुआ। कठोर कंठ से भूरे ने पुकारा—"बेला !"

ठाकुर सावधान हो गए थे। उनका हाथ बग़ल की तलवार की मूठ पर जा पड़ा। भूरे ने कहा—"जंगल में किसलिए तू आती थी, यह मुझे आज मालूम हुआ। चल, तेरा ख़ून पिए बिना न छोड़ूगा।"

ठाकुर के अपराध का आरम्भ तो उनके मन में ही हो चुका था। उन्होंने अपने को छिपाने का प्रयल छोड़ दिया। कड़ककर बोले—"ख़ून करने के पहले अपनी बात भी सोच लो, तुम मुझ पर सन्देह करते हो, तो यह तुम्हारा भ्रम है। मैं तो..."

अब मैकू आगे आया। उसने कहा—"सरकार ! बेला अब कंजरों के दल में नहीं रह सकेगी।"

"तो तुम क्या कहना चाहते हो ?" ठाकुर साहब अपने में आ रहे थे, फिर भी घटना-चक्र से विवश थे।

"अब यह आपके पास रह सकती है। भूरे इसे लेकर हम लोगों के संग नहीं रह सकता।" मैकू पूरा खिलाड़ी था। उसके सामने उस अंधकार में रुपए चमक रहे थे।

ठाकुर को अपने अंहकार का आश्रय मिला। थोड़ा-सा विवेक, जो उस अंधकार में झिलमिला रहा था, बुझ गया। उन्होंने कहा—

"तब तुम क्या चाहते हो ?"

"एक हज़ार।"

"चलो, मेरे साथ"—कहकर बेला का हाथ पकड़कर ठाकुर ने कहा घोड़े को आगे बढ़ाया। भूरे कुछ भुनभुना रहा था; पर मैकू ने उसे दूसरी ओर भेजकर ठाकुर का संग पकड़ लिया। बेला रिकाब पकड़े चली जा रही थी।

दूसरे दिन कंजरों का दल उस गांव से चला गया।

तीन

ऊपर की घटना को कई साल बीत गए। बेला ठाकुर साहब की एकमात्र प्रेमिका समझी जाती है। अब उसकी प्रतिष्ठा अन्य कुल-वधुओं की तरह होने लगी है। नए उपकरणों से उसका घर सजाया गया है। उस्तादों से गाना सीखा है। गढ़ के भीतर ही उसकी छोटी-सी साफ़-सुथरी हवेली है। ठाकुर साहब की उमंग की रातें वहीं कटती हैं। फिर भी ठाकुर कभी-कभी प्रत्यक्ष देख पाते कि बेला उनकी नहीं है ! वह न जाने कैसे एक भ्रम में पड़ गए। बात निबाहने की आ पड़ी।

एक दिन एक नट आया। उसने अनेक तरह के खेल दिखलाए। उसके साथ उसकी स्त्री थी, वह घूंघट ऊंचा नहीं करती थी। खेल दिखाकर जब अपनी पिटारी लेकर जाने लगा, तो कुछ मनचले लोगों ने पूछा—

"क्यों जी, तुम्हारी स्त्री कोई खेल नहीं करती क्या ?"

"करती तो है सरकार ! फिर किसी दिन दिखलाऊंगा।" कहकर वह चला गया; किन्तु उसकी बांसुरी की धुन बेला के कानों में उन्माद का आह्वान सुना रही थी। पिंजड़े की वन-विहंगनी को वसन्त की फूली हुई डाली का स्मरण हो आया था।

दूसरे दिन गढ़ में भारी जमघट लगा। गोली का खेल जम रहा था। सब लोग उसके हस्त-कौशल से मुग्ध थे। सहसा उसने कहा—

"सरकार ! एक बड़ा भारी दैत्य आकाश में आ गया है, मैं उससे लड़ने जाता

हूं, मेरी स्त्री की रक्षा आप लोग कीजिएगा।"

गोली ने एक डोरी निकालकर उसको ऊपर आकाश की ओर फेंका। वह सीधी तन गई। सबके देखते-देखते गोली उसी के सहारे आकाश में चढ़कर अदृश्य हो गया। सब लोग मुग्ध होकर भविष्य की प्रतीक्षा कर रहे थे। किसी को यह ध्यान नहीं रहा कि स्त्री अब कहां है।

गढ़ के फाटक की ओर सबकी दृष्टि फिर गई। गोली लहू से रंगा चला आ रहा था। उसने आकर ठाकुर को सलाम किया और कहा—"सरकार ! मैंने उस दैत्य को हरा दिया। अब मुझे इनाम मिलना चाहिए।"

सब लोग उस पर प्रसन्न होकर पैसों-रुपयों की बौछार करने लगे। उसने झोली भरकर इधर-उधर देखा, फिर कहा—

"सरकार, मेरी स्त्री भी अब मिलनी चाहिए, मैं भी...।" किन्तु यह क्या, वहां तो उसकी स्त्री का पता नहीं। गोली सिर पकड़कर शोक-मुद्रा में बैठ गया। जब खोजने पर उसकी स्त्री नहीं मिली, तो उसने चिल्लाकर कहा—"यह अन्याय इस राज्य में नहीं होना चाहिए। मेरी सुन्दरी स्त्री को ठाकुर साहब ने गढ़ के भीतर कहीं छिपा दिया। मेरी योगिनी कह रही है।" सब लोग हंसने लगे। लोगों ने समझा यह कोई दूसरा खेल दिखलाने जा रहा है। ठाकुर ने कहा—"तो तू अपनी सुन्दर स्त्री मेरे गढ़ में से खोज ला !" अंधकार होने लगा था। उसने जैसे घबराकर चारों ओर देखने का अभिनय किया। फिर आंख मंद कर सोचने लगा।

लोगों ने कहा—"खोजता क्यों नहीं ? कहां है तेरी सुन्दरी स्त्री?"

"तो जाऊं न सरकार ?"

"हां, हां, जाता क्यों नहीं"—ठाकुर ने भी हंसकर कहा।

गोली नई हवेली की ओर चला। वह निःशंक भीतर चला गया। बेला बैठी हुई तन्मय भाव से बाहर की भीड़ झरोखे से देख रही थी। जब उसने गोली को समीप आते देखा, तो वह कांप उठी। कोई दासी वहां न थी। सब खेल देखने में लगी थीं। गोली ने पोटली फेंककर कहा—"बेला ! जल्द चलो।"

बेला के हृदय में तीव्र अनुभूति जाग उठी थी। एक क्षण में उस दीन भिखारी की तरह—जो एक मुट्ठी भीख के बदले अपना समस्त संचित आशीर्वाद दे देना चाहता है—वह वरदान देने के लिए प्रस्तुत हो गई। मंत्र-मुग्ध की तरह

बेला ने उस ओढ़नी को घूंघट बनाया। वह धीरे-धीरे उसके पीछे भीड़ में आ गई। तालियां पिटीं। हंसी का ठहाका लगा। वही घूंघट, न खुलने वाला घूंघट सायंकालीन समीर से हिलकर रह जाता था। ठाकुर साहब हंस रहे थे। गोली दोनों हाथों से सलाम कर रहा था।

रात हो चली थी। भीड़ के बीच में गोली बेला को लिए जब फाटक के बाहर पहुंचा, तब एक लड़के ने आकर कहा—"एक्का ठीक है।"

तीनों सीधे उस पर जाकर बैठ गए। एक्का वेग से चल पड़ा।

अभी ठाकुर साहब का दरबार जम रहा था और नट के खेलों की प्रशंसा हो रही थी।

गुण्डा

वह पचास से ऊपर था। तब भी युवकों से अधिक बलिष्ठ और दृढ़ था। चमड़े पर झुर्रियां नहीं पड़ी थीं। वर्षा की झड़ी में, पूस की रातों की छाया में, कड़कती हुई जेठ की धूप में, नंगे शरीर घूमने में वह सुख मानता था। उसकी चढ़ी मूंछे बिच्छू के डंक की तरह, देखने वालों की आंखों में चुभती थीं। उसका सांवला रंग, सांप की तरह चिकना और चमकीला था। उसकी नागपुरी धोती का लाल रेशमी किनारा दूर से ही ध्यान आकर्षित करता। कमर में बनारसी सेल्हे से फेंटा, जिसमें सीप की मूठ का बिछुआ खुंसा रहता था। उसके घुंघराले बालों पर सुनहले पल्ले के सोफे का छोर उसकी चौड़ी पीठ पर फैला रहता। ऊंचे कन्धे का टिका हुआ चौड़ी धार का गंड़ासा, यह भी उसकी धज ! पंजों के बल पर वह चलता, तो उसकी नसें चटाचट बोलती थीं। वह गुण्डा था।

ईसा की अठारहवीं शताब्दी के अंतिम भाग में वही काशी नहीं रह गई थी, जिसमें उपनिषद् के अजातशत्नु की परिषद् में ब्रह्मविद्या सीखने के लिए विद्वान ब्रह्मचारी आते थे। गौतमबुद्ध और शंकराचार्य के धर्म-दर्शन के वाद-विवाद, कई शताब्दियों से लगातार मन्दिरों और मठों के ध्वंस और तपस्वियों के वध के कारण, प्रायः बन्द-से हो गए थे। यहां तक कि पवित्नता और छुआछूत में कट्टर वैष्णव-धर्म भी उस विशृंखलता में, नवागन्तुक धर्मोन्माद में अपनी असफलता देखकर काशी में अघोर रूप धारण कर रहा था। उसी समय समस्त न्याय और बुद्धिवाद को शस्त्न-बल के सामने झुकते देखकर, काशी के विच्छिन्न और निराश नागरिक जीवन ने, एक नवीन सम्प्रदाय की सृष्टि की। वीरता जिसका धर्म था।

अपनी बात पर मिटना, सिंह-वृत्ति से जीविका ग्रहण करना, प्राण-भिक्षा मांगने वाले कायरों तथा चोट खाकर गिरे हुए प्रतिद्वन्द्वी पर शस्त्र न उठाना, सताए हुए निर्बलों को सहायता देना और प्रत्येक क्षण प्राणों को हथेली पर लिए घूमना, उसका बाना था। उन्हें लोग काशी में गुंडा कहते थे।

जीवन की किसी अलभ्य अभिलाषा से वंचित होकर जैसे प्रायः लोग विरक्त हो जाते हैं, ठीक उसी तरह किसी मानसिक चोट से घायल होकर, एक प्रतिष्ठित जमींदार का पुत्र होने पर भी नन्हकूसिंह गुंडा हो गया था। दोनों हाथों से उसने अपनी सम्पत्ति लुटाई। नन्हकूसिंह ने बहुत-सा रुपया ख़र्च करके जैसा स्वांग खेला था, उसे काशी वाले बहुत दिनों तक नहीं भूल सके। वसन्त ऋतु में यह प्रहसनपूर्ण अभिनय खेलने के लिए उन दिनों प्रचुर धन, बल निर्भीकता और उच्छृंखलता की आवश्यकता होती थी। एक बार नन्हकूसिंह ने भी एक पैर में नूपुर, एक हाथ में तोड़ा, एक आंख में काजल, एक कान में हज़ारों की मोती तथा दूसरे कान में फटे हुए जूतों का तल्ला लटका कर, एक हाथ में जड़ाऊ मूठ की तलवार दूसरा हाथ आभूषणों से लदी हुई अभिनय करने वाली प्रेमिका के कन्धे पर रखकर गाया था—

"कहीं बैंगनवाली मिले तो बुला देना।"

प्रायः बनारस के बाहर की हरियालियों में, अच्छे पानी वाले कुओं पर, गंगा की धारा में मचलती हुई डोंगी पर वह दिखलाई पड़ता था। कभी-कभी जुआख़ाने से निकलकर जब वह चौक में आ जाता, तो काशी की रंगीली वेश्याएं मुस्कराकर उसका स्वागत करतीं और उनके दृढ़ शरीर को सस्पृह देखतीं। वह तमोली की ही दुकान पर बैठकर उनके गीत सुनता, ऊपर कभी नहीं जाता था। जुए की जीत का रुपया मुट्ठियों में भर-भरकर, उनकी खिड़की में वह इस तरह उछालता कि कभी-कभी समाजी लोग अपना सिर सहलाने लगते, तब वह ठठाकर हंस देता। जब कभी लोग कोठे के ऊपर चलने के लिए कहते, तो वह उदासी की सांस खींचकर चुप हो जाता।

वह अभी वंशी के जुआख़ाने से निकला था। आज उसकी कौड़ी ने साथ न दिया। सोलह परियों के नृत्य में उसका मन न लगा। मन्नू तमोली की दुकान पर बैठते हुए उसने कहा—"आज साइत अच्छी नहीं रही, मन्नू!"

"क्यों मालिक ! चिन्ता किस बात की है। हम लोग किस दिन के लिए हैं। सब आप ही का तो है।"

"अरे, बुद्धू ही रहे तुम ! नन्हकूसिंह जिस दिन किसी से लेकर जुआ खेलने लगे उसी दिन समझना वह मर गए। तुम जानते नहीं कि मैं जुआ खेलने कब जाता हूं। जब मेरे पास एक पैसा नहीं रहता; उसी दिन नाल पर पहुंचते ही जिधर बड़ी ढेरी रहती है, उसी को बदता हूं और फिर वही दांव आता भी है। बाबा कीनाराम का यह वरदान है।"

"तब आज क्यों, मालिक ?"

"पहला दांव तो आया ही, फिर दो-चार हाथ बदलने पर सब निकल गया। तब भी लो, यह पांच रुपए बचे हैं। एक रुपया तो पान के लिए रख लो और चार दे दो मलूकी को, कह दो कि दुलारी से गाने के लिए कह दे। हां, वही एक गीत—

"विलमि विदेश रहे।"

नन्हकूसिंह की बात सुनते ही मलूकी, जो अभी गांजे की चिलम पर रखने के लिए अंगारा चूर कर रहा था, घबराकर उठ खड़ा हुआ। वह सीढ़ियों पर दौड़ता हुआ चढ़ गया। चिलम को देखता ही ऊपर चढ़ा, इसलिए चोट उसे भी लगी; पर नन्हकूसिंह की भृकुटि देखने की शक्ति उसमें कहां। उसे नन्हकूसिंह की वह मूर्ति न भूली थी, जब इसी पान की दुकान पर जुएख़ाने से जीता हुआ, रुपए से भरा हुआ तोड़ा लिए वह बैठा था दूर से बोधीसिंह की बारात का बाजा बजता हुआ आ रहा था। नन्हकू ने पूछां—"यह किसकी बारात है ?"

"ठाकुर बोधीसिंह के लड़के की।"—मन्नू के इतना कहते ही नन्हकू के ओठ फड़कने लगे। उसने कहा—"मन्नू ! यह नहीं हो सकता। आज इधर से बारात न जाएगी। बोधीसिंह हमसे निपटकर तब बारात इधर से ले जा सकेंगे।"

मन्नू ने कहा—"तब मालिक मैं क्या करूं ?"

नन्हकू गंड़ासा कन्धे पर से और ऊंचा करके मलूकी से बोला—"मलुकिया देखता है, अभी जा ठाकुर से कह दे, कि बाबू नन्हकूसिंह आज यहीं लगाने के लिए खड़े हैं। समझकर आवें, लड़के की बारात है।" मलुकिया कांपता हुआ ठाकुर बोधीसिंह के पास गया। बोधीसिंह और नन्हकू में पांच वर्ष से सामना नहीं

हुआ है। किसी दिन नाला पर कुछ बातों में ही कहा-सुनी होकर, बीच-बचाव हो गया था। फिर सामना नहीं हो सका। आज नन्हकू जान पर खेलकर अकेले खड़ा है। बोधीसिंह भी उस आन को समझते थे। उन्होंने मलूकी से कहा—"जा बे, कह दे कि हमको क्या मालूम कि बाबू साहब वहां खड़े हैं। जब वह हैं ही, तो दो समधी जाने का क्या काम है।" बोधीसिंह लौट गए। और मलूकी के कन्धे पर तोड़ा लादकर बाजे के आगे नन्हकूसिंह बारात लेकर गए। ब्याह में जो कुछ लगा, ख़र्च किया। ब्याह कराकर तब, दूसरे दिन इसी दुकान पर आकर रुक गए। लड़के को और उसकी बारात को उसके घर भेज दिया।

मलूकी को भी दस रुपया दिया था उस दिन। फिर नन्हकूसिंह की बात सुनकर बैठे रहना और यम को न्यौता देना एक ही बात थी। उसने जाकर दुलारी से कहा—"हम ठेका लगा रहे हैं, तुम गाओ, तब तक बल्लू सारंगी वाला पानी पीकर आता है।"

"बाप रे, कोई आफ़त आई है क्या बाबू साहब ? सलाम"—कहकर दुलारी ने खिड़की से मुस्कराकर झांका था कि नन्हकसिंह उसके सलाम का जवाब देकर, दूसरे एक आने वाले को देखने लगे।

हाथ में हरौती की पतली-सी छड़ी, आंखों में सुरमा, मुंह में पान, मेहंदी लगी हुई लाल दाढ़ी, जिसकी सफ़ेद जड़ दिखलाई दे रही थी, कुव्वेदार टोपी; छकलिया अंगरखा और साथ में लेसदार परत वाले दो सिपाही ! कोई मौलवी साहब हैं। नन्हकू हंस पड़ा। नन्हकू की ओर बिना देखे ही मौलवी ने एक सिपाही से कहा—"जाओ, दुलारी से कह दो कि आज रेजीड़ेण्ट साहब की कोठी पर मुजरा करना होगा, अभी से चले, देखो तब तक हम जानअली से कुछ इत्र ले रहे हैं।" सिपाही ऊपर चढ़ रहा था और मौलवी दूसरी ओर चले थे कि नन्हकू ने ललकारकर कहा—"दुलारी ! हम कब तक यहां बैठे रहें ! क्या अभी सरंगिया नहीं आया ?"

दुलारी ने कहा—"वाह बाबू साहब ! आप ही के लिए तो मैं यहां बैठी हूं, सुनिए न ! आप तो कभी ऊपर ... " मौलवी जल उठा। उसने कड़ककर कहा—"चोबदार! अभी वह सूअर की बच्ची उतरी नहीं। जाओ, कोतवाल के पास मेरा नाम लेकर कहो कि मौलवी अलाउद्दीन कुबरा ने बुलाया है। आकर उसकी मरम्मत

करें। देखता हूं तो जब से नवाबी गई, इन काफ़िरों की मस्ती बढ़ गई है।"

कुबरा मौलवी ! बाप रे—तमोली अपनी दुकान सम्हालने लगा। पास ही एक दुकान पर बैठकर ऊंघता हुआ बजाज़ चौंक कर सिर में चोट खा गया ! इसी मौलवी ने तो महाराज चेतसिंह से साढ़े तीन सेर चींटी के सिर का तेल मांगा था। मौलवी अलाउद्दीन कुबरा ! बाज़ार में हलचल मच गई। नन्हकूसिंह ने मन्नू से कहा—"क्यों, चुपचाप बैठोगे नहीं !" दुलारी से कहा—"वहीं से बाई जी ! इधर-उधर हिलने का काम नहीं। तुम गाओ। हमने ऐसे घसियारे बहुत-से देखे हैं। अभी कल रात रमल के पासे फेंककर अधेला-अधेला मांगता था, आज चला है रोब गांठने।"

अब कुबरा ने घूमकर उसकी ओर देखकर कहा—"कौन है यह पाजी!"

"तुम्हारे चाचा बाबू नन्हकूसिंह !"—के साथ ही पूरा बनारसी झापड़ पड़ा। कुबरा का सिर घूम गया। लैस के परतले वाले सिपाही दूसरी ओर भाग चले और मौलवी साहब चौंधियाकर जानअली की दुकान पर लड़खड़ाते, गिरते-पड़ते किसी तरह पहुंच गए।

जानअली ने मौलवी से कहा—"मौलवी साहब ! भला आप भी उस गुंडे के मुंह लगने गए। यह तो कहिए कि उसने गंड़ासा नहीं तौल दिया।" कुबरा के मुंह से बोली नहीं निकल रही थी। उधर दुलारी गा रही थी "...विलमि विदेश रहे..." गाना पूरा हुआ, कोई आया-गया नहीं। तब नन्हकूसिंह धीरे-धीरे टहलता हुआ, दूसरी ओर चला गया। थोड़ी देर में एक डोली रेशमी परदे से ढंकी हुई आई। साथ में चोबदार था। उसने दुलारी को राजमाता पन्ना की आज्ञा सुनाई।

दुलारी चुपचाप डोली पर जा बैठी। डोली धूल और संध्याकाल के धुएं से भरी हुई बनारस की तंग गलियों से होकर शिवालय घाट की ओर चली।

दो

श्रावण का अन्तिम सोमवार था। राजमाता पन्ना शिवालय में बैठकर पूजन कर रही थी। दुलारी बाहर बैठी कुछ अन्य गाने वालियों के साथ भजन गा रही थी। आरती हो जाने पर, फूलों की अंजलि बिखेरकर पन्ना ने भक्तिभाव

से देवता के चरणों में प्रणाम किया। फिर प्रसाद देकर बाहर आते ही उन्होंने दुलारी को देखा। उसने खड़ी होकर हाथ जोड़ते हुए कहा— "मैं पहले ही पहुंच जाती। क्या करूं, वह कुबरा मौलवी निगोड़ा आकर रेजिडेण्ट की कोठी पर ले जाने लगा। घंटों इसी झंझट में बीत गया, सरकार!"

"कुबरा मौलवी ! जहां सुनती हूं, उसी का नाम। सुना है कि उसने यहां भी आकर कुछ ..."—फिर न जाने क्या सोचकर बात बदलते हुए पन्ना ने कहा— "हां, तब फिर क्या हुआ ? तुम यहां कैसे आ सकीं ?"

"बाबू नन्हकूसिंह उधर से आ गए।" मैंने कहा—"सरकार की पूजा पर मुझे भजन गाने को जाना है। और यह जाने नहीं दे रहा है। उन्होंने मौलवी को ऐसा लगाया कि उसकी हेकड़ी भूल गई। और तब जाकर मुझे किसी तरह यहां आने की छुट्टी मिली।"

"कौन बाबू नन्हकूसिंह !"

दुलारी ने सिर नीचा करके कहा—"अरे, क्या सरकार को नहीं मालूम? बाबू निरंजनसिंह के लड़के ! उस दिन, जब मैं बहुत छोटी थी, आपकी बारी में झूला झूम रही थी, जब नवाब का हाथी बिगड़कर आ गया था, बाबू निरंजनसिंह के कुंवर ने ही तो उस दिन हम लोगों की रक्षा की थी।"

राजमाता का मुख उस प्राचीन घटना को स्मरण करके न जाने क्यों विवर्ण हो गया। फिर अपने को सम्हालकर उन्होंने पूछा, "तो बाबू नन्हकूसिंह उधर कैसे आ गए?"

दुलारी ने मुस्कराकर सिर नीचा कर लिया। दुलारी राजमाता पन्ना के पिता की जमींदारी में रहने वाली वैश्या की लड़की थी। उसके साथ ही कितनी बार झूले-हिंडोले अपने बचपन में पन्ना झूल चुकी थी। वह बचपन से ही गाने में सुरीली थी। सुन्दरी होने पर चंचल भी थी। पन्ना जब काशीराज की माता थी, तब दुलारी काशी की प्रसिद्ध गाने वाली थी। राजमहल में उसका गाना-बजाना हुआ ही करता। महाराज बलवन्तसिंह के समय से ही संगीत पन्ना के जीवन का आवश्यक अंश था। हां, अब प्रेम-दुःख और दर्द-भरी विरह-कल्पना के गीत की ओर अधिक रुचि न थी। अब सात्विक भावपूर्ण भजन होता था। राजमाता पन्ना का वैधव्य से दीप्त शान्त मुख-मण्डल कुछ

मलिन हो गया।

बड़ी रानी का सापत्न्य ज्वाला बलवन्तसिंह के मर जाने पर भी नहीं बुझी। अन्त:पुर कलह का रंगमंच बना रहता, इसी से प्रायः पन्ना काशी के राजमन्दिर में आकर पूजा-पाठ में अपना मन लगाती। रामनगर में उनको चैन नहीं मिलता। नई रानी होने के कारण बलवन्तसिंह के प्रेयसी होने का गौरव तो उसे था ही, साथ में पुत्र उत्पन्न करने का सौभाग्य भी मिला, फिर भी असवर्णता का सामाजिक दोष उसके हृदय को व्यथित किया करता। उसे अपने ब्याह की आरम्भिक चर्चा का स्मरण हो आया।

छोटे-से मंच पर बैठी, गंगा की उमड़ती हुई धारा को पन्ना अन्यमनस्क होकर देखने लगी। उस बात को, जो अतीत में एक बार, हाथ से अनजाने में खिसक जाने वाली वस्तु की तरह गुप्त हो गई हो; सोचने का कोई कारण नहीं। उससे कुछ बनता-बिगड़ता भी नहीं, परन्तु मानव-स्वभाव हिसाब रखने की प्रथानुसार कभी-कभी कहीं बैठता है, "कि यदि वह बात हो गई होती तो ?" ठीक उसी तरह पन्ना भी राजा बलवन्तसिंह द्वारा बलपूर्वक रानी बनाए जाने के पहले की एक संभावना को सोचने लगी थी। सो भी बाबू नन्हकूसिंह का नाम सुन लेने पर। गेंदा मुंहलगी दासी थी। वह पन्ना के साथ उसी दिन से है, जिस दिन से पन्ना बलवन्तसिंह की प्रेयसी हुई। राज्य-भर का अनुसंधान उसी के द्वारा मिला करता। और उसे न जाने कितनी जानकारी भी थी। उसने दुलारी का रंग उखाड़ने के लिए कुछ कहना आवश्यक समझा।

"महारानी ! नन्हकूसिंह अपनी सब जमींदारी स्वांग, भैंसों की लड़ाई, घुड़दौड़ और गाने-बजाने में उड़ाकर अब डाकू हो गया है। जितने ख़ून होते हैं, सबमें उसी का हाथ रहता है। जितनी ...." उसे रोककर दुलारी ने कहा—"यह झूठ है। बाबू साहब के ऐसा धर्मात्मा तो कोई है ही नहीं। कितनी विधवाएं उनकी दी हुई धोती से अपना तन ढंकती हैं। कितनी लड़कियों की ब्याह-शादी होती है। कितने सताए हुए लोगों की उनके द्वारा रक्षा होती है।"

रानी पन्ना के हृदय में एक तरलता उद्वेलित हुई। उन्होंने हंसकर कहा—"दुलारी, वे तेरे यहां आते हैं न ? इसी से तू उनकी बड़ाई...।"

"नहीं सरकार ! शपथ खाकर कह सकती हूं कि बाबू नन्हकूसिंह ने आज तक कभी मेरे कोठे पर पैर नहीं रखा।'

राजमाता न जाने क्यों इस अद्भुत व्यक्ति को समझने के लिए चंचल हो उठी थीं। तब उन्होंने दुलारी को आगे कुछ न कहने के लिए तीखी दृष्टि से देखा। वह चुप हो गई। पहले पहर की शहनाई बजने लगी। दुलारी छुट्टी मांगकर डोली पर बैठ गई। तब गेंदा ने कहा—"सरकार! आजकल नगर की दशा बड़ी बुरी है। दिन दहाड़े लोग लूट लिए जाते हैं। सैकड़ों जगह नाला पर जुए में लोग अपना सर्वस्व गंवाते हैं। बच्चे फुसलाए जाते हैं। गलियों में लाठियां और छुरा चलने के लिए टेढ़ी भौंहें कारण बन जाती हैं। उधर रेज़ीडेण्ट साहब से महाराज की अनबन चल रही है।" राजमाता चुप रहीं।

दूसरे दिन राजा चेतसिंह के पास रेजिडेंट मार्कहेम की चिट्ठी आई, जिसमें नगर की दुर्व्यवस्था की कड़ी आलोचना थी। डाकुओं और गुंडों को पकड़ने के लिए उन पर कड़ा नियंत्रण रखने की सम्मति भी थी। कुबरा मौलवी वाली घटना का भी उल्लेख था। उधर हेस्टिंग्स के आने की भी सूचना थी। शिवालयघाट और रामनगर में हलचल मच गई ! कोतवाल हिम्मतसिंह पागल की तरह, जिसके हाथ में लाठी, लोहांगी, गड़ांस, बिछुआ और करौली देखते, उसी को पकड़ने लगे।

एक दिन नन्हकूसिंह सुम्भा के नाले के संगम पर, ऊंचे-से टीले की घनी हरियाली में अपने चुने हुए साथियों के साथ दूधिया छान रहे थे। गंगा में, उनकी पतली डोंगी बड़ी की जटा से बंधी थी। कथकों का गाना हो रहा था। चार उलांकी इक्के कसे-कसाए खड़े थे।

नन्हकूसिंह ने अकस्मात् कहा—"मलूकी ! गाना जमता नहीं है। उलांकी पर बैठकर जाओ, दुलारी को बुला लाओ।" मलूकी वहां मजीरा बजा रहा था। दौड़कर इक्के पर जा बैठा। आज नन्हकूसिंह का मन उखड़ा था। बूटी कई बार छानने पर भी नशा नहीं। एक घंटे में दुलारी सामने आ गई। उसने मुस्कराकर कहा—"क्या हुक्म है बाबू साह?"

"दुलारी ! आज गाना सुनने का मन कर रहा है।"

"इस जंगल में क्यों ?"—उसने सशंक हंसकर कुछ अभिप्राय से पूछा।

"तुम किसी तरह का खटका न करो।"—नन्हकूसिंह ने हंसकर कहा।

"यह तो मैं उस दिन महारानी से भी कह आई हूं।"

"क्या, किससे ?"

"राजमाता पन्नादेवी से"—फिर उस दिन गाना नहीं जमा। दुलारी ने आश्चर्य से देखा कि तानों में नन्हकू की आंखें तर हो जाती हैं। गाना-बजाना समाप्त हो गया। वर्षा की रात में झिल्लियों का स्वर उस झुरमुट में गूंज रहा था। मंदिर के समीप ही छोटे-से कमरे में नन्हकूसिंह चिन्ता में निमग्न बैठा था। आंखों में नींद नहीं। और सब लोग तो सोने लगे थे, दुलारी जाग रही थी। वह भी कुछ सोच रही थी। आज उसे, अपने को रोकने के लिए कठिन प्रयत्न करना पड़ रहा था; किन्तु असफल होकर वह उठी और नन्हकू के समीप धीरे-धीरे चली आई। कुछ आहट पाते ही चौंककर नन्हकूसिंह ने पास ही पड़ी हुई तलवार उठा ली। तब तक हंसकर दुलारी ने कहा—"बाबू साहब, यह क्या ? स्त्रियों पर भी तलवार चलाई जाती है !"

छोटे-से दीपक के प्रकाश में वासना-भरी रमणी का मुख देखकर नन्हकू हंस पड़ा। उसने कहा—क्यों बाईजी ! क्या इसी समय जाने की पड़ी है। मौलवी ने फिर बुलाया है क्या ?" दुलारी नन्हकू के पास बैठ गई। नन्हकू ने कहा—"क्या तुमको डर लग रहा है ?"

"नहीं, मैं कुछ कहने आई हूं।"

"क्या ?"

"क्या, ... यही कि ... कभी तुम्हारे हृदय में ..."

"उसे न पूछो दुलारी ! हृदय को बेकार ही समझकर तो उसे हाथ में लिए फिर रहा हूं। कोई कुछ कर देता—कुचलता—चीरता—उछालता! मर जाने के लिए सब कुछ तो करता हूं, पर मरने नहीं पाता।"

"मरने के लिए भी कहीं खोजने जाना पड़ता है। आपको काशी का हाल क्या मालूम ! न जाने घड़ी भर में क्या हो जाए। उलट-पलट होने वाला है क्या बनारस की गलियां जैसे काटने दौड़ती हैं।"

"कोई नई बात इधर हुई है क्या ?"

"कोई हेस्टिंग्स आया है। सुना है उसने शिवालयघाट पर तिलंगों की कंपनी का पहरा बैठा दिया है। राजा चेतसिंह और राजमाता पन्ना वहीं हैं। कोई-कोई कहता है कि उनको पकड़कर कलकत्ता भेजने ..."

"क्या पन्ना भी...रनिवास भी वहीं है"—नन्हकू अधीर हो उठा था।

"क्यों बाबू साहब, आज रानी पन्ना का नाम सुनकर आपकी आंखों में आंसू क्यों आ गए ?"

सहसा नन्हकू का मुख भयानक हो उठा ! उसने कहा—"चुप रहो, तुम उसको जानकर क्या करोगी ?" वह उठ खड़ा हुआ। उद्विग्न की तरह न जाने क्या खोजने लगा फिर स्थिर होकर उसने कहा—"दुलारी! जीवन में आज यह पहला ही दिन है कि एकान्त रात में एक स्त्री मेरे पलंग पर आकर बैठ गई है, मैं चिरकुमार ! अपनी एक प्रतिज्ञा का निर्वाह करने के लिए सैकड़ों असत्य, अपराध करता फिर रहा हूं। क्यों ? तुम जानती हो ? मैं स्त्रियों का घोर विद्रोही हूं और पन्ना !... किन्तु उसका क्या अपराध ! अत्याचारी बलवन्तसिंह के कलेजे में बिछुआ मैं न उतार सका। किन्तु पन्ना ! उसे पकड़कर गोरे कलकत्ता भेज देंगे ! वहीं ...।"

नन्हकूसिंह उन्मत्त हो उठा। दुलारी ने देखा, नन्हकू अंधकार में ही वट-वृक्ष के नीचे पहुंचा और गंगा की उमड़ती हुई धारा में डोंगी खोल दी–उसी घने अंधकार में। दुलारी का हाथ कांप उठा।

तीन

16 अगस्त सन् 1881 को काशी डांवाडोल हो रही थी। शिवालयघाट में राजा चेतसिंह लेफ्टिनेंट इस्टाकर के पहरे में थे। नगर में आतंक था। दुकानें बन्द थीं। घरों में बच्चे अपनी मां से पूछते थे—"मां, आज हलुए वाला नहीं आया" वह कहती—'चुप बेटे !' सड़कें सूनी पड़ी थीं। तिलंगों की कम्पनी के आगे-आगे कुबरा मौलवी कभी-कभी, आता-जाता दिखाई पड़ता था। उस समय खुली हुई खिड़कियां बन्द हो जाती थीं। भय और सन्नाटे का राज्य था। चौक में चिथरूसिंह की हवेली अपने भीतर काशी की वीरता को बंद किए कोतवाल का अभिनय कर रही थी। इस समय किसी ने पुकारा—"हिम्मतसिंह !"

खिड़की से सिर निकालकर हिम्मतसिंह ने पूछा—"कौन ?"

"बाबू नन्हकूसिंह !"

"अच्छा , तुम अब तक बाहर ही हो ?"

"पागल ! राजा कैद हो गए हैं। छोड़ दो इन सब बहादुरों को! हम एक बार इनको लेकर शिवालय घाट पर जाएं।"

"ठहरो"—कहकर हिम्मतसिंह ने कुछ आज्ञा दी, सिपाही बाहर निकले। नन्हकू की तलवार चमक उठी। सिपाही भीतर भागे। नन्हकू ने कहा—"नमक-हरामो ! चूड़ियां पहन लो।" लोगों के देखते-देखते नन्हकूसिंह चला गया। कोतवाली के सामने फिर सन्नाटा हो गया।

नन्हकू उन्मत्त था। उसके थोड़े-से साथी उसकी आज्ञा पर जान देने के लिए तुले थे। वह नहीं जानता था कि राजा चेतसिंह का क्या राजनैतिक अपराध है ? उसने कुछ सोचकर अपने थोड़े-से साथियों को फाटक पर गड़बड़ मचाने के लिए भेज दिया। इधर अपनी डोंगी लेकर शिवालय की खिड़की के नीचे धारा काटता हुआ पहुंचा। किसी तरह निकले हुए पत्थर में रस्सी लटकाकर, उस चंचल डोंगी को उसने स्थिर किया और बन्दर की तरह उछलकर खिड़की के भीतर हो रहा। उस समय वहां राजमाता पन्ना और राजा चेतसिंह से बाबू मनिहार सिंह कह रहे थे—"आपके यहां रहने से, हम लोग क्या करें, यह समझ में नहीं आता। पूजा-पाठ समाप्त करके आप रामनगर चली गई होतीं, तो यह ..."

तेजस्विनी पन्ना ने कहा—"अब मैं रामनगर कैसे चली जाऊं ?"

मनिहार सिंह दुखी होकर बोले—"कैसे बताऊं ? मेरे सिपाही तो बन्दी हैं।"

इतने में फाटक पर कोलाहल मचा। राज-परिवार अपनी मंत्रणा में डूबा था कि नन्हकूसिंह का आना उन्हें मालूम हुआ। सामने का द्वार बन्द था। नन्हकूसिंह ने एक बार गंगा की धारा को देखा—उसमें एक नाव घाट पर लगने के लिए लहरों से लड़ रही थी। वह प्रसन्न हो उठा। इसी की प्रतीक्षा में वह रुका था। उसने जैसे सबको सचेत करते हुए कहा—"महारानी कहां हैं ?"

सबने घूमकर देखा—एक अपरिचित वीर-मूर्ति ! शस्त्रों से लदा हुआ पूरा देव!

चेतसिंह ने पूछा—"तुम कौन हो ?"

"राज-परिवार का एक बिना दाम का सेवक !"

पन्ना के मुंह से हलकी-सी एक सांस निकल रह गई। उसने पहचान लिया। इतने वर्षों के बाद ! वही नन्हकूसिंह।

मनियारसिंह ने पूछा—"तुम क्या कर सकते हो ?"

मैं मर सकता हूं ! पहले महारानी को डोंगी पर बिठाइए। नीचे दूसरी डोंगी पर अच्छे मल्लाह हैं। फिर बात कीजिए।"—मनियारसिंह ने देखा, जनानी ड्योढ़ी का दरोग़ा राज़ की एक डोंगी पर चार मल्लाहों के साथ खिड़की से नाव सटाकर प्रतीक्षा में है। उन्होंने पन्ना से कहा—"चलिए, मैं साथ चलता हूं।"

"और ... "—चेतसिंह को देखकर, पुत्रवत्सला ने संकेत से एक प्रश्न किया, उसका उत्तर किसी के पास न था। मनियारसिंह ने कहा—"तब मैं यहीं ?" नन्हकू ने हंसकर कहा—"मेरे मालिक, आप नाव पर बैठें। तब तक राजा भी नाव पर न बैठ जाएंगे, तब तक सत्रह गोली खाकर भी नन्हकूसिंह जीवित रहने की प्रतिज्ञा करता है।"

पन्ना ने नन्हकू को देखा। एक क्षण के लिए चारों आंखें मिलीं, जिनमें जन्म-जन्म का विश्वास ज्योति की तरह जल रहा था। फाटक बलपूर्वक खोला जा रहा था। नन्हकू ने उन्मत्त होकर कहा—"मालिक! जल्दी कीजिए।"

दूसरे क्षण पन्ना डोंगी पर थी और नन्हकूसिंह फाटक पर इस्टाकर के साथ। चेतराम ने आकर एक चिट्ठी मनियारसिंह के हाथ में दी। लेफ्टिनेंट ने कहा—"आपके आदमी गड़बड़ मचा रहे हैं। अब मैं अपने सिपाहियों को गोली चलाने से नहीं रोक सकता।"

"मेरे सिपाही यहां कहां हैं, साहब ?"—मनियारसिंह ने हंसकर कहा। बाहर कोलाहल बढ़ने लगा।

चेतराम ने कहा—"पहले चेतसिंह को कैद कीजिए।"

"कौन ऐसी हिम्मत करता है ?" कड़ककर कहते हुए बाबू मनियारसिंह ने तलवार खींच ली। अभी बात पूरी न हो सकी थी कि कुबरा मौलवी वहां पहुंचा ! यहां मौलवी साहब की कलम नहीं चल सकती थी, और न ये बाहर ही जा सकते थे। उन्होंने कहा—"देखते क्या हो चेतराम!"

चेतराम ने राजा के ऊपर हाथ रखा ही था कि नन्हकू के सधे हुए हाथ ने उसकी भुजा उड़ा दी। इस्टाकर आगे बढ़े, मौलवी साहब चिल्लाने लगे। नन्हकू सिंह ने देखते-देखते इस्टाकर और उसके कई साथियों को धराशायी किया। फिर

मौलवी साहब कैसे बचते !

नन्हकूसिंह ने कहा—"क्यों, उस दिन के झापड़ ने तुमको समझाय नहीं ? पाजी!" कहकर ऐसा साफ जनेवा मारा कि कुबरा ढेर हो गया। कुछ ही क्षणों में यह भीषण घटना हो गई जिसके लिए अभी कोई प्रस्तुत न था।

नन्हकूसिंह ने ललकारकर चेतसिंह से कहा—"आप क्या देखते हैं। उतरिए डोंगी पर !"—उसके घावों से रक्त के फुहारे छूट रहे थे। इधर फाटक से तिलंगे भीतर आने लगे थे। चेतसिंह ने खिड़की से उतरते हुए देखा कि बीसों तिलंगों की संगीनों में वह अविचल खड़ा होकर तलवार चला रहा है। नन्हकू के चट्टान-सदृश शरीर से गैरिक की तरह रक्त की धारा बह रही है। गुंडे का एक-एक अंग कटकर वहीं गिरने लगा। वह काशी का गुंडा था !

गुलाम

फूल नहीं खिलते हैं, बेले की कलियां मुरझाई जा रही हैं। समय में नीरद ने सींचा नहीं, किसी माली की भी दृष्टि उस ओर नहीं घूमी; अकाल में बिना खिले कुसुम-कोरक म्लान होना ही चाहता है। अकस्मात् डूबते सूर्य की पीली किरणों की आभा से चमकता हुआ एक बादल का टुकड़ा स्वर्ण-वर्षा कर गया। परोपकारी पवन उन छीटों को ढकेलकर उन्हें एक कोरक पर लाद गया। भला इतना भार वह कैसे सह सकता है ! सब ढुलककर धरती पर गिर पड़े। कोरक भी कुछ हरा हो गया।

यमुना के बीच धारा में एक छोटी, पर बहुत ही सुंदर तरणी, मंद पवन के सहारे धीरे-धीरे बह रही है। सामने के महल से अनेक चंद्रमुख निकलकर उसे देख रहे हैं। चार कोमल सुंदरियां डांड़े चला रही हैं, और एक बैठी हुई सितारी बजा रही है। सामने, एक भव्य पुरुष बैठा हुआ उसकी ओर निर्निमेष दृष्टि से देख रहा है।

पाठक ! यह प्रसिद्ध शाहआलम दिल्ली के बादशाह हैं। जलक्रीड़ा हो रही है।

सांध्य-सूर्य की लालिमा जीनत-महल के अरुण मुख-मंडल की शोभा और भी बढ़ा रही है। प्रणयी बादशाह उस आतप-मंडित मुखारविंद की ओर सतृष्ण नयन से देख रहे हैं, जिस पर बार-बार गर्व और लज्जा का दुबारा रंग चढ़ता-उतरता है, और उसी कारण सितार का स्वर भी बहुत शीघ्र चढ़ता-उतरता है। संगीत, तार पर चढ़कर दौड़ता हुआ, व्याकुल होकर घूम रहा है; क्षण-भर भी विश्राम नहीं।

जीनत के मुखमंडल पर स्वेद-बिंदु झलकने लगे। बादशाह ने व्याकुल

होकर कहा—बस करो, प्यारी जीनत ! बस करो ! बहुत अच्छा बजाया, वाह, क्या बात है! साकी, एक प्याला शोराजी शर्बत !

'हुजूर आया'—कहता हुआ एक सुकुमार बालक सामने आया, हाथ में पान पात्र था। उस बालक की मुख-कांति दर्शनीय थी। भरा प्याला छलकना चाहता था, इधर घुंघराली अलकें उसकी आंखों पर बरजोरी एक पर्दा डालना चाहती थीं। बालक प्याले को एक हाथ में लेकर जब केश-गुच्छ को हटाने लगा, तब जीनत और शाहआलम दोनों चकित होकर देखने लगे। अलकें अलग हुईं। बेगम ने एक ठंडी सांस ली। शाहआलम के मुख से भी एक आह निकलना ही चाहती थी, पर उसे रोककर निकल पड़ा—'बेगम को दो।'

बालक ने दोनों हाथों से पान-पात्र जीनत की ओर बढ़ाया। बेगम ने उसे लेकर पान कर लिया।

नहीं कह सकते कि उस शर्बत ने बेगम को कुछ तरी पहुंचाई या गर्मी; किन्तु हृदय-स्पंदन अवश्य कुछ बढ़ गया। शाहआलम ने झुककर कहा—एक और !

बालक विचित्र गति से पीछे हटा और थोड़ी देर में दूसरा प्याला लेकर उपस्थित हुआ। पान-पात्र निश्शेष कर शाहआलम ने हाथ कुछ और फैला दिया, और, बालक की ओर इंगित करके बोले—कादिर, जरा उंगलियों तो बुला दे।

बालक अदब से सामने बैठ गया और उसकी उंगलियों को हाथ में लेकर बुलाने लगा।

मालूम होता है कि जीनत को शर्बत ने कुछ ज्यादा गर्मी पहुंचाई। वह छोटे बजरे के मेहराब में से झुककर यमुना-जल छूने लगी। कलेजे के नीचे एक मखमली तकिया मसला जाने लगा, या न मालूम वही कामिनी के वक्षस्थल का पीड़न करने लगा।

शाहआलम की उंगलियां, उस कोमल बाल-रवि-कर-समान स्पर्श से, कलियों की तरह चटकने लगीं। बालक की निर्निमेष दृष्टि आकाश की ओर थी। अकस्मात् बादशाह ने कहा—मीना ! ख्वाजा-सरा से कह देना कि इस कादिर को अपनी खास तालीम में रखें, और उसके सुपुर्द कर देना।

एक डांड़े चलानेवाली ने झुककर कहा—बहुत अच्छा हुजूर !

बेगम ने अपने सीने से तकिए को और दबा दिया; किन्तु वह कुछ न बोल सकी, दबकर रह गई।

दो

उपर्युक्त घटना को बहुत दिन बीत गए। गुलाम कादिर अब अच्छा युवक मालम होने लगा। उसका उन्नत स्कंध, भरी-भरी बांहें और विशाल वक्षस्थल बड़े सुहावने हो गए। किन्तु कौन कह सकता है कि वह युवक है। ईश्वरीय नियम के विरुद्ध उसका पुंसत्व छीन लिया गया है।

कादिर, शाहआलम का प्यारा गुलाम है। उसकी तूती बोल रही है, सो भी कहां; शाही नौबतखाने के भीतर।

दीवाने-आम में अच्छी सज-धज है। आज कोई बड़ा दरबार होने वाला है। सब पदाधिकारी अपने योग्यतानुसार वस्त्राभूषण से सजकर अपने-अपने स्थान को सुशोभित करने लगे। शाहआलम भी तख्त पर बैठ गए। तुला-दान होने के बाद बादशाह ने कुछ लोगों का मनसब बढ़ाया और कुछ को इनाम दिया। किसी को हर्बे दिए गए; किसी की पदवी बढ़ाई गई; किसी की तनख्वाह बढ़ी।

किन्तु बादशाह यह सब करके भी तृप्त नहीं दिखाई पड़ते। उनकी निगाहें किसी को खोज रही हैं। वे इशारा कर रही हैं कि उन्हीं से काम निकल जाय, रसना को बोलना न पड़े; किन्तु करें क्या; वह हो नहीं सकता था। बादशाह ने एक तरफ देखकर कहा—गुलाम कादिर!

कादिर अपने कमरे में कपड़े पहनकर तैयार है, केवल कमरबंद में एक जड़ाऊ दस्ते की कटार लगाना बाकी है, जिसे बादशाह ने उसे प्रसन्न होकर दिया है। कटार लगाकर एक बड़े दर्पण में मुंह देखने की लालसा से वह उस ओर बढ़ा! दर्पण के सामने खड़े होकर उसने देखा, अपरूप, सौंदर्य ! किसका ? अपना ही। सचमुच कादिर की दृष्टि अपनी आंखों पर से नहीं हटती। मुग्ध होकर वह अपना रूप देख रहा

उसका पुरुषोचित सुंदर मुख-मंडल तारुण्य-सूर्य के आपत से आलोकित हो रहा है। दोनों भरे हुए कपोल प्रसन्नता से बार-बार लाल हो आते हैं, आंखें हंस रही

हैं। दृष्टि सुंदरतम होकर उसके सामने विकसित हो रही है।

प्रहरी ने आकर कहा—जहांपनाह ने दरबार में याद किया है।

कादिर चौंक उठा और उसका रंग उतर गया। वह सोचने लगा कि उसका रूप और तारुण्य कुछ नहीं है, किसी काम का नहीं। मनुष्य की सारी संपत्ति उससे जबर्दस्ती छीन ली गई है।

कादिर का जीवन भार हो उठा। निरभ्र, गगन में पावसघन घिर उठे। उसका प्राण तिलमिला उठा, और वह व्याकुल होकर चाहता था कि दर्पण फोड़ दे।

क्षण-भर में सारी प्रसन्नता मिट्टी में मिल गई। जीवन दुःसह हो उठा। दांत आपस में घिस उठे और कटार भी कमर से बाहर निकलने लगी।

कादिर कुछ शांत हुआ। कुछ सोचकर धीरे-धीरे दरबार की ओर चला। बादशाह के सामने पहुंचकर यथोचित अभिवादन किया।

शाह०—कादिर ! इतनी देर तक कहां रहा ?

कादिर—जहांपनाह ! गुलाम की खता माफ हो।

शाह०—(हंसते हुए) खता कैसी, कादिर ?

कादिर—(जलकर) हुजूर, देर हुई।

शाह०—अच्छा, उसकी सजा दी जाएगी।

कादिर—(अदब से) लेकिन हुजूर, मेरी भी कुछ अर्ज है।

बादशाह ने पूछा—क्या ?

कादिर ने कहा—मुझे यही सजा मिले कि मैं कुछ दिनों के लिए देहली से निकाल दिया जाऊं।

शाहआलम ने कहा—सो तो बड़ी सजा है कादिर, ऐसा नहीं हो सकता। मैं तुम्हें कुछ इनाम देना चाहता हूं, ताकि वह यादगार रहे, और तुम फिर ऐसा कुसूर न करो।

कादिर ने हाथ बांधकर कहा—हुजूर ! इनाम में मुझे छुट्टी ही मिल जाय, ताकि कुछ दिनों तक मैं अपने बूढ़े बाप की खिदमत कर सकूं।

शाहआलम—(चौंककर) उसकी खिदमत के लिए मेरी दी हुई जागीर काफी है। सहारनपुर में उसकी आराम से गुजरती है।

कादिर ने गिड़गिड़ाकर कहा—लेकिर जहांपनाह, लड़का होकर मेरा भी

कोई फर्ज है।

शाहआलम ने कुछ सोचकर कहा—अच्छा, तुम्हें रुख्सत मिली और यादगार की तरह तुम्हें एक-हजारी मनसब अता किया जाता है, ताकि तुम वहां से लौट आने में फिर देर न करो।

उपस्थित लोग 'करामात', हुजूर का एकबाल और बुलंद हो, की धुन मचाने लगे। गुलाम कादिर अनिच्छा रहते उन लोगों का साथ देता था, और अपनी हार्दिक प्रसन्नता प्रकट करने की कोशिश करता था।

तीन

भारत के सपूत, हिंदुओं के उज्ज्वल रत्न छत्रपति महाराज शिवाजी ने जो अध्यवसाय और परिश्रम किया, उसका परिणाम मराठों को अच्छा मिला, और उन्होंने भी जब तक उस पूर्व-नीति को अच्छी तरह से माना, लाभ उठाया। शाहआलम के दरबार में क्या—भारत में—आज मराठा-वीर सिंधिया ही नायक समझा जाता है। सिंधिया की विपुल-वाहिनी के बल से शाहआलम नाममात्र को दिल्ली के सिंहासन पर बैठे हैं। बिना सिंधिया के मंजूर किए बादशाह-सलामत रत्ती-भर हिल नहीं सकते। सिंधिया दिल्ली और उसके बादशाह के प्रधान रक्षक हैं। शाहआलम का मुगल रक्त सर्द हो चुका है।

सिंधिया आपस के झगड़े तय करने के लिए दक्खिन चला गया है। 'मंसूर' नामक कर्मचारी ही इस समय बादशाह का प्रधान सहायक है। शाहआलम का पूरा शुभचिंतक होने पर भी वह हिंदू सिंधिया की प्रधानता से भीतर-भीतर चला करता था।

जला हुआ, विद्रोह का झंडा उठाए, इसी समय, गुलाम कादिर रुहेलों के साथ सहारनपुर से आकर दिल्ली के उस पार डेरा डाले पड़ा है। मंसूर उसके लिए हर तरह से तैयार है। एक बार वह भुलावे में आकर चला गया है। अबकी बार उसकी इच्छा है कि वजारत वही करे।

बूढ़े बादशाह संगमरमर के मीनाकारी किए हुए बुर्ज में गाव-तकिए के सहारे लेटे हुए हैं। मंसूर सामने हाथ बांधे खड़ा है। शाहआलम ने भरी हुई आवाज में पूछा—क्यों मंसूर ! क्या गुलाम कादिर सचमुच दिल्ली पर हमला करके तख्त

छीनना चाहता है? क्या उसको इसलिए हमने इस मरतबे पर पहुंचाया ? क्या सबका आखिरी नतीजा यही है? बोलो, साफ कहो। रुको मत, जिसमें कि तुम बात बना सको।

मंसूर—जहांपनाह ! वह तो गुलाम है। फकत हुजूर की कदमबोसी हासिल करने के लिए आया है। और, उसकी तो यही अर्जी है कि हमारे आका शाहंशाह-हिंद एक काफिर के हाथ की पुतली न बने रहें। अगर हुक्म दें, तो क्या यह गुलाम वह काम नहीं कर सकता ?

शाह०—मंसूर ! इसके माने ?

मंसूर—बंद:परवर ! वह दिल्ली की वजारत के लिए अर्ज करता है और गुलामी में हाजिर होना चाहता है। उसे तो सिंधिया से रंज है, हुजूर तो उसके मेहरबान आका हैं।

शाह०—(जरा तनकर) हां मंसूर, उसे हमने बचपन से पाला है, और इस लायक बनाया।

मंसूर—(मन में) और उसे आपने ही, खुद-गरजी से—जो काबिले-नफरत थी—दुनिया के किसी काम का न रक्खा, जिसके लिए वह जी से जला हुआ है।

शाह०—बोलो मंसूर ! चुप क्यों हो ? क्या वह एहसान-फरामोश है ?

मंसूर—हुजूर ! फिर, गुलाम खिदमत में बुलाया जावे ?

शाह०—वजारत देने में मुझे कोई उज्र नहीं है। वह संभाल सकेगा?

मंसूर—हुजूर, अगर वह न संभाल सकेगा, तो उसको वही झेलेगा। सिंधिया खुद उस से समझ लेगा।

शाह०—हां जी, सिंधिया से कह दिया जाएगा कि लाचारी से उसको वजारत दी गई। तुम थे नहीं, उसने जबर्दस्ती वह काम अपने हाथ में लिया।

मंसूर—और इससे मुसलमान रियाया भी हुजूर से खुश हो जावेगी। तो उसे आने का हुक्म भेज दिया जाए ?

शाह०—बेहतर।

चार

दिल्ली के दुर्ग पर गुलाम कादिर का पूर्ण अधिकार हो गया है। बादशाह के कर्मचारियों से सब काम छीन लिया गया है। रुहेलों का किले पर पहरा है। अत्याचारी गुलाम महलों की सब चीजों को लूट रहा है। बेचारी बेगमें अपमान के डर से पिशाच रुहलों के साथ, अपने हाथ से अपने आभूषण उतारकर दे रही हैं। पाशविक अत्याचार की मात्रा अब भी पूर्ण नहीं हुई। दीवाने-खास में सिंहासन पर बादशाह बैठे हैं। रुहलों के साथ गुलाम कादिर उसे घेरकर खड़ा है।

शाह०—गुलाम कादिर, अब बस कर ! मेरे हाल पर रहम कर, सब कुछ तूने कर दिया। अब मुझे क्यों नाहक परेशान करता है ?

गुलाम—अच्छा इसी में है कि अपना छिपा खजाना बता दो।

एक रुहेला—हां हां हम लोगों के लिए भी तो कुछ चाहिए।

शाह०—कादिर ! मेरे पास कुछ नहीं है। क्यों मुझे तकलीफ देता है ?

कादिर—मालूम होता है, सीधी उंगली से घी नहीं निकलेगा।

शाह०—मैंने तुझे इस लायक इसलिए बनाया कि तू मेरी इस तरह बेइज्जती करे ?

कादिर—तुम्हारे-ऐसों के लिए इतनी सजा काफी नहीं है। नहीं देखते हो कि मेरे दिल में बदले की आग जल रही है, मुझे तुमने किस काम का रक्खा ? हाय ! मेरी सारी कार्रवाई फजूल है, मेरा सब तुमने लूट लिया है। बदला कहती है कि तुम्हारा गोश्त मैं अपने दांतों से नोच डालूं।

शाह०—बस कादिर ! मैं अपनी खता कबूल करता हूं। उसे माफ कर ! या तो अपने हाथों से मुझे कत्ल कर डाल ! मगर इतनी बेइज्जती न कर !

गुलाम—अच्छा, वह तो किया ही जाएगा ! मगर खजाना कहां है ?

शाह०—कादिर ! मेरे पास कुछ नहीं है !

गुलाम—अच्छा, तो उतर आएं तख्त से, देर न करें !

शाह०—कादिर ! मैं इसी पर बैठा हूं, जिस पर बैठकर तुझे हुक्म दिया

करता था। आ, इसी जगह खंजर से मेरा काम तमाम कर दे।

'वही होगा' कहता हुआ नर-पिशाच कादिर तख्त की ओर बढ़ा। बूढ़े बादशाह को तख्त से घसीटकर नीचे ले आया और उन्हें पटककर छाती पर चढ़ बैठा। खंजर की नोक कलेजे पर रखकर कहने लगा, अब भी आप खजाना बताओ, तो जान सलामत बच जाएगी।

शाहआलम गिड़गिड़ाकर कहने लगे कि ऐसी जिंदगी की जरूरत नहीं है। अब तू अपना खंजर कलेजे के पार कर !

कादिर—लेकिन इससे क्या होगा ! अगर तुम मर जाओगे, तो मेरे कलेजे की आग किसे झुलसाएगी; इससे बेहतर है कि मुझसे जैसी चीज छीन ली गई है, उसी तरह की कोई चीज तुम्हारी भी ली जाए। हां, इन्हीं आंखों से मेरी खूब-सूरती देखकर तुमने मुझे दुनिया के किसी काम का न रक्खा। लो, मैं तुम्हारी आंखें निकालता हूं, जिससे मेरा कलेजा कुछ ठंडा होगा।

इतना कहकर कादिर ने कटार से शाहआलम की दोनों आंखें निकाल लीं। रोशनी की जगह उन गड्ढों से रक्त के फुहारे निकलने लगे। निकली हुई आंखों को कादिर की आंखें प्रसन्नता से देखने लगीं।

प्रलय

हिमावृत चोटियों की श्रेणी, अनन्त आकाश के नीचे क्षुब्ध समुद्र ! उपत्यका की कन्दरा में, प्राकृतिक उद्यान में खड़े हुए युवक ने युवती से कहा—"प्रिये !"

"प्रियतम ! क्या होने वाला है ?"

"देखो क्या होता है; कुछ चिन्ता नहीं—आसव तो है न ?"

"क्यों प्रिय ! इतना बड़ा खेल क्या यों ही नष्ट हो जाएगा ?"

"यदि नष्ट न हो, खेल ज्यों-का-त्यों बना रहे, तब तो वह बेकार हो जाएगा।"

"तब हृदय में अमर होने की कल्पना क्यों थी ?"

"सुख-भोग-प्रलोभन के कारण।"

"क्या सृष्टि की चेष्टा मिथ्या थी ?"

"मिथ्या थी या सत्य, नहीं कहा जा सकता—पर सर्ग के प्रलय के लिए होता है, यह निस्सन्देह कहा जाएगा, क्योंकि प्रलय भी एक सृष्टि है।"

"अपना अस्तित्व बनाए रखने के लिए बड़ा उद्योग था"—युवती ने निश्वास लेकर कहा।

"यह तो मैं भी मानूंगा कि अपने अस्तित्व के लिए स्वयं आपको व्यय कर दिया।"—युवक ने व्यंग्य से कहा।

युवती करुणाई हो गई। युवक ने मन बदलने के लिए कहा—"प्रिये ! आसव ले आओ।"

युवती स्फटिक-पात्र में आसव ले आई। युवक पीने लगा।

"सदा रक्षा करने पर भी यह उत्पात !" युवती ने दीन होकर जिज्ञासा की।

"तुम्हारे उपासकों ने भी कम अपव्यय नहीं किया।" युवक ने सस्मित कहा।

"ओह, प्रियतम ! अब कहां चलें ?" युवती ने मान करके कहा।

कठोर होकर युवक ने कहा—"अब कहां, यहीं से यह लीला देखेंगे।"

सूर्य का अलात-चक्र के समान शून्य में भ्रमण, और उसके विस्तार का अग्नि-स्फुलिंग-वर्षा करते हुए आश्चर्य-संकोच ! हिम-टीलों का नवीन महानदों के रूप में पलटना, भयानक ताप से शेष प्राणियों का पलटना! महाकापालिक के चिताग्नि-साधन का वीभत्य दृश्य ! ! प्रचण्ड आलोक का अंधकार ! ! !

युवक मणि-पीठ पर सुखासीन होकर आसव पान कर रहा है। युवती त्रस्त नेत्रों से इस भीषण व्यापार को देखते हुए भी नहीं देख रही है। जवाकुसुम सदृश और जगत् का तत्काल तरल पारद-समान रंग बदलना, भयानक होने पर भी युवक को स्पृहणीय था। वह सस्मित बोला—"प्रिये! कैसा दृश्य है ।"

"इसी का ध्यान करके कुछ लोगों ने आध्यात्मिकता का प्रचार किया था।" युवती ने कहा।

"बड़ी बुद्धिमत्ता थी !" हंस कर युवक ने कहा। वह हंसी ग्रहगण की टक्कर के शब्द से भी कुछ ऊंची थी।

"क्यों ?"

"मरण के कठोर सत्य से बचने का बहाना या आड़।"

"प्रिय ! ऐसा न कहो।"

"मोह के आकस्मिक अवलम्ब ऐसे ही होते हैं।" युवक ने पात्र भरते हुए कहा।

"इसे मैं नहीं मानूंगी।" दृढ़ होकर युवती बोली।

सामने की जल-राशि आलोड़ित होने लगी। असंख्य जलस्तम्भ शून्य नापने को ऊंचे चढ़ने लगे। कण-जाल से कुहासा फैला। भयानक ताप पर शीतलता हाथ फेरने लगी। युवती ने और भी साहस से कहा—"क्या आध्यात्मिकता मोह है ?"

"चैतनिक पदार्थों का ज्वार-भाटा है। परमाणुओं से ग्रथित प्राकृत नियंत्रणशैली का एक बिन्दु ! अपना अस्तित्व बचाए रखने की आशा में मनोहर कल्पना कर लेता है। विदेह होकर विश्वात्मभाव की प्रत्याशा, इसी क्षुद्र अवयव में

अन्तर्निहित अन्त:करण यंत्र का चमत्कार साहस है, जो स्वयं नश्वर उपादनों को साधन बनाकर अविनाशी होने का स्वप्न देखता है। देखो, इसी सारे जगत के लय की लीला में तुम्हें इतना मोह हो गया ?"

प्रभंजन का प्रबल आक्रमण आरम्भ हुआ। महार्णव की आकाशमापक स्तंभ लहरियां भग्न होकर भीषण गर्जन करने लगीं। कन्दरा के उद्यान का अक्षयवट लहरा उठा। प्रकाण्ड शाल-वृक्ष तृण की तरह उस भयंकर फूत्कार से शून्य में उड़ने लगे। दौड़ते हुए वारिद-वृन्द के समान विशाल शैल-श्रृंग आवर्त में पड़कर चक्र-भ्रमण करने लगे। उद्गीर्ण ज्वालामुखियों के लावे जल-राशि को जलाने लगे। मेघाच्छादित, निस्तेज, स्पृश्य, चन्द्रबिंब के समान सूर्यमण्डल महाकापालिक के पिए हुए पान-पात्र की तरह लुढ़कने लगा। भयंकर कम्प और घोर वृष्टि में ज्वालामुखी बिजली के समान विलीन होने लगे।

युवक ने अट्टहास करते हुए कहा—"ऐसी बरसात काहे को मिलेगी! एक पात्र और।"

युवती सहम कर पात्र भरती हुई बोली—"मुझे अपने गले से लगा लो, बड़ा भय लगता है।"

युवक ने कहा—"तुम्हारा त्रस्त करुण अर्ध कटाक्ष विश्व-भर की मनोहर छोटी-सी आख्यायिका का सुख देख रहा है। हां एक—"

"जाओ, तुम बड़े कठोर हो—"

"हमारी प्राचीनता और विश्व की रमणीयता ने तुम्हें सर्ग और प्रलय की अनादि लीला, देखने के लिए उत्साहित किया था। अब उसका ताण्डव नृत्य देखो। तुम्हें भी अपनी कोमल कठोरता का बड़ा अभिमान था—"

"अभिमान ही होता, तो प्रयास करके तुमसे क्यों मिलती ? जाने दो, तुम मेरे सर्वस्व हो। तुमसे अब यह मांगती हूं कि अब कुछ न मांगू, चाहे इसके बदले मेरी समस्त कामना ले लो।" युवती ने गले में हाथ डालकर कहा।

भयानक शीत, दूसरे क्षण असह्य ताप, वायु के प्रचण्ड झोंकों में एक के बाद दूसरे की अद्भुत परम्परा, घोर गर्जन, ऊपर कुहासा और वृष्टि, नीचे महार्णव के रूप में अनन्त द्रवराशि, पवन उन्चासों गतियों से समग्र पंचमहाभूतों को

आलोड़ित कर उन्हें तरल परमाणुओं के रूप में परिवर्तित करने के लिए तुला हुआ है। अनन्त परमाणुमय शून्य में एक वट-वृक्ष केवल एक नुकीले श्रृंग के संहारे स्थित है। प्रभंजन के प्रचण्ड आघातों में सब अदृश्य है। एक डाल पर वही युवक है और युवती ! युवक के मुख-मण्डल के प्रकाश से ही आलोक। युवती मूर्च्छितप्राय है। वदन-मण्डल पात्र अस्पष्ट दिखाई दे रहा है। युवती सचेत होकर बोली—

"प्रियतम !"

"क्या प्रिये ?"

"नाथ ! अब मैं तुमको पाऊंगी।"

"क्या अभी तक नहीं पाया था ?"

"मैं अभी तक तुम्हें पहचान भी नहीं सकी थी। तुम क्या हो, आज बता दोगे ?"

"क्या अपने को जान लिया था; तुम्हारा क्या उद्देश्य था ?"

"अब कुछ-कुछ जान रही हूं; जैसे मेरा अस्तित्व स्वप्न था; आध्यात्मिकता का मोह था; जो तुमसे भिन्न, स्वतंत्र स्वरूप की कल्पना कर ली थी, वह अस्तित्व नहीं, विकृति थी। उद्देश्य की तो प्राप्ति हुआ ही चाहती है।"

युवती का मुख-मण्डल अस्पष्ट प्रतिबिम्ब मात्र रह गया था—युवक एक रमणीय तेज-पुंज था।

"तब और जानने की आवश्यकता नहीं, अब मिलना चाहती हो ?"

"हूं" अस्फुट शब्द का अन्तिम भाग प्रणव के समान गूंजने लगा!

"आओ, यह प्रलय-रूपी तुम्हारा मिलन आनन्दमय हो। आओ।"

अखण्ड शान्ति ! आलोक ! ! आनन्द ! ! !

सुनहला सांप

"यह तुम्हारा दुस्साहस है, चंद्रदेव!"

"मैं सत्य कहता हूं, देवकुमार।"

"तुम्हारे सत्य की पहचान बहुत दुर्बल है, क्योंकि उसके प्रकट होने का साधन असत् है। समझता हूं कि तुम प्रवचन देते समय बहुत ही भावात्मक हो जाते हो। किसी के जीवन का रहस्य, उसका विश्वास समझ लेना हमारी-तुम्हारी बुद्धिरूपी 'एक्सरेज' की पारदर्शिता के परे है।"—कहता हुआ देवकुमार हंस पड़ा; उसकी हंसी में विज्ञता की अवज्ञा थी।

चंद्रदेव ने बात बदलने के लिए कहा—"इस पर मैं फिर वाद-विवाद करूंगा। अभी तो वह देखो, झरना आ गया—हम लोग जिसे देखने के लिए आठ मील से आए हैं।"

"सत्य और झूठ का पुतला मनुष्य अपने ही सत्य की छाया नहीं छू सकता, क्योंकि वह सदैव अंधकार में रहता है। चंद्रदेव, मेरा तो विश्वास है कि तुम अपने को भी नहीं समझ पाते।"—देवकुमार ने कहा।

चंद्रदेव बैठ गया। वह एकटक उस गिरते हुए प्रपात को देख रहा था। मसूरी पहाड़ का यह झरना बहुत प्रसिद्ध है। एक गहरे गड्ढे में गिरकर, यह नाला बनता हुआ, ठुकराए हुए जीवन के समान भागा जाता है।

चंद्रदेव एक ताल्लुकेदार का युवक पुत्र था। अपने मित्र देवकुमार के साथ मसूरी के ग्रीष्म-निवास में सुख और स्वास्थ्य की खोज में आया था। इस पहाड़ पर कब बादल छा जाएंगे, कब एक झोंका बरसाता हुआ निकल जाएगा, इसका कोई निश्चय नहीं। चंद्रदेव का नौकर पान-भोजन का सामान लेकर पहुंचा। दोनों

मित्र एक अखरोट-वृक्ष के नीचे बैठकर खाने लगे। चंद्रदेव थोड़ी मदिरा भी पीता था, स्वास्थ्य के लिए।

देवकुमार ने कहा—"यदि हम लोगों को बीच ही में भीगना न हो, तो अब चल देना चाहिए।"

पीते हुए चंद्रदेव ने कहा—"तुम बड़े डरपोक हो। तनिक भी साहसिक जीवन का आनंद लेने का उत्साह तुममें नहीं। सावधान होकर चलना, समय से कमरे में जाकर बंद हो जाना और अत्यंत रोगी के समान सदैव पथ्य का अनुचर बने रहना हो, तो मनुष्य घर ही बैठा रहे!"

देवकुमार हंस पड़ा। कुछ समय बीतने पर दोनों उठ खड़े हुए। अनुचर भी पीछे चला। बूंदें पड़ने लगी थीं। सबने अपनी-अपनी बरसाती संभाली।

परंतु उस वर्षा में कहीं विश्राम करना आवश्यक प्रतीत हुआ, क्योंकि उससे बचा लेना बरसाती के बूते का काम न था। तीनों छाया की खोज में चले। एक पहाड़ी चट्टान की गुफा मिली, छोटी-सी। ये तीनों उसमें घुस पड़े।

भवों पर से पानी पोंछते हुए चंद्रदेव ने देखा, एक श्याम किंतु उज्ज्वल मुख अपने यौवन की आभा में दमक रहा है। वह एक पहाड़ी स्त्री थी। चंद्रदेव कलाविज्ञ होने का ढोंग करके उस युवती की सुडौल गढ़न देखने लगा। वह कुछ लज्जित हुई। प्रगल्भ चंद्रदेव ने पूछा—"तुम यहां क्या करने आई हो?"

"बाबूजी, मैं दूसरे पहाड़ी गांव की रहनेवाली हूं, अपनी जीविका के लिए आई हूं।"

"तुम्हारी क्या जीविका है?"

"सांप पकड़ती हूं।"

"चंद्रदेव चौंक उठा। उसने कहा—"तो क्या तुम यहां भी सांप पकड़ रही हो? इधर तो बहुत कम सांप होते हैं।"

"हां, कभी खोजने से मिल जाते हैं। यहां एक सुनहला सांप मैंने अभी देखा है। उसे ..."—कहते-कहते युवती ने एक ढोंके की ओर संकेत किया।

चंद्रदेव ने देखा, दो-तीव्र ज्योति!

पानी का झोंका निकल गया था। चंद्रदेव ने कहा—"चलो देवकुमार, हम चलें। रामू, तू भी तो सांप पकड़ता है न? देवकुमार! यह बड़ी सफाई से बिना

किसी मंत्र-जड़ी के सांप पकड़ लेता है !" देवकुमार ने सिर हिला दिया।

रामू ने कहा—"हां सरकार, पकड़ूं इसे ?"

"नहीं-नहीं, उसे पकड़ने दे ! हां, उसे होटल में लिवा लाना, हम लोग देखेंगे। क्यों देव ! मनोरंजन रहेगा न ?" कहते हुए चंद्रदेव और देवकुमार चल पड़े।

किसी क्षुद्र हृदय के पास, उसके दुर्भाग्य से दैवी संपत्ति या विद्या, बल, धन और सौंदर्य उसके सौभाग्य का अभिनय करते हुए प्रायः देखे जाते हैं, तब उन विभूतियों का दुरुपयोग अत्यन्त अरुचिकर दृश्य उपस्थित कर देता है। चंद्रदेव का होटल-निवास भी वैसा ही था। राशि-राशि विडंबनाएं उसके चारों ओर घिरकर उसकी हंसी उड़ातीं, पर उनमें चंद्रदेव को तो जीवन की सफलता ही दिखलाई देती।

उसके कमरे में कई मित्र एकत्र थे। 'नेरा' महुअर बजाकर अपना खेल दिखला रही थी। सबके बाद उसने दिखलाया, अपना पकड़ा हुआ वही सुन्दर सुनहला सांप।

रामू एकटक नेरा की ओर देख रहा था। चंद्रदेव ने कहा—"रामू, वह शीशे का बक्स तो ले आ !"

रामू ने तुरंत उसे उपस्थित किया।

चंद्रदेव ने हंसकर कहा—नेरा ! तुम्हारे सुंदर सांप के लिए यह बक्स है।"

नेरा प्रसन्न होकर अपने नवीन आश्रित को उसमें रखने लगी, परन्तु वह उस सुंदर घर में जाना नहीं चाहता था। रामू ने उसे बाध्य किया। सांप बक्स में जा रहा। नेरा ने उसे आंखों से धन्यवाद दिया।

चंद्रदेव के मित्रों ने कहा—"तुम्हारा अनुचर भी तो कम खिलाड़ी नहीं है ।"

चंद्रदेव ने गर्व से रामू की ओर देखा। परन्तु, नेरा की मधुरिमा रामू की आंखों की राह उसके हृदय में भर रही थी। वह एकटक उसे देख रहा था।

देवकुमार हंस पड़ा। खेल समाप्त हुआ। नेरा को बहुत-सा पुरस्कार मिला।

तीन दिन बाद, होटल के पास ही, चीड़ वृक्ष के नीचे चंद्रदेव चुपचाप

खड़ा था—वह बड़े गौर से देख रहा था—एक स्त्री और एक पुरुष को घुल-मिलकर बातें करते। उसे क्रोध आया; परंतु न जाने क्यों, कुछ बोल न सका। देवकुमार ने पीठ पर हाथ धरकर पूछा—क्या है ?"

'चंद्रदेव ने संकेत से उस ओर दिखा दिया। एक झुरमुट में नेरा खड़ी है और रामू कुछ अनुनय कर रहा है ! देवकुमार ने यह देखकर चंद्रदेव का हाथ पकड़ कर खींचते हुए कहा—"चलो।"

दोनों आकर अपने कमरे में बैठे।

देवकुमार ने कहा—"अब कहो, इसी रामू के हृदय की परख तो तुम उस दिन बता रहे थे। इसी तरह संभव है, अपने को भी न पहचानते हो !'

चंद्रदेव 'बाल' देखकर आया था, अपने कमरे में सोने जा रहा था, रात अधिक हो चुकी थी। उसे कुछ फिस-फिस का शब्द सुनाई पड़ा। उसे नेरा का ध्यान आ गया। वह होंठ काटकर अपने पलंग पर जा पड़ा। माला कुछ अधिक थी। आतिशदान के कार्निस पर धरे हुए शीशे का बक्स और बोतल चमक उठे। पर उसे क्रोध ही अधिक आया, बिजली बुझा दी।

कुछ अधिक समय बीतने पर किसी चिल्लाहट से चंद्रदेव की नींद खुली। रामू का-सा शब्द था। उसने स्विच दबाया, आलोक में चंद्रदेव ने आश्चर्य से देखा कि रामू के हाथ में वही सुनहला सांप हथकड़ी-सा जकड़ गया है ! चंद्रदेव ने कहा—"क्यों रे बदमाश ! तू यहां क्या करता था ? अरे, इसका तो प्राण संकट में है, नेरा होती तो !"

चंद्रदेव घबड़ा गया था। इतने में नेरा ने कमरे में प्रवेश किया। इतनी रात को यहां? चंद्रदेव क्रोध से चुप रहा। नेरा ने सांप से रामू का हाथ छुड़ाया और फिर उसे बक्स में बंद किया। तब चंद्रदेव ने रामू से पूछा—"क्यों बे, यहां क्या कर रहा था ?" रामू कांपने लगा।

"बोल, जल्दी बोल ! नहीं तो तेरी खाल उधेड़ता हूं।"

रामू फिर भी चुप था।

चंद्रदेव का चेहरा अत्यन्त भीषण हो रहा था। वह कभी नेरा की ओर देखता और कभी रामू की ओर। उसने पिस्तौल उठाई, नेरा रामू के सामने आ गई। उसने कहा—"बाबूजी, यह मेरे लिए शराब लेने या था, जो उस बोतल में धरी है।"

चंद्रदेव ने देखा, मदिरा उस बोतल में अपनी लाल हंसी में मग्न थी। चंद्रदेव ने पिस्तौल धर दिया। और बोतल और बक्स उठाकर देते हुए मुंह फेरकर कहा—"तुम दोनों इसे लेकर अभी चले जाओ, और रामू, अब तुम कभी मुझे अपना मुंह मत दिखाना।"

दोनों धीरे-धीरे बाहर हो गए। रामू अपने मालिक को मन पहचानता था।

दूसरे दिन देवकुमार और चंद्रदेव पहाड़ से उतरे। रामू उनके साथ न था।

ठीक ग्यारह महीने पर फिर उसी होटल में चंद्रदेव पहुंचा था। तीसरा पहर था, रंगीन बादल थे, पहाड़ी संध्या अपना रंग जमा रही थी, पवन तीव्र था। चंद्रदेव ने शीशे का पल्ला बन्द करना चाहा। उन्होंने देखा, रामू सिर पर पिटारा धरे चला जा रहा है और पीछे-पीछे अपनी मन्द गति से नेरा। नेरा ने भी ऊपर की ओर देखा, वह मुस्कराकर सलाम करती हुई रामू के पीछे चली गई। चंद्रदेव ने धड़ से पल्ला बन्द करते हुए सोचा—"सच तो, क्या मैं अपने को भी पहिचान सका?"

देवदासी

'..........'

1-3-25

प्रिय रमेश !

परदेश में किसी अपने के घर लौट आने का अनुरोध बड़ी सांत्वना देता है, परन्तु अब तुम्हारा मुझे बुलाना एक अभिनय-सा है। हां, मैं कटूक्ति करता हूं, जानते हो क्यों ? मैं झगड़ना चाहता हूं, क्योंकि संसार में अब मेरा कोई नहीं है, मैं उपेक्षित हूं। सहसा अपने का-सा स्वर सुनकर मन में क्षोभ होता है। अब मेरा घर लौटकर आना अनिश्चित है। मैंने '......' के हिंदी-प्रचार-कार्यालय में नौकरी कर ली है। तुम तो जानते ही हो कि मेरे लिए प्रयाग और '......' बराबर हैं। अब अशोक विदेश में भूखा न रहेगा। मैं पुस्तक बेचता हूं।

यह तुम्हारा लिखना ठीक है कि एक आने का टिकट लगाकर पत्न भेजना मुझे अखरता है। पर तुम्हारे गाल यदि मेरे समीप होते, तो उन पर पांचों नहीं तो मेरी तीन उंगलियां अपना चिह्न अवश्य ही बना देतीं; तुम्हारा इतना साहस—मुझे लिखते हो कि बेयरिंग पत्न भेज दिया करो! ये सब गुण मुझमें होते, तो मैं भी तुम्हारी तरह प्रेस में प्रूफरीडर का काम करता होता। सावधान, कब कभी ऐसा लिखोगे, तो मैं उत्तर भी न दूंगा।

लल्लू को मेरी ओर से प्यार कर लेना। उससे कह देना कि पेट से बचा सकूंगा, तो एक रेलगाड़ी भेज दूंगा।

यद्यपि अपनी यात्ना का समाचार बराबर लिखकर मैं तुम्हारा मनोरंजन न कर सकूंगा, तो भी सुन लो। '......' में एक बड़ा पर्व है,

वहां '......' का देव-मन्दिर बड़ा प्रसिद्ध है। तुम तो जानते होगे कि दक्षिण में कैसे-कैसे दर्शनीय देवालय हैं, उनमें भी यह प्रधान है। मैं कहां कार्यालय की पुस्तकें बेचने के लिए जा रहा हूं।

तुम्हारा,
अशोक

पुनश्च—

मुझे विश्वास है कि मेरा पता जानने के लिए कोई उत्सुक न होगा। फिर भी सावधान! किसी पर प्रकट न करना।

दो

'............'
10-2-25

प्रिय रमेश !

रहा नहीं गया ! लो सुनो—मंदिर देखकर हृदय प्रसन्न हो गया, ऊंचा गोपुरम्, सुदृढ़ प्राचीर, चौड़ी परिक्रमाएं और विशाल सभा-मंडप भारतीय स्थापत्यकला के चूड़ान्त निदर्शन है। यह देव-मंदिर हृदय पर गंभीर प्रभाव डालता है। हम जानते हैं कि तुम्हारे मन में यहां के पंडों के लिए प्रश्न होगा, फिर भी वे उत्तरीय भारत से बुरे नहीं हैं। पूजा और आरती के समय एक प्रभावशाली वातावरण हृदय को भारावनत कर देता है।

मैं कभी-कभी एकटक देखता हूं—उन मंदिरों को ही नहीं, किंतु उस प्राचीन भारतीय संस्कृति को, जो सर्वोच्च शक्ति को अपनी महत्ता, सौंदर्य और ऐश्वर्य के द्वारा व्यक्त करना जानती थी। तुमसे कहूंगा, यदि कभी रुपए जुटा सको, तो एक बार दक्षिण के मंदिरों को अवश्य देखना, देव-दर्शन की कला यहां देखने में आती है। एक बात और है, मैं अभी बहुत दिनों तक यहां रहूंगा। मैं यहां की भाषा भली-भांति बोल लेता हूं। मुझे परिक्रमा के भीतर की एक कोठरी संयोग से मिल गई है। पास में ही एक कुआं भी है। मुझे प्रसाद भी मंदिर से ही मिला है। मैं बड़े चैन से हूं। यहां पुस्तकें बेच भी लेता हूं। सुंदर चित्रों के कारण पुस्तकों की अच्छी बिक्री हो

जाती है। गोपुरम् के पास ही मैं दूकान फैला देता हूं और महिलाएं मुझसे पुस्तकों का विवरण पूछती हैं। मुझे समझाने में बड़ा आनंद आता है। पास ही बड़े सुंदर-सुंदर दृश्य हैं—नदी, पहाड़ और जंगल—सभी तो हैं। मैं कभी-कभी घूमने भी चला जाता हूं। परंतु उत्तरीय भारत के समान यहां के देव-विग्रहों के समीप हम लोग नहीं जा सकते। दूर से ही दीपालोक में उस अचल मूर्ति की झांकी हो जाती है। यहां मंदिरों में संगीत और नृत्य का भी आनंद रहता है। बड़ी चहल-पहल है। आजकल यात्रियों के कारण और भी सुंदर-सुंदर प्रदर्शन होते हैं।

तुम जानते हो कि मैं अपना पत्र इतना सविस्तार क्यों लिख रहा हूं !—तुम्हारे कृपण और संकुचित हृदय में उत्कंठा बढ़ाने के लिए ! मुझे इतना ही सुख सही।

तुम्हारा,
अशोक

तीन

'............'
17-3-25

प्रिय रमेश !

समय की उलाहना देने की प्राचीन प्रथा को मैं अच्छा नहीं समझता। इसलिए जब वह शुष्क मांसपेशी अलग दिखानेवाला, चौड़ी हड्डियों का अपना शरीर लठिया के बल पर टेकता हुआ, चिदंबरम् नाम का पंडा मेरे समीप बैठकर अपनी भाषा में उपदेश देने लगता है, तो मैं घबरा जाता हूं। वह समय का एक दुर्दृश्य चित्र खींचकर, अभाव और आपदाओं का उल्लेख करके विभीषिका उत्पन्न करता है। मैं उनसे मुक्त हूं; भोजन मात्र के लिए अर्जन करके संतुष्ट घूमता हूं—सोता हूं। मुझे समय की क्या चिन्ता है। पर मैं यह जानता हूं कि वही मेरा सहायक है-मित्र है, इतनी आत्मीयता दिखलाता है कि मैं उसकी उपेक्षा नहीं कर सकता। अहा, एक बात तो लिखना मैं भूल ही गया था ! उसे अवश्य लिखूंगा क्योंकि तुम्हारे सुने बिना सुख अधूरा रहेगा। मेरे सुख को मैं ही जानूं, तब उस में धरा ही क्या है, जब तुम्हें उसकी डाह न हो ! तो सुनो—

सभा-मंडप के शिल्प-रचनापूर्ण स्तंभ से टिकी हुई एक उज्ज्वल श्यामवर्ण की बालिका को अपनी पतली बाहुलता के सहारे घुटने को छाती से लगाए प्रायः बैठी हुई देखता हूं। स्वर्ण-मल्लिका की माला उसके जूड़े से लगी रहती है। प्रायः वह कुसुमा-भरण-भूषिता रहती है। उसे देखने का मुझे चस्का लग गया है। वह मुझसे हिन्दी सीखना चाहती है। मैं तुमसे पूछता हूं कि उसे पढ़ाना आरंभ कर दूं ? उनका नाम है पद्मा। चिदंबरम् और पद्मा में खूब पटती है, वह हरिनी की तरह झिझकती भी है। पर न जाने क्यों मेरे पास आ बैठती है, मेरी पुस्तकें उलट-पलट देती है। मेरी बातें सुनते-सुनते वह ऐसी हो जाती है, जैसे कोई आलाप ले रही हो और मैं प्रायः आधी बात कहते-कहते रुक जाता हूं। इसका अनुभव मुझे तब होता है, जब मेरे दृष्टि-पथ से वह हट जाती है। उसे देखकर मेरे हृदय में कविता करने की इच्छा होती है, यह क्यों ? मेरे हृदय का सोता हुआ सौंदर्य जाग उठता है। तुम मुझे नीच समझोगे और कहोगे कि अभागे अशोक के हृदय की स्पर्द्धा तो देखो ! पर मैं सच कहता हूं, उसे देखने पर मैं अनंत ऐश्वर्यशाली हो जाता हूं।

हां, वह मंदिर में नाचती और गाती है और भी बहुत-सी हैं, पर मैं कहूंगा, वैसी एक भी नहीं। लोग उसे देवदासी पद्मा कहते हैं, वे अधम हैं, वह देवबाला पद्मा है !

वही,
अशोक

चार

'............'
28-3-25

प्रिय रमेश !

तुम्हारा उलाहना निस्सार है मैं इस समय केवल पद्मा को समझ सकता हूं। फिर अपने या तुम्हारे कुशल-मंगल की चर्चा क्यों करूं ? तुम उसका रूप-सौंदर्य पूछते हो, मैं उसका विवरण देने में असमर्थ हूं। हृदय में उपमाएं नाचकर चली जाती हैं, ठहरने नहीं पातीं कि मैं लिपि-बद्ध करूं। वह एक ज्योति है, जो अपनी

महत्ता और आलोक में अपना अवयव छिपाए रखती है। केवल तरल, नील, शुभ्र और करुण आंखें मेरी आंखों से मिल जाती हैं, मेरी आंखों में श्यामा कादंबिनी की शीतलता छा जाती है। और संसार के अत्याचारों से निराश इस झंझरीदार कलेजे के वातायन से वह स्निग्ध मलयानिल के झोंके की तरह घुस आती है। एक दिन की घटना लिखे बिना नहीं रहा जाता—

मैं अपनी पुस्तकों की दुकान फैलाए बैठा था। गोपुरम् के समीप ही वह कहीं से झपटी हुई चली आती थी। दूसरे ओर से एक युवक उसके सामने आ खड़ा हुआ। वह युवक, मंदिर का कृपा-भाजन एक धनी दर्शनार्थी था; यह बात उसके कानों के चमकते हुए हीरे के 'टप' से प्रकट थी। वह बेरोक-टोक मंदिर में चाहे जहां आता-जाता है। मंदिर में प्रायः लोगों को उससे कुछ मिलता है; सब उसका सम्मान करते हैं। उसे सामने देखकर पद्मा को खड़ा होना पड़ा। उसने बड़ी नीच मुखाकृति से कुछ बातें कहीं, 'किन्तु पद्मा कुछ न बोली। फिर उसने स्पष्ट शब्दों में रात्रि को अपने मिलने का स्थान निर्देश किया। पद्मा ने कहा—"मैं नहीं आ सकूंगी।" वह लाल-पीला होकर बकने लगा। मेरे मन में क्रोध का धक्का लगा, मैं उठकर उसके पास चला आया। वह मुझे देखकर हटा तो, पर कहता गया कि—"अच्छा, देख लूंगा !"

उस नील-कमल से मकरंद-बिंदु टपक रहे थे। मेरी इच्छा हुई कि वह मोती बटोर लूं। पहली बार मैंने उन कपोलों पर हाथ लगाकर उन्हें लेना चाहा। आह, उन्होंने वर्षा कर दी। मैंने पूछा—"उससे तुम इतनी भयभीत क्यों हो ?"

"मंदिर में दर्शन करनेवालों का मनोरंजन करना मेरा कर्तव्य है; मैं देवदासी हूँ!"—उसने कहा।

"यह तो बड़ा अत्याचार है। तुम क्यों यहां रहकर अपने को अपमानित करती हो?" —मैंने कहा।

"कहां जाऊं, मैं देवता के लिए उत्सर्ग कर दी गई हूं।"—उसने कहा।

"नहीं-नहीं, देवता तो क्या, राक्षस भी मानव-स्वभाव की बलि नहीं लेता—वह तो रक्त-मांस से ही संतुष्ट हो जाता है। तुम अपनी आत्मा और अन्तःकरण की बलि क्यों करती हो ?"—मैंने कहा।

"ऐसा न कहो, पाप होगा; देवता रुष्ट होंगे।"—उसने कहा।

"पापों को देवता खोजें, मनुष्य के पास कुछ पुण्य भी हैं, पद्मा! तुम उसे क्यों नहीं खोजती हो ? पापों का न करना ही पुण्य नहीं। तुम अपनी आत्मा की अधिकारिणी हो, अपने हृदय की तथा शरीर की संपूर्ण स्वामिनी हो, मत डरो। मैं कहता हूं कि इससे देवता प्रसन्न होंगे; आशीर्वाद की वर्षा होगी।"—मैंने एक सांस में कहकर देखा कि उसके मस्तक में उज्ज्वलता आ गई है, वह एक स्फूर्ति का अनुभव करने लगी है। उसने कहा—"अच्छा तो फिर मिलूंगी।"

वह चली गई। मैंने देखा कि बूढ़ा चिदंबरम् मेरे पीछे खड़ा मुस्करा रहा है। मुझे क्रोध भी आया पर कुछ न बोलकर मैंने पुस्तक बटोरना आरंभ किया।

तुम कुछ अपनी सम्मति दोगे ?

—अशोक

पांच

'...........'

1-4-25

रमेश !

कल संगीत हो रहा था। मंदिर आलोक-माला से सुसज्जित था। नृत्य करती हुई पद्मा गा रही थी "नाम-समेतं वृत-संकेतं वादयते मृदुवेणु।..." ओह ! संगीत-मदिरा की लहरें थीं। मैं उनमें ऊभ-चूभ होने लगा। उसकी कुसुम-आभरण से भूषित अंगलता के संचालन से वायुमंडल सौरभ से भर जाता था। वह विवश थी, जैसे कुसुमिता लता तीव्र पवन के झोंके से रोगों के स्वर का स्पंदन उसके अभिनय में था। लोग उसे विस्मय-विमुग्ध देखते थे। पर न जाने क्यों, मेरे मन में उद्वेग हुआ, मैं जाकर अपनी कोठी में पड़ा रहा,। आज कार्यालय से लौट आने के लिए पत्न आया था। उसी को विचारता हुआ कब तक आंखें बन्द किए पड़ा रहा, मुझे विदित नहीं, सहसा सायं-सायं, फुस-फुस का शब्द सुनाई पड़ा; मैं ध्यान लगाकर सुनने लगा।

ध्यान देने पर मैं जान गया कि दो व्यक्ति बातें कर रहे थे—चिदंबरम् और

रामास्वामी नाम का वही धनी युवक। मैं मनोयोग से सुनने लगा।

चिदंबरम्—तुमने आज तक उसकी इच्छा के विरुद्ध बड़े-बड़े अत्याचार किए हैं, अब जब वह नहीं चाहती, तो तुम उसे क्यों सताते हो ?

रामास्वामी–सुनो चिदंबरम, सुंदरियों की कमी नहीं; पर न जाने क्यों मेरा हृदय उसे छोड़कर दूसरी ओर नहीं जाता। वह इतनी निरीह है कि उसे मसलने में आनंद आता है ! एक बार उससे कह दो, मेरी बातें सुन ले, फिर जो चाहे करे।

चिदंबरम् चला गया और उसकी बातें बंद हुईं। और सच कहता हूं, मंदिर से मेरा मन प्रतिकूल होने लगा। पैरों के शब्द हुए, वही जैसे रोती हुई बोली—"रामास्वामी, मुझ पर दया न करोगे ?" ओह कितनी वेदना थी उसके शब्दों में। परंतु रामास्वामी के हृदय में तीव्र ज्वाला जल रही थी। उसके वाक्यों में लू-जैसी झुलस थी। उसने कहा—पद्मा! यदि तुम मेरे हृदय की ज्वाला समझ सकती, तो तुम ऐसा न कहती। मेरे हृदय की तुम अधिष्ठात्री हो, तुम्हारे बिना मैं जी नहीं सकता। चलो, मैं देवता का कोप सहने के लिए प्रस्तुत हूं, मैं तुम्हें लेकर कहीं चल चलूंगा।

"देवता का निर्माल्य तुमने दूषित कर दिया है, पहले इसका तो प्रायश्चित्त करो। मुझे केवल देवता के चरणों में मुरझाए हुए फूल के समान गिर जाने दो। रामास्वामी, ऐसा स्मरण होता है कि मैं भी तुम्हें चाहने लगी थी। उस समय मेरे मन में यह विश्वास था कि देवता यदि पत्थर के न होंगे, तो समझेंगे कि यह मेरे मांसल यौवन और रक्तपूर्ण हृदय की साधारण आवश्यकता है। मुझे क्षमा कर देंगे। परंतु मैं यदि वैसा पुण्य परिणय कर सकती ! आह ! तुम इस तपस्वी की कुटी समान हृदय में इतना सौंदर्य लेकर क्यों अतिथि हुए ! रामास्वामी, तुम मेरे दुःखों के मेघ में वज्रपात थे।"

पद्मा रो रही थी। सन्नाटा हो गया। सहसा जाते-जाते रामास्वामी ने कहा—"मैं तुम्हारे बिना नहीं रह सकता !" रमेश ! मैं भी पद्मा के बिना नहीं रह सकता; मैंने भी कार्यालय में त्याग-पत्र भेज दिया है। भूखों मरूंगा, पर उपाय क्या है ?

—अभागा अशोक

छः

‘............’

2-4-25

रमेश

मैं बड़ा विचलित हो रहा हूं। एक कराल छाया मेरे जीवन पर पड़ रही है। अदृष्ट मुझे अज्ञात पथ पर खींच रहा है, परंतु तुमको लिखे बिना नहीं रह सकता।

मधुमास में जंगली फूलों की भीनी-भीनी महक सरिता के कूल की शैलमाला को आलिंगन दे रही थी। मक्खियों की भन्नाहट का कलनाद गुंजरित हो रहा था। नवीन पल्लवों के कोमल स्पर्श से वनस्थली पुलकित थी। मैं जंगली जर्द चमेली के अकृत्रिम कुंज के अंतराल में बैठा, नीचे बहती हुई नदी के साथ बसंत की धूप का खेल देख रहा था। हृदय में आशा थी। आह ! वह अपने तुहिन-जाल से रत्नाकर के सब रत्नों को, आकाश से सब मुक्ताओं को निकाल, खींचकर, मेरे चरणों में उझल देती थी। प्रभात की पीली किरणों से हेमगिरि को घसीट ले आती थी; और ले आती थी पद्मा की मौन प्रणय-स्वीकृति। मैं भी आज वन-यात्रा के उत्सव में देवता के भोग-विग्रह के साथ इस वनस्थली में आया था। बहुत-से नागरिक भी आए थे। देव-विग्रह विशाल वट-वृक्ष के नीचे स्थित हुआ और यात्री-दल इधर-उधर नदी-तट के नीचे शैलमाला, कुंजों, गह्वरों और घाटियों की हरियाली में छिप गया। लोग आमोद-प्रमोद, पान-भोजन में लग गए। हरियाली के भीतर से कहीं पिकलू, कहीं क्लोरेनेट और देवदासियों के कोकिल-कंठ का सुंदर स्वर निकलने लगा। वह कानन नंदन हो रहा था और मैं उसमें विचरनेवाला एक देवता। क्यों ? मेरा विश्वास था कि देवबाला पद्मा यहां है। वह भी देव-गृह के आगे-आगे नृत्य-गान करती हुई आई थी।

मैं सोचने लगा—“आह ! वह समय भी आएगा, जब मैं पद्मा के साथ एकान्त में इस कानन में विचरूंगा। वह पवित्र—वह मेरे जीवन का महत्तम योग कब आएगा?” आशा ने कहा—‘उसे आया समझो’। मैं मस्त होकर वंशी बजाने लगा। आज मेरी बांस की बांसुरी में बड़ा उन्माद था। वंशी नहीं, मेरा हृदय बज रहा था। चिदंबरम्—आकर मेरे सामने खड़ा हो गया। वह भी मुग्ध था।

उसने कभी मेरी बांसुरी नहीं सुनी थी। जब मैंने अपनी आसावरी बंद की, वह बोल उठा—"अशोक, तुम एक कुशल कलावंत हो।' कहना न होगा कि वह देवदासियों का संगीत-शिक्षक भी था। वह चला गया और थोड़ी ही देर में पद्मा को साथ लिए आया। उसके हाथों में भोजन का सामान भी था। पद्मा को उसने उत्तेजित कर दिया था। वह आते ही बोली—'मुझे भी सुनाओ।' जैसे मैं स्वप्न देखने लगा। पद्मा और मुझसे अनुनय करे ! मैंने कहा 'बैठे जाओ'। और जब वह कुसुम-कंकण मंडित करों पर कपोल धरकर मल्लिका की छाया में आ बैठी, तो मैं बजाने लगा। रमेश, मैंने वंशी नहीं बजाई ! सच कहता हूं, मैं अपनी वेदना श्वासों से निकाल रहा था। इतनी करुण, इतनी स्निग्ध, मैं ताने ले-लेकर उसमें स्वयं पागल हो जाता था। मेरी आंखों में मदविकार था, मुझे उस समय अपनी पलकें बोझ मालूम होती थीं।

बांसुरी रखने पर भी उसकी प्रतिध्वनि का सोहाग वन-लक्ष्मी के चारों ओर घूम रहा था। पद्मा ने कहा—'सुंदर ! तुम सचमुच अशोक हो !' वन-लक्ष्मी पद्मा अचल थी। मुझे एक कविता सूझी ! मैंने कहा—पद्मा ! मैं कठोर पृथ्वी का अशोक, तुम तरल जल की पद्मा ! भला अशोक के राग-रक्त के नव-पल्लवों में पद्मा का विकास कैसे होगा ?

बहुत दिनों पर पद्मा हंस पड़ी। उसने कहा—'अशोक, तुम लोगों की वचन-चातुरी सीखूंगी। कुछ खा लो।' वह देती गई, मैं खाता गया। जब हम स्वस्थ होकर बैठे तो देखा, चिदंबरम् चला गया है, पद्मा नीचे सिर किए अपने नखों को खुरच रही है। हम लोग सबसे ऊंचे कगारे पर थे। नदी की ओर ढालुवां पहाड़ी कगार था ! मेरे सामने संसार एक हरियाली थी। सहसा रामास्वामी ने आकर कहा—'पद्मा, आज मुझे मालूम हुआ कि तुम उत्तरी दरिद्र पर मरती हो।' पद्मा ने छलछलाई आंखों में उसकी ओर देखकर कहा—'रामास्वामी ! तुम्हारे अत्याचारों का कहीं अंत है ?'

'सो नहीं हो सकता। उठो, अभी मेरे साथ चलो।'

'ओह, ! नहीं, तुम क्या मेरी हत्या करोगे ?' मुझे भय लगता है!

'मैं कुछ नहीं करूंगा। चलो, मैं इसके साथ तुम्हें नहीं देख सकता।' कहकर उसने पद्मा का हाथ पकड़कर घसीटा। वह कातर दृष्टि से मुझे देखने लगी।

उस दृष्टि में जीवन भर के लिए किए गए अत्याचारों का विवरण था। उन्मत्त पिशाच-सदृश बल से मैंने रामास्वामी को धक्का दिया। और मैंने हतबुद्धि होकर देखा, वह तीन सौ फीट नीचे चूर होता हुआ नदी के खरस्रोत में जा गिरा, यद्यपि मेरी वैसी इच्छा न थी। पद्मा ने आकर मेरी ओर भयपूर्ण नेत्रों से देखा और अवाक् ! उसी समय चिदंबरम ने मेरा हाथ पकड़ लिया। पद्मा से कहा—'तुम देवदासियों में जाकर मिलो। सावधान ! एक शब्द भी मुंह से न निकले। मैं अशोक को लेकर नगर की ओर जाता हूं।' वह बिना उत्तर की प्रतीक्षा किए मुझे घसीटता ले चला। मैं नहीं जानता कि मैं कैसे घर पहुंचा। मैं कोठरी में अचेत पड़ा रहा। रात भर वैसे ही रहा। प्रभात होते ही तुम्हें पत्र लिख रहा हूं। मैंने क्या किया ! रमेश ! तुम कुछ लिखो, मैं क्या करूं!

—अधम अशोक

सात

'..........'

8-4-25

प्रिय रमेश !

तुम्हारा यह लिखना कि 'सावधान बनो ! पत्र में ऐसी बातें अब न लिखना।' व्यर्थ है। मुझे भय नहीं, जीवन की चिंता नहीं।

नगर-भर में केवल यही जनश्रुति फैली है कि 'रामास्वामी उस दिन से कहीं चला गया है और वह पद्मा के प्रेम से हताश हो गया था।' मैं किंकर्त्तव्यविमूढ़ हूं। चिदंबरम् मुझे दो मुट्ठी भात खिलाता है। मैं मंदिर के विशाल प्रांगण में कहीं–न-कहीं बैठा रहता हूं। चिदंबरम् जैसे मेरे उस जन्म का पिता है। परन्तु पद्मा, अहा ! उस दिन से मैंने उसे गाते और नाचते नहीं देखा। वह प्रायः सभामंडल के स्तंभ में टिकी हुई, दोनों हाथों में अपने एक घुटने को छाती से लगाए अर्द्ध स्वप्नावस्था में बैठी रहती है। उसका मुख विवर्ण, शरीर क्षीण, पलक, अपांग और उसके श्वास में यांत्रिक स्पंदन है। नए यात्री कभी-कभी उसे देखकर भ्रम करते होंगे कि वह भी कोई प्रतिमा है। और मैं सोचता हूं कि मैं हत्यारा हूं। स्नेह से स्नान कर लेता हूं,

घृणा से मुंह ढंक लेता हूं। उस घटना के बाद से हम तीनों में कभी इसकी चर्चा नहीं हुई। क्या सचमुच पद्मा रामास्वामी को चाहती थी ? मेरे प्यार ने भी उसका अपकार ही किया, और मैं ? ओह ! वह स्वप्न कैसा सुंदर था !

रमेश ! मैं ? देवता की ओर देख भी नहीं सकता। सोचता हूं कि मैं पागल हो जाऊंगा। फिर मन में आता है कि पद्मा भी बावली हो जाएगी। परंतु मैं पागल न हो सकूंगा; क्योंकि पद्मा से कभी अपना प्रणय नहीं प्रकट कर सका। उससे एक बार कह देने की कामना है—पद्मा, मैं तुम्हारा प्रेमी हूं। तुम मेरे लिए सुहागिनी के कुंकुम-बिंदु के समान पवित्र, इस मंदिर के देवता की तरह भक्ति की प्रतिमा और मेरे दोनों लोक की निगूढ़तम आकांक्षा हो।

पर वैसा होने का नहीं। मैं पूछता हूं कि पद्मा और चिदंबरम् ने मुझे फांसी क्यों नहीं दिलाई ?

रमेश ! अशोक विदा लेता है। पत्थर के मन्दिर का एक भिखारी है। अब वैसा नहीं कि तुम्हें पत्र लिखूं और किसी से मांगूंगा भी नहीं। अधम, नीच अशोक लल्लू को किस मुंह से आशीर्वाद दे ?

—हतभाग्य अशोक

रूप की छाया

काशी के घाटों की सौध-श्रेणी जाह्नवी के पश्चिम तट पर धवल शैल-माला-सी खड़ी है। उनके पीछे दिवाकर छिप चुके। सीढ़ियों पर विभिन्न वेशभूषा वाले भारत के प्रत्येक प्रांत के लोग टहल रहे हैं। कीर्तन, कथा और कोलाहल से जाह्नवी-तट पर चहल-पहल है।

एक यवती भीड़ से अलग एकांत में ऊंची सीढ़ी पर बैठी हुई भिखारी का गीत सुन रही है, युवती कानों से गीत सुन रही है, आंखों के सामने का दृश्य देख रही है। हृदय शून्य था, तारा-मंडल के विराट् गगन के समान शून्य और उदास। सामने गंगा के उस पार चमकीली रेत बिछी थी। उसके बाद वृक्षों की हरियाली के ऊपर नीला आकाश, जिसमें पूर्णिमा का चन्द्र, फीके बादल के गोल टुकड़े के सदृश, अभी दिन रहते ही गंगा के ऊपर दिखाई दे रहा है। जैसे मंदाकिनी में जल-विहार करने वाले किसी देव-द्वंद्व की नौका का गोल पाल। दृश्य के स्वच्छ पट में काले-काले बिन्दु दौड़ते हुए निकल गए। युवती ने देखा, वह किसी उच्च मंदिर में से उड़े कपोतों का एक झुंड था। दृष्टि फिर कर वहां गई, जहां टूटी काठ की चौकी पर विवर्ण-मुख, लम्बे असंयत बाल और फटा कोट पहने एक युवक कोई पुस्तक पढ़ने में निमग्न था।

युवती का हृदय फड़कने लगा। वह उतरकर एक बार युवक के पास तक आई, फिर लौट गई। सीढ़ियों के ऊपर चढ़ते-चढ़ते उसकी एक प्रौढ़ा संगिनी मिल गई। उससे बड़ी घबराहट में युवती ने कुछ कहा और स्वयं वहां से चली गई।

प्रौढ़ा ने आकर युवक के एकांत अध्ययन में बाधा दी और पूछा—"तुम विद्यार्थी हो ?"

"हां, मैं हिन्दू-स्कूल में पढ़ता हूं ?"

"क्या तुम्हारे घर के लोग यहीं हैं ?"

"नहीं, मैं एक विदेशी, निस्सहाय विद्यार्थी हूं।"

"तब तुम्हें सहायता की आवश्यकता है ?"

"यदि मिल जाए, मुझे रहने के स्थान का बड़ा कष्ट है।"

"हम लोग दो-तीन स्त्रियां हैं। कोई अड़चन न हो, तो हम लोगों के साथ रह सकते हो।'

"बड़ी प्रसन्नता से, आप लोगों का कोई छोटा-मोटा काम भी कर दिया करूंगा।"

"अभी चल सकते हो ?"

"कुछ पुस्तक और सामान है, उन्हें लेता जाऊं।"

"ले आओ, मैं बैठी हूं।"

युवक चला गया।

गंगा-तट पर एक कमरे में उज्ज्वल प्रकाश फैल रहा था। युवक विद्यार्थी बैठा हुआ ब्यालू कर रहा था। अब वह कालेज के छात्रों में है। उसका रहन-सहन बदल गया है। वह एक सुरुचि-संपन्न युवक हो गया है। अभाव उससे दूर हो गए थे।

प्रौढ़ा पसरती हुई बोली—"क्यों शैलनाथ ! तुम्हें अपनी चाची का स्मरण होता है ?"

"नहीं तो, मेरे कोई चाची नहीं है।"

दूर बैठी हुई युवती ने कहा—"जो अपनी स्मृति के साथ विश्वासघात करता है, उसे कौन स्मरण दिला सकता है।"

युवक ने हंसकर इस व्यंग्य को उड़ा दिया। चुपचाप घड़ी का टिक-टिक शुब्द सुनता और मुंह चलाता जा रहा था। मन में मनोविज्ञान का पाठ सोचता जाता था—"मन क्यों एक बार एक ही विषय का विचार कर सकता है ?"

प्रौढ़ा चली गई। युवक हाथ-मुंह धो चुका था। सरला ने पान बनाकर दिया और कहा—"क्या एक बात मैं भी पूछ सकती हूं ?"

"उत्तर देने ही में तो छात्रों का समय बीतता है, पूछिए।"

"कभी तुम्हें रामगांव का स्मरण होता है ? यमुना की लाल लहरियों में से

निकलता हुआ अरुण और उसके श्यामल तट का प्रभात-स्मरण होता है ? स्मरण होता है, एक दिन हम लोग कार्तिक पूर्णिमा-स्नान को गए थे, मैं बालिका थी, तुमने मुझे फिसलते देखकर हाथ पकड़ लिया था, इस पर साथ की और स्त्रियां हंस पड़ी थीं, तुम लज्जित हो गए थे।"

पच्चीस वर्ष के बाद युवक छात्र ने अपने जीवन-भर में जैसे आज ही एक आश्चर्य की बात सुनी हो, वह बोल उठा—"नहीं तो।"

कई दिन बीत गए।

गंगा के स्थिर जल में पैर डाले हुए, नीचे की सीढ़ियों पर सरला बैठी हुई थी कारुकार्य-खचित-कंचुकी के ऊपर कंधे के पास सिकुड़ी हुई साड़ी, आधा खुला हुआ सिर, बंकिम ग्रीवा और मस्तक में कुंकुम-बिन्दु—महीन चादर में—सब अलग-अलग दिखाई दे रहे थे। मोटी पलकों वाली बड़ी-बड़ी आंखें गंगा के हृदय से मछलियों को ढूंढ़ निकालना चाहती थीं। कभी-कभी वह बीच धारा में बहती हुई डोंगी को देखने लगती। खेने वाला जिधर जा रहा है उधर देखता ही नहीं। उल्टे बैठकर डांड़ चला रहा है। कहां जाना है, इसकी उसे चिंता नहीं।

सहसा शैलनाथ ने आकर पूछा—

"मुझे क्यों बुलाया है ?"

"बैठ जाओ।"

शैलनाथ पास ही बैठ गया। सरला ने कहा—"अब तुम नहीं छिप सकते। तुम्हीं मेरे पति हो, तुम्हीं से मेरा बाल-विवाह हुआ था, एक दिन चाची के बिगड़ने पर सहसा घर से निकलकर कहीं चले गए, फिर न लौटे। हम लोग आज-कल अनेक तीर्थों में तुम्हें खोजती हुई भटक रही हैं। तुम्हीं मेरे देवता हो; तुम्हीं मेरे सर्वस्व हो। कह दो—हां !"

सरला जैसे उन्मादिनी हो गई है। यौवन की उत्कंठा उसके बदन पर बिखर रही थी। प्रत्येक अंग में अंगड़ाई, शरीर में मरोर, शब्दों में वेदना का संचार था, शैलनाथ ने देखा, कुमुदों से प्रफुल्लित शरत्काल के ताल-सा भरा यौवन। सर्वस्व लुटाकर चरणों में लौट जाने के योग्य सौंदर्य-प्रतिमा। मन को मचला देने वाला विभ्रम, धैर्य को हिलाने वाली लावण्यलीला वक्षस्थल में हृदय जैसे फैलने लगा। वह 'हां' कहने ही को था परन्तु सहसा उसके मुंह से निकल पड़ा—

"यह सब तुम्हारा भ्रम है। भद्रे ! मुझे हृदय के साथ ही मस्तिष्क भी है।"

"गंगाजल छूकर बोल रहे हो ! फिर से सच कहो !"

"युवक ने देखा, गोधूलि-मलिना-जाह्नवी के जल में सरला के उज्ज्वल रूप की छाया चंद्रिका के समान पड़ रही है। गंगा का उतना अंश मुकुट-सदृश धवल था। उसी में अपना मुख देखते हुए शैलनाथ ने कहा—

"भ्रम है सुन्दरी, तुम्हें पाप होगा।"

"हां, परन्तु वह पाप, पुण्य बनने के लिए उत्सुक है।"

"मैं जाता हूं। सरला, तुम्हें रूप की छाया ने भ्रांत कर दिया है। अभागों को सुख भी दुःख ही देता है। मुझे और कहीं आश्रय खोजना पड़ेगा।"

शैलनाथ उठा और चला गया।

विमूढ़ सरला कुछ न बोल सकी। वह क्षोभ और लज्जा से गड़ी जाने लगी। क्रमशः घनीभूत रात में सरला के रूप की छाया भी विलीन हो गई।

●●●